TEATRO COMPLETO

EM 12 VOLUMES

Bertolt Brecht

TEATRO COMPLETO

EM 12 VOLUMES

VOLUME 2

3ª edição

Rio de Janeiro | 2022

© Bertolt-Brecht-Erben / Suhrkamp Verlag
Todos os direitos reservados e controlados por Suhrkamp Verlag Berlin
Copyright da tradução © Paz e Terra, 1987

Título dos originais em alemão: "Im Dickicht der Städte"; "Leben Eduards des Zweiten von England"; "Mann ist Mann Anheng"; "Das Elefantenkalb", in: *Gesammelte Werke: 20 Bänden*, Werkausgabe Edition Suhrkamp, Frankfurt.

Coordenação geral: Wolfgang Bader e Fernando Peixoto
Revisão de texto: Lya Luft e Wolfgang Bader

Direitos de tradução da obra em língua portuguesa no Brasil adquiridos pela EDITORA PAZ E TERRA. Todos os direitos reservados. Nenhuma parte desta obra pode ser apropriada e estocada em sistema de bancos de dados ou processo similar, em qualquer forma ou meio, seja eletrônico, de fotocópia, gravação etc., sem permissão do detentor do copyright.

EDITORA PAZ & TERRA
Rua Argentina, 171 — Rio de Janeiro, RJ
20921-380 — Tel.: (21) 2585-2000.

Seja um leitor preferencial Record.
Cadastre-se no site www.record.com.br
e receba informações sobre nossos lançamentos e nossas promoções.

Atendimento e venda direta ao leitor:
sac@record.com.br

CIP-BRASIL. CATALOGAÇÃO NA PUBLICAÇÃO
SINDICATO NACIONAL DOS EDITORES DE LIVROS, RJ

B841t
3. ed.
v. 2

Brecht, Bertolt, 1998-1956
    Teatro completo em 12 volumes, volume 2 / Bertolt Brecht ; tradução Fernando Peixoto ... [et. al.]. – 3. ed. – Rio de Janeiro : Paz e Terra, 2022.

   Tradução de: Gesammelte Werke
   ISBN 978-65-5548-049-8

   1. Teatro alemão. I. Peixoto, Fernando. II. Título.

22-76871
CDD: 832
CDU: 82-2(430)

Meri Gleice Rodrigues de Souza – Bibliotecária – CRB-7/6439

Impresso no Brasil
2022

Volume 2

NA SELVA DAS CIDADES (1921/1923)
   Tradução de Fernando Peixoto, Elizabeth Kander,
   Renato Borghi e Wolfgang Bader

A VIDA DE EDUARDO II DA INGLATERRA (1923/1924)
   Tradução de Antonieta da Silva Carvalho e
   Celeste Aída Galeão

UM HOMEM É UM HOMEM (1924/1925)
   Tradução de Fernando Peixoto

O FILHOTE DE ELEFANTE (originalmente parte de "Um homem é
   um homem")
   Tradução de Fernando Peixoto

Sumário

Na selva das cidades   9
A vida de Eduardo II da Inglaterra   83
Um homem é um homem   167
O filhote de elefante   255

Na selva das cidades
A luta de dois homens na megalópole de Chicago

Im Dickicht der Städte:
Der Kampf zweier Männer in der Riesenstadt Chicago
Escrito em 1921/1923
Estreia: 9 de maio de 1923, em Munique

Tradução: Fernando Peixoto, Elizabeth Kander,
Renato Borghi, Wolfgang Bader

Os senhores estão em Chicago, no ano de 1912. Vão ver a inexplicável luta entre dois homens e assistir à decadência de uma família que veio do campo para a selva da grande cidade. Não quebrem a cabeça para descobrir os motivos desta luta, mas procurem participar das jogadas humanas. Julguem com imparcialidade os métodos de luta dos adversários e dirijam o seu interesse para o "round" final.

Personagens

Shlink, o negociante de madeira, um malaio
George Garga
John Garga, seu pai
Maë Garga, sua mãe
Marie Garga, sua irmã
Jane Larry, sua amiga
Skinny, um chinês, escrevente de Shlink
Collie Couch, chamado Gorilão, um rufião
J. Finnay, chamado Verme, dono de um hotel
Pat Manky, um timoneiro
Um funcionário
Um homem
Um jovem do Exército de Salvação
Narigudo

Dono do bar
C. Maynes, dono de uma biblioteca de empréstimo
Garçom
Operários da estrada de ferro

1

BIBLIOTECA DE EMPRÉSTIMO DE C. MAYNES EM CHICAGO

Manhã do dia 8 de agosto de 1912.
Garga está atrás do balcão. Entram Shlink e Skinny após um toque de campainha.

SKINNY — Se é verdade o que nós lemos lá fora, isso aqui é uma biblioteca de empréstimo. Logo, nós queremos um livro emprestado.
GARGA — Que tipo de livro?
SKINNY — Um bem grosso.
GARGA — É para o senhor?
SKINNY *que antes de cada resposta olha para Shlink* — Não, para mim não, é aqui para o cavalheiro.
GARGA — Seu nome, por favor?
SKINNY — Shlink, negociante de madeira, Rua Mulberry, nº 6.
GARGA *anota o nome* — São cinco centavos semanais por volume, cavalheiro. O senhor pode escolher.
SKINNY — Não. É o senhor quem vai escolher.
GARGA — Esse aqui é romance policial. Não é lá muito bom, não. Aqui já tem um que é bem melhor. É um livro de viagens.
SKINNY — E o senhor diz simplesmente assim: é um livro ruim?
SHLINK *aproxima-se* — É uma opinião sua? Eu queria comprar do senhor essa opinião. Dez dólares, paga isso?
GARGA — A minha opinião eu dou de presente para o senhor.
SHLINK — Quer dizer então que o senhor muda de opinião, o livro pode ser bom?
GARGA — Isso, não.
SKINNY — Mas com esse dinheiro aqui, o senhor vai poder comprar roupa limpa.

Garga — Minha função aqui é apenas embrulhar livros, cavalheiro.
Skinny — Assim você espanta os clientes.
Garga — Mas o que é que os senhores querem de mim? Eu não conheço os senhores, nunca os vi antes.
Shlink — Ofereço quarenta dólares pela sua opinião sobre este livro. Que aliás eu nem conheço, nem me interessa conhecer.
Garga — Eu posso vender pro senhor a opinião de J. V. Jensen ou de Arthur Rimbaud, mas a minha opinião não está à venda, cavalheiro.
Skinny — A sua opinião também não me interessa. Só que eu estou disposto a comprá-la.
Garga — A minha opinião é o único luxo que eu tenho.
Skinny — O senhor pertence a uma família de milionários transatlânticos?
Garga — Minha família se alimenta de peixe podre.
Shlink *alegre* — Ah! Um homem que gosta de lutar. Então seria de esperar, da sua boca, palavras que me deixassem satisfeito e livrassem a sua família do peixe.
Skinny — Quarenta dólares! Isso significa um monte de roupa limpa para você e para sua família.
Garga — Eu não sou nenhuma prostituta.
Shlink *com humor* — Eu espero não interferir na sua vida íntima, oferecendo cinquenta dólares.
Garga — O aumento da oferta também aumenta o insulto e o senhor sabe disso.
Shlink *com ingenuidade* — É preciso saber o que é mais importante: um quilo de peixe ou uma opinião. Ou ainda: dois quilos de peixe ou uma opinião.
Skinny — Meu prezado senhor, não vá longe demais!
Garga — Vou mandar botar os senhores pra fora daqui.
Skinny — Você não compreende nada da vida. É por isso que se mete a ter opiniões pessoais.

Shlink — Miss Jane Larry disse que o senhor queria ir para o Taiti!

Garga — Eu gostaria de saber de onde os senhores conhecem Jane Larry.

Shlink — Desde que deixaram de pagar as camisas que ela costura, ela anda por aí, comendo brisa. Já faz três semanas que o senhor não aparece em casa dela.

Garga deixa cair uma pilha de livros.

Skinny — Preste atenção! O senhor aqui é um empregado.

Garga — Não posso fazer nada contra o seu desaforo.

Shlink — É que o senhor é pobre.

Garga — Me alimento de arroz e peixe, já se sabe.

Shlink — Então venda!

Skinny — O senhor é rei do petróleo?

Shlink — A rua inteira sente pena do senhor.

Garga — Não posso eliminar a rua inteira.

Shlink — A sua família, que veio do campo...

Garga — Dorme em três numa cama só, ao lado de um esgoto arrebentado. Eu, para conseguir dormir de noite, eu fumo. As janelas traçadas, porque Chicago é uma cidade fria. Se os senhores ficam satisfeitos com isso.

Shlink — E sua namorada, naturalmente...

Garga — Faz camisas a dois dólares cada. Doze centavos de lucro líquido. Eu recomendo aos senhores. Domingo, nós passamos juntos. A garrafa de whisky custa oitenta centavos, nem mais nem menos que oitenta centavos, se isso distrai os senhores.

Shlink — O senhor está pensando um coisa e dizendo outra.

Garga — Não.

Shlink — Porque ninguém pode viver com doze centavos de lucro.

Garga — Cada um escolhe a conversa que gosta. Alguns gostam do Taiti, se os senhores não se opõem.

Shlink — O senhor está bem informado. Isso é a vida simples. No Cabo Hay, ainda existem tempestades, mais ao sul estão as Ilhas de Tabaco, verdes campos sussurram ao vento. A gente vive como um lagarto.

Garga — Quarenta graus à sombra. O ruído da ponte de Milwaukee, o trânsito. Uma manhã, como as outras.

Shlink — Não como as outras, porque nesta manhã, eu começo a minha luta contra o senhor. Eu vou começar abalando a sua posição social. *Ouve-se tocar a campainha. Entra Maynes.* O seu balconista entrou em greve.

Maynes — Por que é que você não atende aos cavalheiros, George?

Skinny *em tom cortante* — Ele não está se comportando muito bem conosco, não.

Maynes — Como assim?

Skinny — A roupa dele, cheia de gordura, não nos agrada.

Maynes — Mas em que estado você se apresenta aqui, Garga? Pensa que isso aqui é o quê? Um botequim? Eu vou tomar providências para que isto não se repita mais, cavalheiros.

Skinny — O que é que ele está dizendo? Está resmungando de novo. Ei, por que você não usa a voz que Deus lhe deu?

Garga — Senhor Maynes, eu queria que o senhor me desse uma camisa nova. Com cinco dólares por semana eu não posso me prostituir.

Shlink — Vai pro Taiti, lá ninguém toma banho.

Garga — Muito obrigado pelo conselho, cavalheiro. A sua atenção me comove bastante. Vou pedir à minha irmã pra acender uma vela pro senhor na igreja.

Shlink — Ah. Faça isso sim, por favor. Aliás, ela está desempregada, não é mesmo? Manky, o homem que convém à sua irmã, vive gastando a sola dos sapatos; sua irmã nem se comove quando os pais morrem de fome.

Garga — O senhor por acaso tem um escritório de detetives? O seu interesse por nós é muito lisonjeiro.

SHLINK — O senhor está fechando os olhos de propósito. Quanto à sua família, a catástrofe é inevitável. O senhor é o único que ganha algum dinheiro. E assim mesmo se dá ao luxo de ter opiniões pessoais. Bem que podia ir para o Taiti. *Mostra um mapa marítimo que trouxe consigo.*

GARGA — Nunca vi o senhor em toda a minha vida.

SHLINK — Existem duas linhas de navegação.

GARGA — O senhor acaba de comprar esse mapa, não é? Está novo.

SKINNY — Imagine, o Oceano Pacífico!

GARGA *a Maynes* — Por favor, mande esses cavalheiros embora. Eles não compram nada. Espantam os clientes. Andaram me espionando. Não sei quem são.

Entra J. Finnay, o Verme. Shlink e Skinny afastam-se, sem sinal de reconhecimento.

VERME — É aqui mesmo a biblioteca do senhor C. Maynes?

MAYNES — Sim, sou eu mesmo.

VERME — Mas que troço imundo. Como é escuro.

MAYNES — O senhor deseja livros, revistas, selos?

VERME — Então é isso aqui que o senhor chama de livro, é? Que negócio mais sujo. Serve para quê? O senhor não acha que já há mentira demais? "O céu estava escuro e as nuvens corriam para o leste." Por que não para o sul? Ah, o que essa gente tem que engolir.

MAYNES — Vou embrulhar esse livro para o senhor.

SKINNY — Por que não deixa ele respirar um pouco? Por acaso este cavalheiro tem cara de rato de biblioteca?

GARGA — Isso é uma conspiração!

VERME — Verdade. Ela diz: "Cada vez que tu me beijas, eu vejo os teus lindos dentes." Ver dentes, como? Se está beijando. Mas ela é assim. A posteridade vai ficar sabendo. Piranhuda! *Pisoteia os livros com o saldo do sapato.*

Maynes — Devagar, cavalheiro, o senhor vai ter que pagar os exemplares estragados.
Verme — Livros. Pra que serve isso. Por acaso as bibliotecas impediram o terremoto de São Francisco?
Maynes — George, vá buscar o delegado.
Verme — Eu vendo cachaça, isto sim é uma profissão honesta.
Garga — Ele não está bêbado.
Verme — Meu corpo treme inteiro quando eu topo pela frente com os vagabundos desta laia.
Garga — Isto é um golpe organizado. É a mim que eles visam.

Entra Couch, chamado Gorilão, acompanhado de Jane Larry. Verme se afasta sem dar sinal de que o conhece.

Gorilão — Entra, minha franguinha branca. Isto aqui é a biblioteca de C. Maynes.
Garga — Fecha a loja, patrão. Bichos estranhos estão avançando em seus livros. As traças vão comer as suas revistas.
Verme — Eu sempre digo: é preciso olhar a vida no branco do olho.
Gorilão — Tira a cara daí. Toda esta papelada me faz mal ao estômago, e eu não posso ver nem jornal perto de mim.
Garga *para o patrão* — Pegue o revólver.
Shlink *avançando* — Por favor, venda.
Garga *percebendo Jane* — Não.
Jane — É aqui a tua loja, George? Não me olhe assim desse jeito. Esse cavalheiro me trouxe para dar uma voltinha, só isso.
Garga — Continua a dar a tua voltinha.
Gorilão — Ah, mas que grossura! O senhor está pondo em dúvida aquilo que a senhorita está dizendo? Eu estou tão fora de mim que vou rasgar outro livro. O senhor ainda tem alguma dúvida?
Maynes — Se você continuar a duvidar, eu te ponho na rua. Todos os meus livros foram para o inferno.
Garga — Vá para casa, Jane. Por favor. Você está bêbada.

Jane — Não sei o que você tem, George. Os cavalheiros são tão gentis comigo. *Bebe de uma garrafa que Gorilão lhe dá.* Eles me pagaram uns drinques. Está quente hoje. Quarenta graus! George, isso desce pelo corpo como uma bola de fogo.

Garga — Vai para casa, eu vou te ver hoje à noite.

Jane — Já faz três semanas que você não vem me ver. Eu não vou voltar mais pra casa. Estou até aqui de ficar rodeada de camisas.

Gorilão *sentando ela nos joelhos* — Não vai precisar mais.

Jane — Ai, você está me fazendo cócegas. Para! George não gosta disto.

Gorilão — Em poucas palavras, esta guria tem o corpo que vale alguns dólares. O senhor está em condições de pagar? É uma questão de amor e também de bebida.

Verme — O senhor está querendo que a mocinha fique casta para o senhor, que lave escadas, que vire lavadeira?

Skinny — O senhor quer fazer esta galinha branca virar um anjo?

Garga — O que é que o senhor quer? Brincar de faroeste? Faca? Revólver? Bebida?

Verme — Espera aí, você não vai sair daqui assim não. É possível que alguém seja jogado para fora do barco. Vende.

Garga — Estranho. Todo mundo aqui parece que está por dentro disto, menos eu, Jane.

Gorilão — Responde, diz pra ele.

Jane — Não me olhe assim, George, isso talvez seja a oportunidade da minha vida. Você pode pagar minha bebida? É claro que não é por causa da bebida. É o seguinte: todo dia de manhã eu me olho no espelho. Já fez dois anos. Você trabalha quatro semanas. E, só quando você está cheio e tem necessidade de beber, só aí você se lembra de mim. Eu não aguento mais isto. E as noites, George. Não sou má, não. É injusto que você me olhe assim.

Gorilão — Falou bem! Toma, bebe um gole, você vai ficar mais inteligente ainda.

Garga — O whisky te destruiu o cérebro. Você ainda me entende? Eu estou te dizendo: vamos embora daqui. Nós dois, juntos. Para São Francisco. Para onde você quiser. Eu não sei se um homem pode amar sempre. Mas escuta, eu prometo que fico do teu lado.

Jane — Isso você não pode, pequeno George.

Garga — Eu posso tudo. Também posso ganhar dinheiro, se é isso que você quer. Eu sinto alguma coisa por você. Não tenho palavras para dizer. Mas nós dois vamos nos dar bem de novo. Hoje à noite eu vou lá, vou te ver essa noite.

Jane — Eu ouço muito bem tudo o que você diz. Não precisa gritar tanto. Nem precisa dizer a estes senhores que você nunca me amou. Mas isso que você está me dizendo é a coisa mais amarga que você sabe dizer. E, naturalmente, eu tenho que escutar. Eu sei disso e você sabe também.

Verme — Palhaçada tudo isso! Conta pra ele simplesmente que hoje de manhã você ficou na cama de nove às dez e trinta com este digno cavalheiro.

Jane — Pode ser que isso não seja bom. Mas é bom que você fique sabendo que não foi nem pelo calor nem pelo whisky.

Shlink — Vende! Eu dobro o preço outra vez, pra acabar logo de uma vez com isso.

Garga — Isso não conta. O que é das nove às dez e trinta comparado a dois anos?

Shlink — Eu posso garantir ao senhor que pra mim duzentos dólares é uma miséria. Quase nem tenho coragem de oferecer isso ao senhor.

Garga — O senhor quer ter a fineza de mandar embora os seus amigos.

Shlink — Pois não. Eu só lhe peço que o senhor observe bem como andam as coisas em nosso planeta e venda.

Maynes — Mas você é um idiota! Um capado! Um passivo! Um doméstico! Pense...

Skinny — Nos seus inocentes pais amargurados pelo desgosto...
Verme — Na sua irmã...
Gorilão — Na sua amante! A belezoca aqui presente.
Garga — Não! Não! Não!
Shlink — Pense no Taiti!
Garga — Eu recuso.
Maynes — O senhor está despedido.
Shlink — Pense na sua situação econômica. Leve em conta a sua posição social, ela está desmoronando.
Garga — Isto é a liberdade! Olha, pega o meu paletó! *Tira o paletó. Podem dividir. Ele pega um livro na prateleira.* "Superstição! Mentira! Safadeza!" "Eu sou animal, um negro, mas talvez eu possa ser salvo! Vocês são negros falsos, vocês, loucos, selvagens, avarentos! Negociante, você é um negro. General, você é um negro. Imperador, velha lepra, você é um negro. Bebeu licor de contrabando da fábrica de Satanás. Este povo está entusiasmado de febre e câncer!" *Bebe.* "Sou pouco versado na metafísica." "Não compreendo as leis, não tenho moral, sou um bruto. Vocês estão enganados!"

Shlink, Skinny, Verme e Gorilão cercam Garga e o aplaudem como num espetáculo teatral.

Shlink *fumando* — Como o senhor está excitado. Ninguém vai lhe fazer mal.
Jane *que se atirou no pescoço de Garga* — É tão grave assim, George?
Garga — Olha aqui as minhas botas. Está fumando seu charutinho preto, senhor? A baba pode pingar dos cantos da sua boca. Aqui está o meu lenço. Essa mulher, eu ponho em leilão. Essa papelada, eu jogo na cara de vocês. Eu quero as plantações de tabaco da Virgínia. E uma passagem para as ilhas. Eu quero a minha liberdade. Quero mesmo.

Sai correndo descalço e em manga de camisa.

SHLINK *gritando atrás dele* — Meu nome é Shlink! Shlink, negociante de madeiras, Rua Mulberry, n° 6.
SKINNY — Esse aí, entrou no trilho! Quanto por toda essa papelada?
VERME — Vocês estão querendo pagar de verdade?
MAYNES — Dez dólares paga tudo.
SKINNY — Aqui tem vinte.
GORILÃO *a Jane que chora* — Ah, agora a menina está acordando! Vai chorar lá na sarjeta.
VERME — É preciso olhar a vida no branco do olho.
SHLINK — Quanto custa esta roupa?
MAYNES — A roupa? O paletó, a gravata, as botas? Na verdade eles não estão à venda. Dez dólares.
SKINNY — Finalmente ele saiu da casca. Vamos levar ele embora daqui.

Shlink sai lentamente pelo fundo. Skinny o segue levando as roupas de George.

2

ESCRITÓRIO DO NEGOCIANTE DE MADEIRA C. SHLINK, EM CHICAGO

Tarde do dia 22 de agosto, antes das 7 horas.
Shlink sentado numa pequena mesa.

VOZ DE SKINNY *do fundo, à esquerda* — Sete vagões de Kentucky.
VERME *dos fundos* — Já chegaram.
SKINNY — Dois carregamentos estragados.
VERME — Aqui tem um homem que quer falar com o senhor Shlink.

SHLINK — Mande entrar.
VERME — Esse é o senhor Shlink!

Garga entra.

SHLINK *alegrando-se* — Finalmente o senhor veio. Aqui estão as suas roupas. Pode vestir outra vez.
GARGA — Então o senhor estava me esperando, é? E trouxe as minhas roupas pra cá? Trapos sujos! *Dá um pontapé no embrulho de roupas.*

Shlink bate um gongo. Entra Marie.

MARIE — George!
GARGA — Você aqui, Marie?
MARIE — Onde é que você andava, George? Eles estavam muito preocupados com você. E que aspecto você tem!
GARGA — O que é que você está fazendo aqui?
MARIE — Eu tomo conta da roupa. Dá quase pra manter a família. Por que você está me olhando desse jeito? Parece que você não tem andado bem. Eu estou me dando bem. Gosto daqui. Me disseram que você foi despedido.
GARGA — Marie, pegue já as suas coisas e vamos embora daqui. *Caminha pela sala.* Eu não sei o que eles querem de mim. Me cravaram um arpão. E agora estão me puxando... Parece que tem cordas. *A Shlink:* Eu não vou tirar o corpo fora, senhor Shlink, mas deixe a minha irmã fora do jogo.
SHLINK — Como quiser. *A Marie:* Mas antes vá buscar roupa limpa e um terno pra ele, se isso não for incômodo.
MARIE — Meu irmão, não entendo por quê, diz que eu tenho que me afastar do senhor.
SHLINK — E eu digo que você deve ir pra casa, mas depois de fazer o que eu estou pedindo. *A George:* Este negócio de roupa não

é a minha especialidade. *Marie sai.* O senhor andou bebendo alguma coisa.

GARGA — Eu peço que o senhor me advirta se o que eu faço não corresponde às suas intenções.

SHLINK — Eu só tenho saquê, mas eu posso mandar buscar o que o senhor preferir. Quer alguma coisa pura ou misturada?

GARGA — Eu tenho o costume de resolver tudo ao mesmo tempo. Às vezes passo semanas inteiras bebendo, amando e fumando, tudo ao mesmo tempo.

SHLINK — E ainda folheando a Enciclopédia...

GARGA — ...O senhor sabe a verdade sobre tudo.

SHLINK — Quando me contaram seus hábitos, eu pensei pra mim mesmo: aí está um homem que gosta de lutar.

GARGA — A roupa está demorando.

SHLINK — Desculpe! *Levanta-se e faz soar o gongo. Entra Marie.*

MARIE — Aqui está a roupa, George, e o terno.

GARGA — Espera aí. Nós vamos sair juntos. *Troca de roupa atrás do biombo.*

MARIE — Eu tenho que me despedir, senhor Shlink. Eu não cheguei a terminar toda a roupa. Muito agradecida pelos dias que passei aqui.

GARGA *do biombo* — Este terno não tem bolso.

Shlink assobia

GARGA *entra* — Para quem é que o senhor está assobiando? Eu quero que nas últimas semanas que lhe restam o senhor pare de assobiar pra chamar os outros.

SHLINK — Às suas ordens.

GARGA — O senhor quis instaurar um faroeste. Está bem, eu aceito. O senhor arrancou a pele das minhas costas para se divertir. E me deu uma nova. Mas isso não conserta nada. Eu vou acabar com o senhor. *Um revólver na mão.* Olho por olho, dente por dente.

Shlink — Então o senhor aceita a luta?

Garga — Sim! Claro, sem compromisso.

Shlink — E sem querer descobrir os meus motivos?

Garga — Sem querer saber o motivo. Eu não quero saber por que é que o senhor precisa de uma guerra. O motivo com certeza deve ser podre. Pra mim basta, que, de nós dois, o senhor se considere o melhor.

Shlink — Está bem. Então, vamos refletir um pouco mais sobre o assunto. Minha casa e os meus negócios de madeira, por exemplo, me colocam em condições de massacrar o senhor. O dinheiro é tudo. Bom. Mas de agora em diante a minha casa é sua; os meus negócios lhe pertencem. A partir de hoje, senhor Garga, deposito o meu destino nas suas mãos. Eu nem mesmo conheço o senhor. A partir de hoje, eu sou uma criatura sua, cada olhar seu me deixará perturbado. Estou disposto a satisfazer cada um de seus desejos, mesmo aqueles cujas razões eu desconheço. Suas preocupações são minhas preocupações; minha força será a sua força. Os meus sentimentos serão dedicados somente ao senhor, e o senhor não será nada amável comigo.

Garga — Aceito o seu compromisso. Espero que o senhor não venha a ter nenhum motivo para se divertir.

Gorilão, Skinny e Verme entram silenciosamente; Garga sorri com malícia ao perceber que os ternos deles são iguais ao seu.

Shlink — Essa casa e esses negócios de madeira, cadastrados no Registro de Propriedades de Chicago sob nome de Shlink, passam no dia de hoje para o senhor Garga de Chicago.

Garga *para Shlink* — Sou eu, Muito bem. Quantas toras de madeira nós temos no estoque?

Shlink — Perto de quatrocentas. Eu não sei exato.

Skinny — Pertencem a Broost & Cia. de Virgínia.

Garga — Quem vendeu?

Verme — Eu, chamado Verme, proprietário do Hotel Chinês, quarteirão do entreposto de carvão.

Garga — Venda essa madeira de novo.

Verme — Vender duas vezes? Isso é fraude.

Garga — É.

Verme — Quem se responsabiliza por essa ordem?

Garga — Faz a expedição de madeira para São Francisco com o nome da firma do senhor Shlink e entrega esse dinheiro a ele, que o vai guardar pra mim até eu pedir. O senhor tem alguma objeção, senhor Shlink?

Shlink sacode a cabeça, sinal negativo.

Verme — Isso é uma negociata descarada! Vai botar a justiça nas nossas costas!

Garga — Quando?

Shlink — Dentro de seis meses no máximo. *Traz o livro de contabilidade para Garga.*

Gorilão — Estamos nos enfiando num pântano!

Garga — As cegonhas vivem do pântano.

Gorilão — Melhor trabalhar com navalha do que com papel falsificado. Alguém pode esquecer que Chicago é uma cidade fria?

Garga — O senhor se referiu mesmo a todo seu negócio de madeira, senhor Shlink? A casa, a fábrica, a mercadoria, o inventário?

Shlink — Sim. Aqui está o livro de contabilidade.

Garga — Aí, você! Derrama tinta no livro.

Skinny — Eu? *Shlink lhe passa o tinteiro.*

Skinny *acima do livro* — Toda contabilidade! Todos os negócios!

Garga — Joga tinta em cima. *Skinny derrama tinta com precaução.*

Gorilão — Bom proveito.

Verme — Vinte anos, pra chegar a isso! É uma piada! Eu não entendo mais nada! Era uma vez uma firma de madeira!

Garga — Agora, desliguem as serras mecânicas, e esse negócio de madeira acaba de uma vez.

Gorilão — O senhor é quem manda, patrão! *Sai. Para o barulho da serra; todos os homens vestem o paletó e ficam de pé, encostados contra a parede. Garga dá uma gargalhada.*

Marie — O que você está fazendo, George?

Garga — Cala a boca! Bota este cara na rua, senhor Shlink!

Shlink — Você pode ir.

Skinny — Ir embora? Em abril vai fazer vinte anos que eu trabalho na casa.

Shlink — Você está despedido.

Marie — Eu acho que isso que você está fazendo não está certo, George.

Garga — Marie, eu te peço: vá pra casa!

Marie — E eu te peço pra você ir comigo. Ficar aqui vai dar encrenca. Deixa ele em paz, senhor Shlink.

Shlink — Aguardo suas ordens, George!

Garga — Claro! Claro! Agora que o senhor não tem mais nada para fazer aqui, Shlink, eu te peço pra organizar uma partidinha de palito aí com seus antigos colaboradores. *Shlink e o pessoal sentam-se à mesa de pôquer.*

Marie — Mas você volta pra casa comigo, George! Isto pode ser uma brincadeira, mas você não está entendendo.

Garga — Nós crescemos no campo, Ma. Aqui estamos agora em leilão.

Marie — Nós? O que eles querem de nós?

Garga — Escuta: não é você que está na mira. Eles só queriam te enrolar nesse negócio. Eu venho para acertar contas com um sujeito que há duas semanas atrás me cuspiu um caroço de cereja no olho. Tenho um revólver no bolso da calça. E encontro gente fazendo reverência e recuando. Ele me oferece seu negócio de madeira. Não entendo nada, mas aceito. Estou sozinho no campo e nada posso fazer por você, Ma.

Verme *do fundo, para os dois* — Ele joga com um Deus de papel. Juro que está trapaceando.

Garga *a Shlink* — Não entendo nada do que está acontecendo, senhor. Sou como um negro, cheguei com uma bandeira branca, mas agora desenrolo a bandeira para o ataque. Passe para mim os papéis que representam sua fortuna, os seus bens pessoais, para eu encher os meus bolsos.

Shlink — Eu só peço que não os despreze por sua insignificância.

Shlink e Garga vão saindo.

Shlink — Ainda que fosse ruim aqui, que a gente pegasse chuva, ser despedido assim, desse jeito, isso não é justo.

Verme — Pare de resmungar! *Zombando.* Ele ainda pensa que estão falando do cupim no chão de madeira.

Skinny — Eu a amo, senhora. A senhora tem um jeito de estender a mão...

Verme — Olha! Ele não tem mais cama e quer levar uma mulher pra cama.

Skinny — Vem comigo! Eu vou trabalhar para a senhora. Vem comigo.

Gorilão *avança também* — É de dar pena; tem mulher de todo o jeito: negra, dourada, amarela e branca como maçã descascada; mulher negra! Da bunda ao calcanhar! A medida certa; coxas redondas, meu Deus; e não umas pernas de galinha carijó como essa aí. Ah, garota papuã! Quarenta dólares cada papuã.

Shlink *na porta grita para o fundo* — E isso é tudo.

Verme — Não. Você é um bárbaro! Um ingrato! A madame aqui é inocente. E será que ela fuma cachimbo? Ela pode não ter lá muita aparência, não. Mas quem pode dizer que ela não tem fogo? Quarenta dólares e tudo para a madame.

Skinny — Tudo o que o seu coraçãozinho desejar.
Gorilão — Sem pó de arroz, é claro. Nua e crua. Que curvas! Setenta dólares por ti, minha gata.

Barato de leilão; entra Shlink.

Marie — Me proteja, senhor Shlink.
Shlink — Estou pronto para lhe proteger.
Marie — Me diz: devo ir com ele?
Shlink — Aqui ninguém te ama. Ele sim.

Entra Garga.

Garga — Você está gostando do mercado? Tem um monte de madeira aqui e agora tem também uns quilos de carne que estão sendo postos em leilão. É essa arte de lutar, livre e divertida, é isso que se chama jiu-jítsu, não é?
Shlink *vai ao seu encontro inquieto* — Será que você não está facilitando demais as coisas?
Marie *a Garga* — Você devia ter me ajudado. Você tem que sair daqui comigo agora mesmo, George. Aconteceu uma coisa horrível. Quem sabe isso não termina, mesmo que eu vá embora agora. Acho que você está cego: você não percebe que vai perder?

No fundo ouve-se som de duas guitarras e de um tambor; coral de moças: "Jesus acode os pecadores."

Garga — Estou vendo que você já está pronta para entregar os pontos. É o pântano que vai te engolir. Aqui tem uma coisa pra você! É o Exército de Salvação marchando ao teu encontro, Marie! *Levanta-se da mesinha; dirige-se para o fundo.* Eh! Olá! Exército de Salvação!
Verme *a Marie* — Secaram o rio. E de noite este lugar está infestado pelos fantasmas dos ratos afogados. Vai, vai para casa dos seus pais.

Garga — Faxina completa! Tira o whisky daqui. *Shlink obedece, Marie ajuda-o.* Vamos entrando, minha gente!

Shlink abre o portão de madeira; faz grande reverência; entra um jovem do Exército de Salvação seguido por duas moças que trazem guitarra e um velho pecador com um tambor.

Jovem — O senhor nos chamou?

Verme — Aleluia! Exército de Salvação!

Garga — Eu acho que tudo isso que o senhor faz é besteira. Mas, se o senhor está precisando de uma casa, pode ficar com esta.

Jovem — Deus o abençoe.

Garga *a Shlink* — Pode ser. Essa casa e esses títulos você recebeu de herança?

Shlink — Não.

Garga — Você trabalhou durante quarenta anos?

Shlink — Com unhas e dentes. Dormia só quatro horas por noite.

Garga — Você era pobre quando desembarcou aqui?

Shlink — Eu tinha sete anos. Depois não parei mais de trabalhar.

Garga — Você não tem mais nada além disso aqui?

Shlink — Nada.

Garga *ao jovem* — Então eu lhe faço presente da propriedade deste homem para servir de abrigo aos órfãos e aos bêbados. Mas com uma condição: que você deixe que te cuspam nesta tua cara insuportável.

Jovem — Eu sou um ministro de Deus.

Garga — Então aceite o desafio.

Jovem — Eu não devo.

Garga — Tá caindo neve em cima dos órfãos. Os bêbados estão caindo, morrendo. E você resguardando o seu rosto.

Jovem — Bem, estou pronto. Até hoje eu mantive o meu rosto limpo. Tenho vinte e um anos. E o senhor deve ter as suas razões. Procure me compreender. Peça à senhora que se vire.

Marie — Se o senhor se prestar a isso, eu vou desprezar o senhor.

Jovem — Eu não espero outra coisa. Existem rostos mais dignos do que o meu; mas nenhum que seja bom demais para isso.

Garga — Cuspa na cara dele, Shlink, se quiser.

Marie — Isto não está certo, George. Não conte comigo.

Garga — Dente por dente, se quiser.

Shlink avança friamente e cospe na cara do homem; o Verme dá uma risada e o pecador convertido rufa o tambor.

Jovem *agita os punhos e chora* — Perdão.

Garga *joga os títulos de propriedade nele* — Aqui está o contrato de doação. É para o Exército de Salvação. E isso aqui é para você. *Dá-lhe o revólver.* E, agora, dê o fora, seu porco!

Jovem — Eu lhe agradeço em nome da missão.

Inclina-se desajeitadamente e sai. O hino cessa rapidamente.

Garga — Você estragou a minha brincadeira. A tua grosseria é incomparável. Eu vou guardar pra mim algum dinheiro vivo. Não vou ficar aqui, porque o negócio é o seguinte, Shlink de Okahama. Eu vou pro Taiti.

Marie — Isso é uma covardia, George. Quando o missionário saiu, você desviou os olhos, eu vi. Como você está desesperado!

Garga — Eu vim aqui esfolado até os ossos. Tremo quando penso nas minhas divagações intelectuais destas duas últimas semanas. Cuspi muitas vezes na cara dele. Ele engole tudo. Eu o desprezo. Acabou.

Marie — Que vergonha!

Garga — Você me abandonou. Dente por dente.

Marie — Então é contra mim que agora você quer continuar a luta? Você nunca teve limite. Deus vai te castigar. Não quero nada de você, a não ser o meu sossego.

Garga — É pra você poder ganhar pão para os teus pais com o suor das tuas coxas. E vender até o cheiro de égua do teu corpo e dizer: "Não, isso não sou eu, não." Te desejo muita felicidade na cama e uma longa vida sobre a terra. *Sai junto com os outros.*
Marie — Não consigo compreender o senhor, senhor Shlink. Mas o senhor pode andar em quatro direções, enquanto os outros só vão numa, não é? Um homem tem muitas possibilidades, não é mesmo? Estou vendo: um homem tem muitas possibilidades.

Shlink dá de ombros, vira-se, vai ao fundo. Marie o segue.

3

SALA NA CASA DA FAMÍLIA GARGA

Noite do dia 22 de agosto, depois das 7 horas. Uma água-furtada suja. No fundo, cortina encobrindo um balcão.
John Garga, Maë. Manky canta uma canção.

John — Está acontecendo uma coisa aqui, sobre a qual não é fácil falar.
Manky — Dizem que o seu filho George está metido num desses casos que não têm fim. Dizem que ele arranjou uma história aí com um sujeito de pele amarela. Que o amarelo fez alguma coisa com ele.
Maë — A gente não tem o direito de meter o nariz nestas coisas.
John — Mas, se é verdade que o teu filho foi despedido, o que é que a gente vai comer, mofo?
Maë — Desde pequeno nunca suportou a ideia de alguém por cima dele.
Manky — Dizem que vocês não deviam ter entregado a sua filha a este amarelo.

Maë — É. Já foram duas semanas que Ma saiu de casa, ela também.

Manky — É evidente que uma coisa está ligada com a outra.

Maë — Quando nossa filha saiu de casa, ela disse que tinham oferecido a ela um emprego num negócio de madeira. Ela ia ganhar vinte dólares por semana só pra tratar da roupa.

Manky — Um amarelo com roupa lavada.

John — Numa cidade como essa aqui, você não vê nem a casa da frente. Você nem sabe qual a consequência que pode ter ler um jornal e não o outro.

Manky — Ou até comprar uma passagem.

John — A gente que anda nestes bondes elétricos talvez fique com...

Manky — Câncer no estômago.

John — Nos Estados Unidos, nunca se sabe. O trigo tanto cresce no inverno como no verão.

Manky — Sim, mas de repente ninguém te avisa e você fica sem almoço. Você anda na rua com seus filhos. Obedecendo à risca o quarto mandamento, e de repente você está segurando só a mão do teu filho ou da tua filha; e teu filho e tua filha já se foram há muito tempo. Se atolaram num lodaçal e você nem chegou a perceber.

John — Olá, quem é? *Garga aparece na porta.*

Garga — Batendo papo de novo, é?

John — Até que enfim. Você trouxe dinheiro para estas duas semanas?

Garga — Trouxe.

John — A propósito: você ainda está no teu emprego? Ou não? Puxa, um terno novo. Você teve trabalho extra ou foi muito bem pago. Aqui está a tua mãe, George. *À mãe:* Por que é que você fica aí parada, pregada no chão feito a mulher de Ló? Teu filho voltou. Nosso filho veio nos convidar para jantar no Metropolitan Bar. Está achando pálido, o teu filhinho querido? Um pouquinho bêbado, teu filhinho, hein? Manky, me leva pra fumar cachimbo lá fora, Manky.

Os dois saem.

Maë — Me diz a verdade, George. Você tem problema com alguém?
Garga — Alguém esteve aqui?
Maë — Ninguém.
Garga — Tenho que ir embora, mãe.
Maë — Pra onde?
Garga — Qualquer lugar. Você está sempre assustada.
Maë — Não vai.
Garga — Tenho que ir: escuta, mãe. Um homem ofende o outro. Isso não é nada agradável para o outro. Mas esse homem, em certas circunstâncias, paga um negócio inteiro de madeira, pra poder insultar o outro. Isso realmente ainda é mais desagradável. Num caso como esse o homem ofendido deveria sair da cidade, mas, como isso ia ser uma solução agradável demais pra ele, talvez nem mesmo isso seja possível agora. Mas, de qualquer jeito, o que ele precisava era ser livre.
Maë — E você, George. Você não é livre?
Garga — Não. *Pausa.* Nós não somos livres. Tudo começa com o café da manhã. Com a surra que você leva quando tem a desgraça de ser um pobre macaco. E as lágrimas da mãe salgam a sopa das crianças e o suor da mãe lava as camisas e você está garantido até chegar à idade do gelo e a raiz fica no coração. E quando você fica adulto e quer fazer alguma coisa, se jogar inteiro nisso, então você descobre que já estava pago, carimbado, selado, vendido a preço alto. E você não tem nem mais liberdade para morrer.
Maë — Me diz. O que que tá te deixando doente?
Garga — Você não pode me ajudar em nada, mãe.
Maë — Posso, sim. Não abandona o teu pai. Sem você, como é que nós vamos viver aqui?
Garga *dá-lhe dinheiro* — Eu fui despedido. Mas aqui tem dinheiro para meio ano.

Maë — Nós estamos preocupados porque não tivemos mais notícias da tua irmã. Mas ela não deve ter perdido o emprego.

Garga — Isso eu não sei. Eu falei para ela não ficar com aquele amarelo.

Maë — Sei que não posso te dizer nada, como faria outra mãe.

Garga — Ah. Toda essa gente. Toda essa gente boa. Toda essa massa de gente boa e valente que fica de pé nos tornos mecânicos das usinas pra ganhar o bom pão de cada dia, fabricando montes de mesas boas para os bons comedores de pão. Todos esses bons fazedores de mesas e comedores de pão com suas boas famílias, que são tantas que já viraram multidão, e não aparece ninguém para dar uma cuspida na sopa deles, e ninguém para mandar todos para o outro mundo com um bom pontapé no rabo: e nenhum dilúvio universal cai por cima deles ao som de "Noites de Tempestade, Oceano Irado".

Maë — Ah, George.

Garga — Não me diga "Ah! George", não suporto isso. Isso não quero mais ouvir agora. Não quero mais ouvir isso.

Maë — Você não quer mais. E eu? De que jeito eu vou viver? Olha como as paredes estão sujas. E o fogão não dura até o fim do inverno.

Garga — Aí, mãe, é mais do que evidente. Não vai durar muito tempo. Nem o fogão nem a parede.

Maë — Ah. E é você que diz isso? Você está cego, George?

Garga — Nem o pão na prateleira, nem o vestido do teu corpo, nem a sua filha, nada vai durar muito.

Maë — É. Grita, meu filho. Grita pra todo mundo ouvir. Que tudo isso não leva a nada, que tudo é sacrifício demais, e que a gente vai murchando, cada dia mais. Mas de que jeito eu vou viver? Eu ainda tenho tanto tempo para viver.

Garga — Bem. Se tudo vai mal, me diz então de quem é a culpa?

Maë — Você sabe.

Garga — É isso mesmo.

Maë — Mas como é que você pode dizer isso? Que é que você pensa que eu quis dizer? Eu não quero que você me olhe assim. Eu te dei à luz. Eu te alimentei com o meu leite. Depois eu te dei pão. Depois do pão bati em você, George, e você tem que me olhar com outros olhos. Um homem, um marido faz o que quer. Não reprovo nada nele. Ele já trabalhou para nós.

Garga — Eu te peço, mãe. Vem embora comigo.

Maë — O que é que você disse?

Garga — Eu estou pedindo pra você vir comigo para o Sul. Eu vou trabalhar lá, eu sei derrubar árvores. Vamos construir uma casa de madeira, e você vai cozinhar pra mim. Eu preciso. Eu preciso muito de você.

Maë — Pra quem você está dizendo isso? Pro vento? Mas, quando você voltar, você vai ver onde foi que nós vivemos nos últimos dias que nos restaram. Quando é que você vai?

Garga — Agora.

Maë — Não diz nada pra ele. Vou juntar as tuas coisas e deixo o embrulho debaixo da escada.

Garga — Obrigado, mãe.

Maë — Está bem. *Os dois saem.*

O Verme entra cautelosamente farejando a sala por todos os lados.

Manky — Olá. Quem é que está aí? *Entra John.*

Verme — Sou eu, um cavalheiro. Senhor Garga. Senhor John Garga, presumo?

Manky — O que é que o senhor está procurando?

Verme — Eu? Nada. Será que eu podia dizer duas palavrinhas ao senhor seu filho, isto é, se é que ele já acabou de tomar o seu banho.

John — E sobre o quê?

Verme *abanando a cabeça tristemente* — Mas que falta de hospitalidade. Mas será que o senhor poderia me informar onde está repousando o seu honrado filho? Se é que isso não exige um grande esforço.

John — Ele saiu. E você vai pro mesmo. Isso aqui não é nenhuma agência de informações. *Entra Maë*.

Verme — Que pena. Pena mesmo. Estamos sentindo uma grande falta do senhor seu filho. Aliás, trata-se também da sua filha, caso o senhor esteja interessado.

Maë — Onde é que ela está?

Verme — Num hotel chinês, minha senhora. Num hotel chinês.

John — O quê?

Maë — Santa Mãe de Deus.

Manky — O que significa isso? O que é que ela está fazendo lá?

Verme — Nada. Comendo. O senhor Shlink mandou dizer pro senhor e ao seu filho para ir lá buscá-la. Ela está custando os olhos da cara. É preciso uma fortuna, a senhorita tem um apetite saudável demais. Ela não faz nada. Fica perseguindo a gente com propostas imorais; enfim, está desmoralizando o hotel, vai acabar chamando a atenção da polícia, senhor.

Maë — John!

Verme *grita* — Em poucas palavras: ela encheu o saco.

Maë — Jesus!

Manky — Onde é que ela está? Eu vou buscar ela agora mesmo.

Verme — Ir buscar. É isso mesmo. O senhor por acaso tem faro de cão de caça? Ou por acaso tem o endereço do hotel? Tão mocinho. Não é assim tão fácil, não. Vocês é que deviam ter tomado conta da senhorita. O seu filho é que tem culpa de tudo. É ele que tem que tirar ela de lá. Ele é que tem que buscar essa cadela. Pessoalmente. Amanhã à noite vamos pôr a polícia para funcionar.

Maë — Pelo amor de Deus. Então diga onde ela está. Não sei onde é que anda o meu filho. Ele foi embora. Por favor. Tenha um pouco de piedade. Oh, Marie. Oh, John, pede pra ele. O que foi que aconteceu com Marie? O que é que está acontecendo comigo? George! Mas que cidade é essa, John? E que gente é essa? *Ela sai.*

Shlink aparece na entrada.

Verme *balbuciando* — E, eu... a casa tem duas entradas... *Sai às escondidas.*

Shlink *humildemente* — Meu nome é Shlink. Fui negociante de madeiras. Agora eu ando por aí, olhando as moscas voar e ninguém depende de mim. Será que eu posso arranjar um canto pra dormir, aqui? A pensão, eu pago. Eu li, lá embaixo, na placa da porta, o nome de um homem que eu conheço.

Manky — Seu nome é Shlink? O senhor é que está segurando a filha deles?

Shlink — De quem se trata?

Garga — Minha filha, senhor. Marie Garga, minha filha.

Shlink — Eu não conheço sua filha.

John — Mas o homem que saiu daqui agora mesmo...

Manky — É claro que foi o senhor que mandou!

John — Ele se evaporou daqui no exato momento em que o senhor entrou.

Shlink — Eu não conheço esse homem.

John — Mas o meu filho e o senhor...

Shlink — O senhor está caçoando de um pobre homem. Claro que qualquer um pode me insultar sem o menor risco. Eu joguei e perdi a minha fortuna. Muitas vezes a gente nem sabe como isso acontece...

Manky — Pois eu, eu conheço a profundidade da água quando entro com meu barquinho no porto.

John — Confie, mas olhe em quem.

Shlink — Por não ter sabido me prevenir, eu estou agora sozinho e numa idade em que preciso encontrar um teto pra neve não cair na minha cabeça. E os encontro abandonados por aqueles que deviam sustentá-los. Eu não sou um homem sem coração. E pelo menos o meu trabalho poderia ter algum sentido.

John — Boas razões não enchem a barriga. Nós não somos mendigos. Não se pode continuar a comer cabeça de arenque. Entretanto a sua solidão não vai encontrar aqui corações de pedra. O senhor deseja apoiar seus cotovelos na mesa de uma verdadeira família. Só que nós somos gente pobre.

Shlink — Eu gosto de tudo o que se come. O meu estômago digere pedras.

John — O quarto é pequeno. Nós já estamos apertados como sardinhas.

Shlink — Eu durmo no chão. E, pra mim, um espaço com a metade do meu tamanho chega. Fico feliz como uma criança, se tenho onde abrigar os meus ombros contra o vento. Eu pagarei metade do aluguel.

John — Eu compreendo. O senhor não quer esperar lá fora. No vento. Entre e abrigue-se debaixo do nosso teto.

Maë *entra* — Eu preciso ir até a cidade antes do anoitecer.

John — Você nunca está aqui quando preciso de você. Eu alojei este homem. Ele está só. O teu filho foi embora, tem um lugar livre. Aperta a mão dele.

Maë — Nós viemos do campo.

Shlink — Eu sei.

John — O que é que você está procurando aí no canto?

Maë — Eu estou fazendo a minha cama debaixo da escada.

John — Onde é que estão as suas coisas?

Shlink — Eu não tenho nada. Eu durmo na escada, madame. Eu não quero me intrometer. A minha mão não vai tocar a sua. Eu sei que tenho a pele amarela.

Maë *friamente* — Eu lhe dou a minha.

Shlink — Eu não mereço. Eu falei a sério. A senhora não se referia à pele, desculpe.
Maë — À noite eu abro a janela que está em cima da escada. *Sai.*
John — Ela é boa.
Shlink — Que Deus a abençoe. Eu sou um homem simples. Não me peça grandes frases. Na minha boca eu só tenho dentes.

4

UM HOTEL CHINÊS

Manhã do dia 24 de agosto. Skinny, Gorilão, Jane.

Skinny *na porta* — Então você não tem a intenção de abrir um negócio novo?
Gorilão *numa rede, abana a cabeça* — O patrão passa todo o tempo no cais. Controlando os passageiros de partida para o Taiti. Tem um sujeito que desapareceu levando sua alma e toda a sua fortuna. Talvez tenha ido mesmo para o Taiti. É ele que o teu patrão está procurando. O patrão juntou tudo o que lhe restou, até as pontas de cigarro, guardou tudo aqui. *Apontando Jane.* Essa aí, já faz três semanas está comendo grátis por conta do patrão. A irmã do menino está hospedada aqui também. O que ele quer fazer com ela não está claro não. Às vezes ele fica falando com ela a noite inteira.
Skinny — E vocês? Ele jogou vocês na rua e vocês ainda pagam as contas dele. E ainda por cima mantêm a comitiva?
Gorilão — Os poucos dólares que ele ganhou carregando carvão ele entrega à família do menino. Ele alugou um buraco lá. Mas não pode morar lá. Eles não suportam ele. O menino em questão simplesmente fez a limpeza nele. Se presenteou com uma passagem de excursão para o Taiti. E deixou um carregamento de madeira

pendurado no pescoço do patrão que pode cair a qualquer momento. Dentro de uns cinco meses mais ou menos o tribunal vai pedir explicação por esse negócio de vender madeira duas vezes.

Skinny — E vocês ainda dão comida pra essa ruína.

Gorilão — O patrão precisava se distrair um pouco. A um homem como ele, todo mundo dá crédito. Se o menino continuar desaparecido, o patrão não vai pedir mais do que uns três meses pra conquistar o primeiro lugar no negócio de madeira. Tenho certeza disso.

Jane *semivestida, se maquila* — Eu sempre imaginei que era assim que eu ia acabar. Num bordel chinês.

Gorilão — Por enquanto você não tem a menor ideia do que eles estão planejando fazer com você.

Vozes são ouvidas atrás do biombo.

Marie — Mas por que você nunca me toca? Por que você usa sempre esse trapo fedendo a fumo? Eu tenho um terno aqui pra você. Eu tenho um terno igual aos que os outros homens usam. Eu não consigo dormir. Eu estou apaixonada por você.

Jane — Psst! Escutem! São eles de novo.

Shlink — Eu sou indigno. Eu não entendo nada de virgens. Há muito tempo que eu percebi que os homens da minha raça têm um cheiro particular.

Marie — É. Ele é ruim. É ruim mesmo.

Shlink — Você não devia atormentar tanto. Olha: o meu corpo está anestesiado: e a minha pele ficou insensível. A natureza fez a pele do homem fina demais para o mundo em que ele vive, e é por isso que o homem sofre tanto para fazer ela ficar mais grossa. Isso podia ser um sistema muito bom, se a gente pudesse deter o seu crescimento. Um pedaço de couro curtido, por exemplo, fica o mesmo, mas a pele cresce, fica cada vez mais grossa.

Marie — Por que isso? Por que o senhor não encontra adversário à sua altura?

SHLINK — Numa primeira fase, por exemplo: uma mesa ainda tem quinas. Depois, e isso é o que não é muito agradável, a mesa parece de borracha. Mas na fase da pele grossa, não existe mais nem mesa nem borracha.

MARIE — Desde quando o senhor sofre dessa doença?

SHLINK — Desde a infância, quando eu remava nos barcos ao longo do Yang-Tsé-Kiang. O Yang-Tsé torturava os juncos. E os juncos nos torturavam. Tinha um homem que, cada vez que passava por cima dos barcos dos remadores, pisava por cima das nossas caras. E, de noite, nós estávamos tão cansados que não tínhamos força para desviar o rosto. Mas o homem, por estranho que pareça, não se cansava de caminhar por cima de nós. Mas nós, de nossa parte, torturávamos uma gata; ela se afogou quando nós quisemos ensinar ela a nadar, e era ela quem comia os ratos que ameaçavam devorar os nossos corpos. Toda aquela gente de bordo teve essa doença.

MARIE — Quando é que você esteve no Yang-Tsé-Kiang?

SHLINK — De madrugada nós estávamos deitados nos juncos e sentíamos a doença crescer em nós.

VERME *entra* — O vento engoliu o menino completamente. Em toda Chicago, nem um fio de cabelo.

SHLINK — Você devia ir dormir um pouco. *Sai de trás do biombo. Nada ainda? Shlink sai. Pela porta aberta ouve-se o barulho de Chicago que desperta. Gritos de leiteiros, ruídos de carros de carne.*

MARIE — Chicago acorda no meio dos gritos dos leiteiros e do barulho das carroças de carne. É a hora dos jornais e do ar fresco da manhã. Seria bom sair e se lavar, mergulhar na água fria. Tanto o campo como o asfalto têm alguma coisa boa. Agora, por exemplo, um vento frio está soprando no campo, onde a gente viveu um dia. Tenho certeza disso.

GORILÃO — Você se lembra do seu livrinho de catecismo, Jane?

JANE *choramingando* — As coisas vão piorar cada vez mais, as coisas vão piorar cada vez mais...

Começam a arrumar a sala. Erguem as persianas, arrumam as esteiras.

Marie — Quanto a mim, estou sem fôlego. Eu quero dormir com um homem e não sei como. Tem mulheres que são como cadelas, amarelas e pretas, e eu não consigo. Eu estou como cortada em duas, rasgada. As paredes parecem de papel, a gente não consegue respirar. É preciso botar fogo em tudo. Onde estão os fósforos, uma caixa preta enorme, para que as águas possam inundar tudo. Ah, se as águas me levassem, o meu corpo se dividisse em dois, as duas metades de mim seriam levadas para direções diferentes.

Jane — Para onde ele foi?

Gorilão — Ele está inspecionando os rostos dos que estão indo embora, que acham a vida em Chicago muito dura.

Jane — O vento leste está soprando. Os navios para o Taiti levantam as âncoras.

5

O MESMO HOTEL

Um mês mais tarde, 19 ou 20 de setembro. Um dormitório sujo. Um corredor. Um bar envidraçado. Verme. George Garga. Manky. Gorilão.

Verme *fala do corredor para o bar* — Não, ele não levantou a âncora, não. O arpão penetrou mais fundo do que a gente pensava. Nós pensamos que a terra tivesse tragado o garoto, mas agora ele está aí, no quarto do Shlink, lambendo as suas feridas.

Garga *do quarto* — "Nos meus sonhos eu te invoco, o meu esposo infernal." Shlink, o cachorro. "Nós não dividimos mais nem a mesma cama nem a mesma mesa. E ele não tem mais quarto. Sua noivinha fuma charutos da Virgínia e ganha umas coisinhas pra fazer o pé-de-meia." Isso sou eu. *Ri.*

Manky *no salão do bar, atrás das vidraças* — É estranha a vida. Eu, por exemplo, conheci um homem de primeira categoria, mas amava uma mulher. A família dela morria de fome. Ele tinha 2.000 dólares no bolso, mas deixou que eles morressem de fome diante dos seus próprios olhos. Porque ele precisava dos 2.000 dólares para amar a mulher, sem isso ela não seria dele. É uma safadeza, mas ele não sabe o que faz.

Garga — "Olha pra mim, eu sou um pobre pecador. Eu amei o deserto, os pomares queimados, as lojas decadentes, as bebidas tépidas. Vocês estão enganados. Eu sou um homem pequeno." Eu não tenho nada que ver com o senhor Shlink de Yokoama!

Gorilão — Olha, por exemplo, o comerciante de madeira. Ele nunca deu sinal de ter um coração. Mas um belo dia, por causa de uma paixão, mandou todo o seu negócio pro inferno. Agora está carregando carvão lá embaixo, no porto. Ele que um dia teve todo o bairro na mão!

Verme — Nós recolhemos ele aqui como um cão de raça faminto. Mas agora, se ele não largar esse osso, que felizmente apareceu de novo, aí a nossa paciência vai terminar.

Garga — "Um dia serei a sua viúva. É certo que no calendário esse dia já está marcado. E eu vestindo cuecas limpas, vou seguir o enterro a passos largos no sol quente."

Marie *entra com uma cesta de comida* — George!

Garga — Quem é? *Ele a reconhece.* Mas como você está! Parece um trapo imundo.

Marie — É.

Verme *para dentro do bar* — Ele está de porre. E agora a irmã veio ver ele. Ele já disse pra ela que ela está imunda. Onde é que está o velho?

Gorilão — Ele vem hoje. Eu trouxe Jane para cá. Vai servir de isca, eu acho. Vale tudo nessa briga.

Jane *sacode a cabeça* — Eu não entendo nada. Me dá de beber. Gim.

Marie — Eu fico contente em saber que você tinha uma opinião melhor de mim. Por isso você está tão espantado de me ver aqui. E também queria te lembrar do tempo em que você era o orgulho de todas as mulheres no sábado de noite, quando você dançava o shimmy e o ragtime; as tuas calças tinham um vinco impecável e os teus únicos vícios eram cigarro, whisky e mulher, vícios que ficam bem nos homens… Eu gostaria que você pensasse nisso, George. *Pausa.* Como é que você está vivendo?

Garga *rápido* — Aqui faz um frio de noite. Você quer alguma coisa? Está com fome?

Marie *rápida, sacode a cabeça. Olha-o* — Ah, meu pobre George, já faz tempo que os corvos estão voando por cima de nós.

Garga *rápido* — Quando é que você esteve em casa a última vez?

Marie se cala.

Garga — Me disseram que você frequenta esse hotel.

Marie — Ah? Quem é então que está tomando conta deles em casa?

Garga *sangue-frio* — Pode ficar tranquila. Me disseram que tem alguém que cuida deles. E eu sei também o que você anda fazendo. Também estou a par do que acontece num tal Hotel Chinês.

Marie — É agradável olhar as coisas com esse sangue-frio, George? *Garga olha-a.* Não me olhe assim nos olhos. Eu sei que você é católico.

Garga — Começa você.

Marie — Eu estou apaixonada por ele. Por que é que você não diz nada?

Garga — Ama ele. Isso vai fazer ele ficar mais fraco.

Marie — Por favor, pare de ficar olhando pro teto — eu não consigo que ele me ame.

Garga — Isso é mau.

Marie — Eu sei. Ah, George, eu estou rasgada em duas. Porque eu não consigo que ele me ame. Eu tremo debaixo da roupa quando eu olho pra ele. E quando eu abro a boca eu digo palavras erradas.

Garga — Eu não sei ensinar as cenas. Uma mulher desprezada! Eu tive uma. Não valia um copo de rum. Mas ela sabia como atrair um homem! Ela cobrava. E sabia muito bem quanto valia.

Marie — Você me diz coisas tão duras, que ficam nadando na cabeça como álcool. Será que estão certas essas palavras? Você é quem sabe. Mas agora eu entendo você.

Shlink entra no corredor.

Verme — Eu falo por experiência: toda a humanidade, da raiz do cabelo à ponta dos pés, morre por causa dos sonhos de papel. E não tem nada tão parecido com papel como a vida real.

Marie volta-se e defronta Shlink.

Shlink — Aqui, senhorita Garga?

Marie — Uma mulher que se declara a um homem não respeita os bons costumes. Eu queria dizer que o meu amor pelo senhor não prova nada. Eu não quero nada do senhor. Pra mim não é fácil lhe dizer isso, inclusive, isso deve ser evidente.

Garga *vem do quarto de dormir* — Fica aqui, Marie. Nós, com a nossa cara de gente de interior, estamos sendo embrulhados nessa cidade grande. Não faz nada contra tua vontade. Não se venda tão fácil assim.

Marie — Sim, George.

Garga — Aqui é assim: ele trabalha como um cavalo e eu me espreguiço e nado numa piscina de absinto.

Shlink — Os conquistadores deste mundo gostam de ficar de papo pro ar.

Garga — Os proprietários trabalham.

Shlink — Você tem alguma preocupação?

Garga — Cada vez que eu olho pra sua cara, eu tenho a impressão que você está me avaliando. Está achando que apostou no cavalo errado? Sua cara envelheceu.

Shlink — Muito obrigado por não ter esquecido. Eu quase cheguei a pensar que você estava no sul. Peço que me desculpe. Eu tomei a liberdade de prover as necessidades de sua família graças ao trabalho das minhas mãos.

Garga — Isso é verdade, Marie? Eu lhe asseguro que não sabia de nada. Então o senhor está se infiltrando? Vossa baixeza real está satisfeita com o fato de alimentar a minha família? Pois bem. Eu acho muito engraçado. *Vai à esquerda, para o quarto, deita-se rindo.*

Shlink *seguindo-o* — Pois ri então! Eu adoro o seu riso. O seu riso é o meu sol, aqui antes estava tão escuro. Que desgraça não poder ver você. Já faz três semanas, Garga!

Garga — Elas por elas. Eu também estou muito satisfeito.

Shlink — E você vive num banho de mel.

Garga — Só que estou com as costas chatas de tanto ficar deitado; ficaram chatas como uma espinha de peixe.

Shlink — Que vida miserável essa; você vive no mel e o mel está podre.

Garga — Eu quero mais vida do que ficar gastando as solas das minhas botas dando pontapés em você.

Shlink — Eu lhe peço que não tenha escrúpulos nem com a minha humilde pessoa nem com as minhas intenções. Mas eu estou aqui. Se você quiser desistir do combate, não vai poder deixar a arena lavando as mãos.

Garga — Mas eu vou desistir. Faço greve. Jogo a toalha. Será que estou assim tão amarrado a você? Você não passa de uma noz pequena e dura, que a gente devia cuspir fora, porque sabe que ela é mais dura que os dentes. É só casca.

Shlink *contente* — Eu não poupo esforços para produzir toda a luz que você necessita para enxergar mais claro. Eu me coloco debaixo de todas as luzes, senhor Garga. *Se coloca debaixo da lâmpada.*

Garga — O senhor está querendo pôr em leilão esta alma cheia de varíola? Então o senhor pode aguentar qualquer sofrimento? Ou o senhor está simplesmente calejado?

Shlink — Parte a noz com os dentes!

Garga — Você está se retirando pro meu canto. O senhor começa uma luta metafísica, mas deixa atrás um matadouro.

Shlink — Você está se referindo às minhas relações com sua irmã? Eu não imolei nada que tenha sido defendido por sua mão protetora.

Garga — Eu tenho só duas mãos. O que é humano pra mim o senhor devora como um monte de carne. O senhor me abre os olhos para me mostrar as minhas reservas, no mesmo instante em que o senhor seca a fonte. O senhor transformou minha família em reserva sua. O senhor vive das minhas reservas. E eu vou secando cada vez mais. Agora sou eu que estou caindo na metafísica. E o senhor ainda tem coragem de vomitar tudo isso na minha cara!

Marie — Por favor, George, posso ir embora? *Retira-se até os fundos.*

Garga *segue-a e puxa-a para a frente* — Pelo contrário! Nós estamos só começando a falar em você. Só agora você entrou no meu campo visual.

Shlink — A minha desgraça é pisar no ponto fraco. Eu recuo. Mas o senhor só reconhece o valor dos que são importantes pro seu afeto quando eles estão no necrotério. E eu sinto necessidade de esclarecê-lo sobre as próprias inclinações. Mas continua, por favor. Eu entendo você perfeitamente.

Garga — Mas eu faço o sacrifício. Por acaso tenho o ar de quem está se recusando?

Marie — Você devia me deixar ir embora. Sinto medo aqui.

GARGA — Vem para cá. *Corre para o corredor.* Vamos fundar uma família!

MARIE — George!

GARGA — Fica aqui! *Para dentro.* Trata de participar nisso como homem, cavalheiro.

SHLINK — Não me nego nem um minuto.

GARGA — Você ama esse homem? E ele fica passivo?

Marie chora.

SHLINK — Espero que não passe do limite! *Volta correndo ao quarto.*

GARGA — Não se preocupe. Isso vai ser um passo pra frente! É uma tarde de quinta-feira, não é? Isto é um hotel chinês! E esta é minha irmã Marie Garga, não é? *Sai correndo.* Vem cá, Ma, minha irmã! Este é o senhor Shlink de Yokoama. Ele quer dizer uma coisa para você!

MARIE — George!

GARGA *vai buscar bebidas* — "Eu fugi para os subúrbios da cidade; onde as brancas mulheres, com as bocas tortas, cor de laranja, se agacham nas sarças ardentes."

MARIE — Já está ficando noite lá fora, e hoje eu quero voltar para casa.

SHLINK — Eu te acompanho, se você quiser.

GARGA — "Seus cabelos eram de verniz negro, muito finos; seus olhos estavam apagados pelo vento da devassidão das noites bêbadas e dos sacrifícios ao ar livre."

MARIE *falando baixo* — Não me peça isso, por favor!

GARGA — "Quais cintilantes peles de serpentes, seus vestidos leves, molhados por chuvas eternas, batiam contra os membros excitados numa tensão sem fim."

SHLINK — Eu pedi de verdade. Não tenho segredo para ninguém.

GARGA — "As vestes envolvem completamente até às unhas dos pés aqueles cujos corpos estão fundidos em cobre. Este espetáculo fez empalidecer nas nuvens a Madona que vela por suas irmãs."

Volta, dá um copo a Shlink. Você não quer beber? Eu acho que vai ser preciso.

SHLINK — Por que o senhor bebe? Quem bebe mente.

GARGA — É divertido conversar com você. Quando bebo, a metade dos meus pensamentos escorrem do meu cérebro. Eu canalizo tudo pra terra. E me sinto mais leve. Beba!

SHLINK — Eu prefiro não fazer nada. Mas se o senhor insiste...

GARGA — Eu convido e o senhor recusa...

SHLINK — Não recuso, não. Mas a única coisa que eu tenho é o cérebro.

GARGA *depois de um momento* — Queira me desculpar. Vamos fazer uma divisão: você diminui o seu cérebro. Depois de beber, você vai amar.

SHLINK *bebe, numa espécie de cerimônia* — Depois de beber eu vou amar.

GARGA *grita no quarto* — Quer um copo, Ma? Não? Por que não pega uma cadeira?

GORILÃO — Cala a boca! Escutei eles falarem até agora. Agora calam-se!

GARGA — Esse é o buraco negro. Agora quarenta anos vão passar. Não digo que não. Um abismo se abre diante de nós, o fundo do poço rachou e o esgoto vem vindo à tona, os baixos instintos aparecem, mas os desejos que provocam são muito fracos. Durante quatrocentos anos eu sonhei com manhãs no mar, com o vento de sal me golpeando os olhos. Como tudo era simples. Calmo. *Ele bebe.*

SHLINK *submisso* — Eu peço a sua mão, senhorita Garga. Devo me atirar humildemente aos seus pés? Por favor, venha comigo. Eu a amo.

MARIE *corre para o salão* — Socorro! Estão me vendendo!

MANKY — Eu estou aqui, meu bem!

MARIE — É, eu sabia que você está sempre onde eu estou!

Garga — "Como na ópera: um golpe de vento basta para abrir rachas nos cenários."

Shlink *berra* — Sai deste bar, Marie Garga, por favor. *Marie sai do bar.* Não se rebaixe, senhorita Garga. Eu lhe peço.

Marie — Eu quero encontrar um quarto onde não tem nada. Eu agora não quero mais muitas coisas, eu prometo que não vou querer, Pat.

Garga — Luta pela tua chance, Shlink.

Shlink — Pense nos anos que não passam, senhorita Garga, e não esqueça que agora você tem sono.

Manky — Vem comigo, tenho 2.000 dólares. Isto quer dizer um teto no inverno. E fantasmas não têm, só no necrotério.

Shlink — Venha comigo, por favor, Marie Garga, estou pedindo. Vou cuidar de você como esposa. Vou servir você. E, se algum dia eu a magoar, eu prometo que me enforco com a maior discrição.

Garga — Ele não está mentindo. Pode ter certeza que ele não está mentindo. É isso que você ganha se ficar com ele, centavo por centavo.

Marie *entra no salão* — Me diz, Pat: mesmo que eu não te ame, você me ama?

Manky — Acho que sim. E não está escrito em nenhum lugar, no céu ou na terra, que você não me ama, meu bem.

Garga — Você aqui, Jane? Devorando os seus coquetéis? Você não parece mais a mesma. Já vendeu tudo?

Jane — Tira esse sujeito da minha frente, Gorilão. Não gosto da cara dele. Ele me irrita. Mesmo que não seja mais dessas que vivem no leite e no mel, eu não suporto que alguém venha fazer troça de mim.

Gorilão — Eu quebro o nariz de qualquer pessoa que diga que você é sapato velho!

Garga — Então, eles te entupiram de ração, você também? A tua cara parece lambida como sorvete de limão. E você andava por aí em trapos finos como atriz de ópera, mas agora parece que te jogaram uma nuvem de carvão por cima. Mas eu dou crédito a você por não ter vindo por iniciativa própria. Foram as moscas que te sujaram, minha galinha bêbada.

Marie — Então vamos embora! Eu gostaria de lhe ter feito esse favor, Shlink, mas eu não posso. Não é orgulho.

Shlink — Fica então se você quiser. Não vou repetir a minha proposta, se não lhe agrada. Mas não deixa o Buraco engolir você. Há muitos lugares onde você pode viver sem ter um homem ao lado.

Garga — Não para uma mulher. Deixa ela, Shlink! Você não vê atrás do que ela está? Se você tivesse preferido um teto no inverno, Jane, você ainda ia estar sentada no meio das suas camisas.

Shlink — Bebe antes de amar, Marie Garga!

Marie — Vem Pat, este lugar não é bom. Essa é a tua mulher, George? É mesmo? Estou contente por ter visto ela antes de partir. *Ela sai com Manky.*

Shlink *grita para eles* — Eu não desisto de você. Volte quando tiver compreendido.

Gorilão — É um sapato velho, cavalheiros; folgado demais! *Ri.*

Garga *ilumina o rosto de Shlink com uma vela* — A cara ainda está em ordem. As suas boas intenções me confundem.

Shlink — As vítimas de ambos os lados são consideráveis. Quantos navios você precisa para chegar ao Taiti? Quer que eu ice a minha camisa para te servir de vela? Ou a da tua irmã? Eu te responsabilizo sobre o destino da tua irmã. Foi você que abriu os olhos dela para o que ela vai representar para os homens, para todo o sempre: um objeto. Espero não ter frustrado nada. Quase que eu ganhei a virgindade dela, mas você decidiu que eu devia me contentar com os restos. Não esqueça também a tua família, que você está abandonando na miséria. Agora já viu o que vai sacrificar!

Garga — Eu quero assassinar todos agora. Isso mesmo. Estou pronto pra dar um pulo e tomar a dianteira. Agora eu entendo, também, porque você encheu eles com o que você ganhou carregando carvão, até eles ficarem gordos. Mas não vou permitir que a nossa brincadeira seja uma pechincha. Chegou o momento de apanhar este pequeno animal que você está guardando para mim.

JANE — Não permito que me insultem. Eu sou sozinha no mundo E quem toma conta de mim sou eu.

GARGA — E agora te peço que você me entregue o dinheiro daquela venda dupla de madeira. Eu espero que você tenha guardado para mim. Porque chegou o momento de me dar o dinheiro. *Shlink tira o dinheiro e entrega a Garga.* Estou completamente bêbado. Mas, por mais bêbado que eu esteja, eu tenho ainda uma ótima ideia, Shlink. Uma ideia de primeira! *Sai com Jane.*

GORILÃO — Esse foi o seu último dinheiro, senhor. De onde é que o senhor tirou esse dinheiro? O senhor ainda vai ser interrogado sobre isso. Broost & Cia. estão exigindo a madeira que pagaram.

SHLINK *sem prestar atenção a Gorilão* — Uma cadeira. *Os outros continuam como estão.* Meu arroz e um copo com água!

VERME — Aqui não tem mais arroz para o senhor; sua conta está fechada.

6

O LAGO MICHIGAN

Fim de setembro. Em um bosque. Shlink e Marie.

MARIE — As árvores parecem que estão cobertas de excrementos humanos, o céu está tão baixo, parece que dá para pegar com a mão. Como tudo isso me deixa indiferente. Eu estou gelada. Estou como um bicho quase morto de frio. Não sei o que fazer comigo.

SHLINK — Se isso te ajuda, eu te amo.

Marie — Eu me prostituí. Ah, como o amor se tornou uma fruta amarga. As outras vivem um tempo bonito quando amam. Eu murcho aqui. Eu joguei a minha vida fora. Meu corpo está murchando.

Shlink — Me conta até onde você chegou. Isso vai aliviar.

Marie — Fui para cama com um homem que é como um animal. Me entreguei a ele muitas vezes, mas meu corpo estava morto e não via meios de me excitar. Nos intervalos ele fumava charutos Virgínia, era um marinheiro. Eu amei você em cada momento em que eu passei entre aquelas paredes. Eu fiquei tão cheia de ardor que ele pensou que era amor e quis me refrear. Eu dormi um sono preto. Não te devo nada, mas mesmo assim a minha consciência grita que eu sujei o corpo que te pertence, apesar de você ter me desprezado.

Shlink — Eu lamento que você esteja com frio. Eu pensei que o ar estava quente e escuro. Não sei como é que os homens desse país falam com as suas amantes. Mas se isso te ajuda: eu te amo.

Marie — Eu sou tão covarde. Minha coragem se foi com a minha consciência.

Shlink — Você vai encontrar um meio de se purificar.

Marie — Eu acho que devia entrar no lago, mas não posso. Eu ainda não estou pronta. Oh, que desespero! Esse coração que nada acalma. Em tudo que eu quiser, eu sou só a metade. Nem amar eu posso. É tudo vaidade. Eu ouço o que você me diz, não estou surda, tenho ouvidos, mas o que é que isso quer dizer? Pode ser que eu esteja dormindo e que alguém vá me acordar, e pode ser que eu seja dessas que fazem um mau negócio, só para ter um teto em cima da cabeça. E pode ser que eu engane a mim mesma e feche os olhos.

Shlink — Vem, está ficando frio.

Marie — Mas a folhagem está quente e nos protege contra o céu que está perto demais. *Saem.*

Manky *chegando* — As pegadas dela estão apontando para cá! E preciso ter uma boa dose de humor neste mês de setembro. É o momento em que os caranguejos se encontram, ouve-se o grito de amor dos veados no mato, é o tempo da caça dos texugos. Mas as minhas barbatanas estão frias e eu forro as minhas meias pretas com jornais velhos. Onde é que ela está vivendo, isto é pior! Se ela estiver amando por aí naquele puteiro, que nem uma espinha de peixe, nunca mais vai conseguir uma camisa limpa. Isso deixa mancha! Oh, Pat Mankyboddle, eu te declaro fora da lei! Fraco demais para me defender, eu passo ao ataque! Essa canalha vai ser engolida, com a sua pele emplumada! Uma boa prece vai acelerar a digestão, os corvos vão ser fuzilados de acordo com a lei marcial e dependurados no meu museu particular. Brr! Palavras! Frase sem dente! *Tira um revólver do bolso.* Essa é a resposta mais fria. Farejando no mato, atrás de uma mulher, seu porco? De quatro? Merda! Isto aqui é a floresta do suicídio! Atenção, Patty! Pra onde é que uma mulher deve ir quando está acabada, da cabeça aos pés? Desiste, Patty, fuma um pouco, come um bocado, põe essa coisa no bolso. E vai adiante! *Sai.*

Marie *volta com Shlink* — É repugnante diante de Deus e dos homens, não vou com você.

Shlink — Que sentimento podre. Você devia espairecer um pouco.

Marie — Não, não posso, você está me sacrificando.

Shlink — O que você precisa é enfiar a cabeça no sovaco de um homem, não importa qual.

Marie — Eu não sou nada pra você.

Shlink — Você não pode viver sozinha.

Marie — Você me tomou com tanta pressa, como se pensasse que eu ia fugir! Como isso parece um sacrifício.

Shlink — Como uma cadela louca, você correu pro mato e, como uma cadela louca, você saiu.

MARIE — Eu sou como você diz? Eu sou sempre como você diz. Eu te amo. Não se engane nunca: eu te amo. Eu te amo como uma cadela louca. Você falou a verdade. Mas agora, paga! É, eu quero ser paga. Passa pra cá o dinheiro. Quero viver do seu dinheiro. Eu sou uma puta.

SHLINK — Seu rosto está todo molhado. Você, uma prostituta.

MARIE — Me dê dinheiro e não ria de mim. Não olhe pra mim. O meu rosto está todo molhado, mas não é lágrima, é o sereno. *Shlink entrega-lhe o dinheiro.* Eu não vou dizer: obrigada, senhor Shlink de Yokoama. Ajustamos as contas. É um negócio. Nenhum de nós tem nada que agradecer.

SHLINK — Saia por aí! Aqui você não vai ganhar nada! *Sai.*

7

SALA NA CASA DA FAMÍLIA GARGA

Dia 29 de setembro de 1912.
A sala está arrumada com mobília nova. John Garga, Maë, George, Jane, Manky, todos de roupa nova participam do banquete de núpcias.

JOHN — Desde que este homem, que ninguém aqui nesta casa gosta de mencionar, e que tem pele de cor diferente da nossa, mas vai para o depósito de carvão por causa de uma família que ele conhece, é, para trabalhar pra eles dia e noite, é, desde que esse homem, que tem pele diferente, estendeu a sua mão protetora sobre nós, no bairro do carvão, aqui as coisas melhoraram dia a dia, em todos os aspectos. Hoje, sem saber que ia haver casamento, ele tornou possível ao nosso filho George uma festa de núpcias que só um chefe de uma grande firma pode dar. Gravatas novas, ternos novos, um leve cheiro de whisky em nossos dentes no meio da mobília nova.

Maë — Não é estranho que esse homem possa ganhar tanto dinheiro só carregando carvão?

Garga — Sou eu que ganho dinheiro.

Maë — Vocês casaram assim, do dia pra noite. Isso não foi um pouco precipitado, Jane?

Jane — A neve também pode derreter, então pra onde é que ela vai, e a escolha cai na pessoa errada, isso acontece muito.

Maë — Mas não é questão de homem certo ou errado. O importante é não desistir.

John — Não fale bobagem. Come o teu bife e aperta a mão da noiva.

Garga — É. *Agarra o punho de Jane.* É uma mão boa. Eu me sinto muito bem aqui. Azar se o papel de parede está descolando. Estou vestindo roupa nova, comendo bife, sentindo o gosto de cal, protegido pelo reboco, por um dedo de espessura de reboco, vejo um piano. Coloquem uma coroa de flores na fotografia de nossa muito amada irmã, Marie Garga, nascida há vinte anos atrás no campo. Coloquem as sempre-vivas debaixo do vidro. É bom estar aqui. É bom deitar aqui. O vento negro não entra aqui.

Jane *levantando-se* — O que é que você tem, George? Você está com febre?

Garga — A febre me faz bem, Jane.

Jane — Eu fico imaginando o que você vai querer comigo, George.

Garga — Por que é que você está tão pálida, mãe? Não está vendo que o filho pródigo à casa torna? Por que é que vocês estão aí, de pé, como estátuas de gesso, contra a parede?

Maë — Eu acho que é luta, de que você fala.

Garga — Eu estou com mosca no cérebro, não é? Pois eu posso espantar elas. *Entra Shlink.* Mãe, um prato, um bife e um copo de vinho pro nosso convidado, a quem eu dou as boas-vindas. Sabe, eu me casei hoje de manhã. Conta a história pra ele, minha querida esposa.

Jane — Eu e o meu marido fomos até o xerife, de manhã cedo, quando nós saímos da cama e falamos assim: "Podemos casar aqui?" E ele disse: "Conheço você, Jane, você está mesmo decidida a ficar ao lado de seu marido?" Mas eu vi que ele era um homem bom, tinha uma barba e não tinha nada contra mim; aí eu falei: "A vida não é exatamente como o senhor pensa."

Shlink — Meus parabéns, senhor George Garga. O senhor é um homem muito vingativo.

Garga — O teu sorriso está escondendo um medo terrível. Acho que você tem razão. Não precisam comer tão depressa! Tem tempo! E Marie, onde é que ela está? Espero que nada falte a ela. A satisfação dela deve ser completa. Infelizmente, nesse momento, não tem nenhuma cadeira vazia, Shlink. Está faltando uma cadeira. A não ser isso, a mobília está nova e completa. Veja esse piano. Tudo isso é muito agradável. De agora em diante quero passar minhas noites aqui, no seio da minha família, que o senhor vê aqui reunida. Minha vida entrou agora numa fase nova. Amanhã vou voltar à Biblioteca do senhor C. Maynes.

Maë — Ah, George, você não está falando demais?

Garga — O senhor ouviu? Minha família não quer que eu mantenha relações com o senhor. A nossa amizade chegou ao fim, senhor Shlink. Ela foi muito proveitosa para nós. A mobília fala por si. A roupa nova da minha família inteira atesta claramente. Dinheiro não falta, obrigado. *Silêncio.*

Shlink — Posso lhe pedir mais um favor? É um assunto pessoal. Tenho aqui uma carta da firma Broost & Cia. Estou vendo, em cima, o carimbo do tribunal do Estado de Virgínia. Eu descobri que ainda não abri. Eu ficaria muito agradecido se você fizesse isso por mim. Seja o que for, qualquer notícia, por mais trágica que seja, vinda de sua boca é sempre uma notícia agradável. *Garga lê.* Um pequeno conselho de sua parte me facilitaria muito as coisas neste assunto estritamente pessoal.

Maë — Por que você não diz nada, George? O que você está planejando? Você está outra vez com cara de quem tem um plano.

Nada me dá tanto medo. Vocês ficam por trás desses pensamentos desconhecidos como se estivessem atrás de uma cortina de fumaça; e nós ficamos esperando, como gado no matadouro. Vocês dizem: esperem um pouco, vão embora, voltam e a gente não reconhece mais vocês. A gente não fica sabendo o que vocês fizeram a vocês mesmos. Me conta o seu plano, e, se você não tem nenhum, então fala também, para eu saber o que fazer. Eu também preciso organizar o meu tempo. Quatro anos nessa cidade de ferro e de lixo! Ah, George.

GARGA — Olha, os piores anos foram os melhores. E agora acabaram. Vocês, meus pais, e você Jane, minha esposa, escutem: eu decidi ir para a cadeia.

JOHN — O que é que você está dizendo? É disso então que vem o dinheiro de vocês? Que você ia acabar na cadeia, isto já estava escrito na sua testa, desde que você só tinha cinco anos. Nunca perguntei o que é que houve entre vocês dois. Sempre tive certeza que era sujeira. Vocês perderam o pé: comprar pianos, ir para a cadeia, trazer para cá cestos cheios de carne, deixar uma família na miséria — tudo isso pra vocês é a mesma coisa? Onde é que está Marie? Sua irmã? *Tira o paletó e joga-o no chão.* Pega o meu paletó de volta, eu bem que não queria vestir. Mas eu me acostumei a sofrer todas as humilhações que esta cidade tem em estoque pra mim.

JANE — Por quanto tempo, George?

SHLINK — Um estoque de madeira foi vendido duas vezes. Isto significa cadeia, é claro. O delegado não vai se interessar pelas circunstâncias. Eu, que sou seu amigo, eu podia explicar muitas coisas ao xerife, fazer uma declaração de renda tão bem-feita quanto a Standart Oil. Eu estou impaciente para ouvir o seu filho, senhora Garga.

JANE — Não deixa eles levarem você na conversa, George. Faz o que você achar que é preciso. Sem nenhuma consideração. Eu sou a sua esposa. Eu cuido da casa enquanto você não estiver aqui.

JOHN *cai na gargalhada* — Ela vai cuidar da casa! Uma mulher que ele apanhou na rua ontem! Vamos continuar a ser sustentados com o dinheiro ganho com o pecado.

SHLINK *a Garga* — Você me deu a entender que o seu coração está afeiçoado à sua família. E o seu desejo é passar as noites aqui, com esta mobília. Suponho que muitos dos seus pensamentos estejam dirigidos a mim, seu amigo, preocupado em remover todas as pedras do seu caminho. Estou pronto a preservá-lo para a sua família.

MAë — Você não pode ir pra cadeia, George.

GARGA — Mãe, eu sabia que você não ia compreender como é difícil prejudicar uma pessoa. Agora, destruir essa pessoa é praticamente impossível. O mundo é pobre demais. Temos que nos matar trabalhando para lançar sobre ele objetos de luta.

JANE *a Garga* — Agora você fica aí filosofando, enquanto o teto desaba sobre a nossa cabeça.

GARGA *a Shlink* — Olha em volta. Você vai encontrar dez homens maus e nenhuma ação má. O homem está sendo destruído por motivos triviais. Agora vou liquidar tudo de uma só vez. Vou passar um traço debaixo da nossa conta e depois vou embora.

SHLINK — A sua família quer saber se significa alguma coisa para você. Aquele que você não segurar vai cair. Basta uma palavra, Garga.

GARGA — Eu dou a liberdade de presente para todos.

SHLINK — Eles vão apodrecer pouco a pouco. Isto vai ser debitado na sua conta. Olha aí o que sobrou. Eles podem querer começar tudo de novo. O que aconteceria se eles, como você, resolvessem fazer uma limpeza geral de tudo? Rasgar as toalhas, as toalhas da mesa, e sacudir fora as pontas de cigano. Eles poderiam imitar você, e saírem livres e indecentes, com as roupas emporcalhadas.

MAë — Fique quieto, George. Tudo que ele está dizendo é verdade.

GARGA — Agora, finalmente, eu posso ver certas coisas. Eu aperto os olhos e vejo alguma coisa, uma luz fria. Mas não é o seu rosto, senhor Shlink. Talvez o senhor nem tenha rosto.

Shlink — Quarenta anos de vida foram agora julgados como tendo sido sujos; mas vai começar agora o tempo de uma grande liberdade.

Garga — É isto mesmo. A neve quis cair, mas fez frio demais, eles vão voltar a comer os restos da cozinha, vão voltar a passar fome, e eu vou matar o meu inimigo.

John — Eu só vejo fraqueza. Nada mais. Desde que vi você pela primeira vez. Vai embora. Nos deixa em paz. Por que é que eles não levam também os móveis?

Garga — Eu li uma vez que, mesmo as águas, por mais mansas que sejam, desafiam todas as montanhas. Eu estou ansioso para ver o seu verdadeiro rosto, Shlink, seu rosto cor de leite, maldito, invisível.

Shlink — Eu não quero mais discutir com você. Três anos! Para um homem jovem como você, eles passam tão rápido como um abrir de portas. Mas para mim! Não tirei nenhum proveito do senhor, se isto lhe proporciona algum consolo. Mas saiba também que sua partida não me deixa nenhum traço de tristeza. Agora que eu volto a me envolver nesta cidade barulhenta e retomo os meus negócios, como fazia antes de conhecer o senhor. *Sai.*

Garga — Eu tenho só que telefonar à polícia.

Jane — Eu vou pro bar chinês. Eu detesto ver a polícia. *Sai.*

Maë — Às vezes fico pensando que Marie também não vai voltar mais.

John — A culpa é dela mesma. Pra que ajudar os filhos, quando eles estão viciados?

Maë — Quando é então que se deve ajudar?

John — Você fala demais.

Maë *senta-se ao lado dele* — Eu queria te perguntar o que você vai fazer?

John — Eu? Nada. Mais uma era que termina.

Maë — Você compreende o que George quer fazer?

John — Mais ou menos. Pior pra nós.

Maë — E de que é que você pretende viver?

John — Do dinheiro que sobrou. E do piano que vai ser vendido.

Maë — Tudo vai ser levado embora, porque tudo foi ganho com desonestidade.

John — Pode ser que a gente volte pra Ohio! Vamos fazer uma coisa ou outra!

Maë *levanta-se* — Queria te dizer uma coisa, John, mas não posso. Eu não acreditava que um homem pudesse ser amaldiçoado de repente. Mas isso se decide no céu. Num dia normal, como todos. Um dia em que não acontece nada diferente dos outros dias. E, a partir desse dia, alguém fica amaldiçoado.

John — O que é que você pensa fazer?

Maë — Eu vou fazer uma coisa bem clara, John, que me dá um grande prazer. Não pense que seja por isso ou por aquilo. Vou pôr no fogo mais um pouco de carvão e vou servir o jantar na cozinha. *Sai.*

John — Cuidado que o fantasma do tubarão pode comer você aí na escada.

Garçom *entra* — A senhora Garga mandou trazer um conhaque para o senhor. Quer beber no escuro mesmo, ou quer que eu acenda a luz?

John — Acende a luz, claro. *Sai o garçom.*

Marie *entra* — Nada de sermões. Tenho dinheiro comigo.

John — Você tem coragem de vir aqui? É uma bela família. Que jeito é esse?

Marie — Meu jeito é ótimo. Mas de onde é que vocês tiraram essa mobília nova? Vocês ganharam dinheiro, é? Eu também ganhei.

John — De onde é que você tirou o seu dinheiro?

Marie — Quer saber?

John — Passa pra cá. Vocês me deixaram passar fome! Eu não sou mais o mesmo homem.

Marie — Você vai me tomar o dinheiro, então. Apesar da mobília nova. Onde é que está a mamãe?

John — Os desertores a gente encosta no muro.

Marie — Você botou ela na vida?

John — Podem ser cínicos, todos vocês, rolem na sarjeta, bebam grogue. Mas eu sou o seu pai e vocês não podem me deixar morrer de fome.

Marie — Onde é que ela foi?

John — Vai você também. Estou acostumado a ser abandonado.

Marie — Quando ela saiu daqui?

John — Minha vida está acabando e eu estou condenado a ser pobre e lamber a saliva dos meus próprios filhos. Mesmo não tendo nada a ver com os seus vícios. A única coisa que eu posso fazer é jogar vocês fora.

Marie — Me devolve o dinheiro. Não era pra você.

John — Nem pensar. Podem me amarrar dentro de um saco, mas ainda assim vou pedir um pouco de fumo.

Marie — Adeus. *Sai.*

John — Tudo que têm a dizer tem que ser dito em cinco minutos. Mais mentiras, não têm. *Pausa.* É, em dois minutos cala-se tudo o que há para dizer.

Garga *volta* — Onde é que está a mãe? Foi embora. Ela pensou que eu não ia voltar mais. *Sai correndo e volta.* Levou o outro vestido. Não vai voltar mais. *Senta-se à mesa e escreve uma carta.* "Ao Examiner. Chamo a atenção sobre o malaio C. Shlink, negociante de madeira. Este homem perseguiu minha mulher, Jane Garga, e seduziu minha irmã, Marie Garga, que trabalhava como empregada na casa dele. George Garga." De minha mãe, nenhuma palavra.

John — É a liquidação da nossa família.

Garga — Escrevo esta carta e guardo este documento no bolso. Assim posso esquecer tudo. E, depois de três anos, é esse o tempo em que vou passar na cadeia, e, exatamente oito dias antes de me porem em liberdade, eu entrego esse documento ao jornal para que este homem seja expulso desta cidade e desapareça dos meus olhos quando eu voltar. Mas para ele o dia da minha liberdade será marcado pelos gritos dos linchadores.

8

ESCRITÓRIO PARTICULAR DE C. SHLINK

Dia 20 de outubro de 1915, à 1 hora da tarde.
Shlink. Um jovem secretário.

SHLINK *ditando* — Responda à senhorita Marie Garga, que está solicitando um posto de secretária, que não quero nunca mais ter nenhuma ligação com ela nem com nenhum outro membro de sua família. "À Imobiliária Standart. Prezados Senhores. Hoje, que nenhum ágio da nossa empresa encontra-se em poder de outras sociedades e que nossa situação financeira é tranquila, nada mais impede que aceitemos a sua oferta de um contrato por cinco anos."
UM FUNCIONÁRIO *faz entrar um homem* — Este é o senhor Shlink.
O HOMEM — Tenho três minutos para lhe dar um aviso. O senhor tem dois minutos para compreender a situação. Meia hora atrás, uma carta chegou à redação de nosso jornal, vinda de uma das prisões estaduais. Está assinada por um certo Garga e acusa o senhor de ser autor de vários crimes. Os repórteres vão estar aqui dentro de cinco minutos. O senhor me deve mil dólares. *Shlink dá o dinheiro, o homem sai.*
SHLINK *enquanto arruma cuidadosamente uma mala* — Faça o negócio continuar pelo tempo que for possível. Envie estas cartas. Eu voltarei. *Sai rapidamente.*

9

BAR EM FRENTE À PRISÃO

Dia 28 de outubro de 1915.
Verme. Gorilão. Narigudo, Jovem do Exército de Salvação. Jane. Marie Garga. Barulho do lado de fora.

Gorilão — Vocês estão ouvindo os gritos dos linchadores? São dias perigosos para o bairro chinês. Há oito dias descobriram os crimes de um malaio, um mercador de madeiras. Três anos atrás ele pegou um homem e mandou ele para a prisão. Durante três anos o homem guardou o segredo, mas oito dias antes de ser libertado ele mandou uma carta ao Examiner contando tudo.
Narigudo — O que é o coração humano!
Gorilão — O malaio fugiu, é claro. Mas ele está liquidado.
Verme — Não se pode dizer isso de ninguém. Observe um pouco como estão as coisas em nosso planeta. Não se liquida um homem de uma vez, não; precisa pelo menos cem vezes. Todo homem tem muitas possibilidades. Ouçam, por exemplo, a história de G. Wishu, o Buldogue macho: preciso de uma pianola para contar essa história. *Pianola.* Esta é a história da vida do cachorro George Wishu: George Wishu nasceu na ilha verde da Irlanda. Depois de um ano e meio ele veio para a grande cidade de Londres, em companhia de um homem gordo. Sua própria pátria deixou ele ir como um homem estranho. Em Londres ele logo caiu nas mãos de uma mulher muito má, que fez ele passar por torturas horríveis. Depois de ter aguentado muito sofrimento, ele fugiu para um lugar onde foi caçado no meio de cercas de espinhos. Deram tiros nele com fuzis grandes e perigosos, outros cachorros foram jogados em cima dele. Foi assim que ele perdeu uma perna e desde aquele dia ele ficou manco. Depois de ter fracassado em muitos

negócios, cansado de viver e quase morto de fome, encontrou um velho que deu abrigo para ele, dividindo o seu pão com ele. Foi lá que ele morreu, na idade de sete anos e meio, depois de uma vida cheia de desilusões e aventuras. Recebeu a morte com grande serenidade e resignação de alma. Seu túmulo está no País de Gales. Bem que eu gostaria de saber como é que vocês fazem para encontrar um sentido em tudo isso!

NARIGUDO — Quem é aquele ali no cartaz de "Procura-se"?

VERME — É o malaio que eles estão procurando. Ele já estava falido uma vez. Mas em três anos ele conseguiu retomar todo o negócio de madeiras em suas mãos. É por isso que ele é muito odiado no bairro. Ele seria juridicamente intacável se o homem da cadeia não tivesse trazido os seus crimes sexuais à luz do dia. *A Jane:* Quando é que seu marido vai sair da prisão?

JANE — Pois é. Ainda há pouco eu sabia. Não pensem que eu não sei a data. É no dia 28. Mas quando é 28 eu não sei.

GORILÃO — Deixe de conversa fiada, Jane.

NARIGUDO — Quem é essa aí, com esse vestido indecente?

GORILÃO — É a vítima, a irmã do homem que está na prisão.

JANE — É, é a minha cunhada. Finge que não me conhece, mas desde que eu me casei não dormiu nenhuma noite em casa.

GORILÃO — O malaio destruiu ela.

NARIGUDO — Que é que ela está colocando na bacia de copos?

GORILÃO — Não vejo. Me parece que está dizendo alguma coisa. Silêncio, Jane.

MARIE *deixa uma nota de dinheiro cair na bacia* — Naquela época, quando eu tinha as notas na mão, sentia os olhos de Deus em cima de mim. Falei: fiz tudo que podia por ele. Deus foi embora, e foi como um sussurro nos campos de tabaco. Mesmo assim, eu as guardei. Uma nota! Outra! Como eu estou decaindo! Como estou jogando a minha pureza fora! Agora, lá se foi o dinheiro! Mas não me sinto aliviada...

Garga *entrando com Maynes e três outros homens* — Eu pedi aos senhores que viessem para que pudessem comprovar com seus próprios olhos a injustiça que foi cometida comigo. Eu o trouxe aqui, senhor Maynes, para ter uma testemunha de como, depois de três anos de ausência, encontro minha mulher num local como este. *Leva os homens até a mesa onde está Jane.* Bom dia, Jane, como vai?

Jane — George! É hoje então o dia 28? Eu não sabia! Eu teria ficado em casa! Você viu como está frio lá? Você pensou que eu dei uma chegada aqui para me esquentar um pouco?

Garga — Este aqui é o senhor Maynes, você já conhece ele. Eu vou trabalhar para ele de novo. E estes senhores são nossos vizinhos que estão interessados em minha situação.

Jane — Como estão, meus senhores? Ah, George, que horror! Errar o dia! O que é que vão pensar de mim os cavalheiros? Ken-sy! Atende esses senhores.

Dono do bar *ao Narigudo* — É o que saiu da prisão, aquele que fez a denúncia.

Garga — Bom dia, Ma. Me esperava? Como veem, minha irmã também está aqui.

Marie — Bom dia, George. Você está bem?

Garga — Vamos para casa, Jane.

Jane — Oh, George, não me peça isso! Se eu for para casa com você, você vai me dar bronca. É melhor ficar sabendo desde já: a casa não está arrumada.

Garga — Eu sei disso.

Jane — Isso é feio de sua parte!

Garga — Eu não vou brigar com você, vamos recomeçar do zero. Minha luta está no fim. Isso você pode ver, simplesmente expulsei o meu adversário da cidade.

Jane — Não, George. Apesar de tudo, as coisas estão de mal a pior. Dizem que de agora em diante tudo vai melhorar. Não é verdade. Tudo está piorando e vai piorar sempre mais. Espero que os cavalheiros se sintam bem aqui. Senão podemos ir a outro lugar qualquer...

GARGA — Ora, você não está contente de eu ter vindo te buscar?

JANE — Você sabe, George. E, se não sabe, não posso dizer.

GARGA — O que é que você quer dizer com isso?

JANE — Vê, George, um ser humano é diferente do que você pensa, mesmo quando ele já está quase liquidado. Por que você trouxe estes senhores para cá? Eu sempre soube que isso ia acabar desse jeito. Quando me ensinaram na aula da Primeira Comunhão o que é que ia acontecer com os fracos, eu logo pensei: é isso que vai acontecer comigo. Você não precisava provar isso pra ninguém.

GARGA — Então você não quer voltar para casa comigo?

JANE — Não pede, George.

GARGA — Mas eu estou pedindo, meu amor.

JANE — Nesse caso, eu vou explicar diferente. Olha, eu vivia com esse homem. *Ela indica Gorilão.* Confesso, meus senhores. Pra que negar? Não vai melhorar nada...

GORILÃO — Ela está com o diabo no corpo.

MAYNES — Que coisa horrível!

GARGA — Presta atenção, Jane. Agora te dou a última oportunidade nesta cidade. Estou pronto a esquecer tudo. Estes senhores são testemunhas. Vem para casa comigo.

JANE — Você é muito gentil, George. É claro que é a minha última oportunidade. Mas eu não aceito. As coisas não andam bem entre nós dois, você sabe disso. Agora eu vou embora mesmo. *Ao Gorilão:* Vamos!

GORILÃO — Bom proveito! *Saem.*

UM DOS HOMENS — Esse homem não tem do que se rir!

GARGA — Vou deixar a porta aberta, Jane. De noite, você pode tocar a campainha que eu abro.

Verme *dirigindo-se à mesa* — Pode ser que os senhores tenham notado: tem uma família entre nós que está sobrevivendo, assim, só de restos, de migalhas. Esta família, que está assim corroída pelas traças, ia sacrificar com grande prazer seu último tostão. Isso se algum dos senhores pudesse informar onde é que está a mãe, que foi o suporte principal da casa. Eu vi uma dessas manhãs aí pelas sete horas uma mulher de seus quarenta e poucos anos, fazendo limpeza num porão de uma casa de frutas. Ela tinha aberto um negócio novo. O rosto estava velho, mas em paz.

Garga — Mas o senhor, o senhor não era empregado da casa de madeiras daquele homem que estão procurando por toda Chicago?

Verme — Eu? Eu nunca vi esse homem. *Sai.*

Ao passar pela pianola, o Verme joga uma moeda dentro. Ouvimos tocar a "Ave Maria" de Gounod.

O jovem do Exército de Salvação *sentado numa mesa no canto, lê o cardápio de bebidas com voz forte, saboreando cada palavra* — Cherry-flip, Cherry Brandy, Gin Fizz, Whisky-Sour, Golden Slipper, Manhattan Cocktail, Curaçao extrasseco, Maraschino, Cuisinier, Orange e a especialidade da casa: batida de ovo. Só que nesta tem que misturar: ovo, ovo cru, açúcar, conhaque, Jamaica rum e leite.

Narigudo — O senhor entende de bebidas?

Jovem — Não. *Todos caem na gargalhada.*

Garga *a seus acompanhantes* — Os senhores compreenderão que essa exibição de minha família em decadência, ainda que necessária, é humilhante para mim. Mas devem também ter compreendido que este tumor amarelo não deve nunca mais pôr os pés nesta cidade. Minha irmã Marie trabalhou algum tempo como criada na casa desse homem, Shlink. Eu preciso agora ter a maior cautela quando falar com ela. A minha irmã continua conservando vestígios de sensibilidade, mesmo na mais profunda miséria. *Senta-se ao lado dela.* Marie! Posso ver seu rosto?

MARIE — Não há mais rosto. Essa não sou eu.

GARGA — É. Mas eu me lembro que você disse uma vez na igreja, você devia ter nove anos naquele tempo. "A partir de amanhã, Ele estará em mim." E nós pensamos que se tratava de Deus.

MARIE — Eu disse isso?

GARGA — Eu continuo a gostar de você, não importa o quanto você esteja desleixada e depravada. Mas ainda que eu saiba que você sabe que pode fazer tudo de si mesma, se eu lhe disser eu te amo, mesmo assim eu digo.

MARIE — E você tem coragem de dizer isso olhando pra mim. Neste rosto?

GARGA — Neste rosto. O homem permanece o que ele é, mesmo que seu rosto esteja despedaçado.

MARIE *levanta* — Mas eu não quero isso. Não quero que você me ame desse jeito. Eu me amo, a mim, como fui antes. Não venha dizer que eu nunca fui diferente.

GARGA *falando alto* — Você está ganhando algum dinheiro? Você só vive do que os homens te pagam?

MARIE — Você trouxe esses homens pra cá pra eles ficarem sabendo de tudo! Bem. Um whisky, com bastante gelo. Tá bom. Eu declaro publicamente. Eu me entreguei, sim. Mas depois pedi dinheiro em troca, logo depois, para que todos soubessem quem eu sou, para que eu possa ganhar a vida assim. Agora é negócio limpo. Tenho um corpo bem-feito. Não permito que fumem na minha presença, mas não sou mais nenhuma virgem. Eu sei fazer o amor. Eu tenho dinheiro. Mas vou ganhar muito mais. Porque eu quero gastar. E gastar para mim é uma necessidade. O que eu ganho, não quero guardar. O dinheiro está aqui! Vou jogar dentro daquela bacia. Eu sou assim.

MAYNES — Que coisa horrível!

Outro homem — A gente nem tem coragem de rir.
Jovem — O homem é resistente demais. Esse é o seu defeito principal. Ele se presta a muitas coisas, mas é muito difícil de destruir. *Sai.*
Maynes *levantando-se com os três homens* — Garga, comprovamos a injustiça que foi cometida contra você.
Narigudo *aproxima-se de Marie* — Putas! *Relincha.* O vício é o perfume das damas.
Marie — Putas, nós! Pó na cara, que ninguém veja os olhos, que antes eram azuis. Os homens que fazem negócios com criminosos conosco fazem amor. Vendemos o nosso sono, vivemos de maus-tratos.

Ouve-se um tiro.

Dono do bar — O homem deu um tiro na garganta.

Entram os homens carregando o jovem e o estendem sobre a mesa, entre os copos.

Primeiro homem — Não toquem nele! Tirem as mãos.
Segundo homem — Ele está dizendo alguma coisa.
Terceiro homem *inclinado sobre ele, com voz alta* — O senhor quer alguma coisa? Tem parentes? Pra onde o senhor quer ser levado?
Jovem *murmurando* — "La montagne est passée, nous irons mieux."
Garga *inclinado sobre ele, rindo* — Ele errou sob vários aspectos; Primeiro, ele pensou que fossem as suas últimas palavras, mas foram as últimas palavras de outro; Segundo, nem foram as suas últimas palavras porque ele errou o tiro e só ficou uma feridinha no pescoço.
Primeiro homem — É isso mesmo: Que azar para ele! Foi daí o tiro no escuro. Devia ter atirado no claro!
Marie — A cabeça dele está caindo pra trás. Ponham alguma coisa embaixo. Como está magro! Agora estou vendo quem é. É aquele a quem outro dia cuspiram na cara.

Saem todos levando o ferido, com exceção de Marie e Garga.

Garga — A pele dele é grossa demais. Entorta tudo o que a gente enfia nela. Não existem tantas lanças no mundo.

Marie — Você continua pensando nele?

Garga — Continuo. A você eu posso dizer.

Marie — Como o ódio e o amor amesquinham a gente.

Garga — É assim mesmo. Você ainda gosta dele?

Marie — Gosto… Gosto.

Garga — E não há perspectivas de ventos mais favoráveis?

Marie — Sim, de vez em quando.

Garga — Eu queria te ajudar. *Pausa.* Essa luta tomou um tal vulto que hoje eu precisaria de Chicago inteira para poder continuar. Naturalmente, é bem possível que ele mesmo já não tenha vontade de continuar. Ele mesmo deu a entender que, na idade que tem, três anos podem valer trinta. Nestas circunstâncias, mesmo sem estar presente, eu acabei com ele de um jeito muito grosseiro. Além disso, tirei toda a possibilidade de ele me encontrar. Este último golpe não será mais discutido entre nós: não estou mais disponível para ele. Hoje, em cada esquina da cidade, os motoristas estão vigiando para que ele não possa mais subir ao ringue, numa hora em que ele foi derrotado por nocaute sem ter havido combate. Chicago joga a toalha por ele. Não sei onde ele está, mas ele sabe disso.

Dono do bar — Os depósitos de madeira da Rua Mulberry estão pegando fogo.

Marie — É bom você ter se livrado dele. Mas agora eu vou embora.

Garga — Eu fico aqui. No centro do linchamento. De noite volto pra casa. Vamos viver juntos. *Marie sai.* Mais uma vez vou tomar meu café preto de manhã cedo, vou lavar a cara com água fria, vestir roupa limpa, a camisa em primeiro lugar. Vou tirar muita coisa da cabeça quando pentear o cabelo de manhã, muita coisa vai acontecer com o barulho novo da cidade. Agora já me livrei daquela paixão que estava acabando comigo, mas ainda tenho muito o que fazer. *Abre completamente a porta e escuta rindo os gritos cada vez mais fortes dos linchadores.*

SHLINK *entra usando um terno americano* — Você está só? Foi difícil chegar até aqui. Eu sabia que você ia ser libertado hoje, já procurei você na sua casa. Eles estão me perseguindo. Depressa, Garga. Vem!

GARGA — Você está louco. Eu denunciei você pra ficar livre de você.

SHLINK — Eu não sou um homem corajoso. Morri três vezes no meu caminho até aqui.

GARGA — Eu ouvi dizer que uma porção de homens amarelos estão enforcados e dependurados na ponte de Milwaukee, como roupa colorida.

SHLINK — Mais uma razão para pressa. Você sabe que precisa vir comigo. Ainda não terminamos.

GARGA *fala bem devagar. Percebe que Shlink está com muita pressa* — Infelizmente o senhor está me fazendo esta proposta numa hora desfavorável. Estou aqui acompanhado: minha irmã Marie Garga, violada em setembro, três anos atrás, quando menos se esperava, minha esposa Jane Garga, corrompida na mesma época, finalmente um homem do Exército de Salvação, de nome desconhecido, escarrado na cara e liquidado, ainda que não tenha nada a ver com esta história. Mas, acima de tudo, minha mãe: Maë Garga, nascida em 1872, nos estados do Sul, desaparecida em outubro há três anos atrás. Desapareceu até da nossa memória, já não tem mais rosto. Caiu dela como uma folha amarela no outono. *Escuta. Gritos.*

SHLINK *também escutando atentamente* — É, mas ainda não são os gritos certos. Os gritos brancos. Eles vêm aí. Nós ainda temos um minuto. Escuta! Agora! Agora sim! Esses são os gritos certos. Os gritos brancos. Vamos! *Shlink e Garga saem depressa.*

10

ACAMPAMENTO ABANDONADO DE OPERÁRIOS DE ESTRADA DE FERRO NAS PEDREIRAS JUNTO AO LAGO MICHIGAN

Dia 19 de novembro de 1915. Cerca de 2 horas da madrugada. Shlink e Garga.

SHLINK — O interminável barulho de Chicago parou. Sete vezes em três dias os céus empalideceram e o ar ficou cinza-azul como grogue. Agora o silêncio, que não esconde mais nada.

GARGA *fumando* — Você luta com facilidade. Como aguenta! Eu ainda tinha a infância diante de mim. Os campos de oliveiras, com a colza azul, os turões nos barrancos e as águas correndo.

SHLINK — Exato. Tudo isso estava escrito no seu rosto. Agora, fica duro como um âmbar transparente, onde se encontram às vezes cadáveres de animais.

GARGA — O senhor sempre foi solitário?

SHLINK — Quarenta anos.

GARGA — E agora, perto do fim, o senhor cai vítima da peste negra deste planeta: a procura da comunicação.

SHLINK — Pela luta. *Sorridente.*

GARGA — Pela luta.

SHLINK — Você entendeu então que nós somos companheiros numa luta metafísica. Nossa amizade foi curta. Mas durante um certo tempo essa ligação foi predominante. Esse tempo passou. As etapas de vida não são as da lembrança. O fim não é a meta... O último episódio não é mais importante do que qualquer outro. Por duas vezes eu fui proprietário de um negócio de madeiras. Há duas semanas atrás esse negócio foi registrado em seu nome.

GARGA — Pressentimento de morte, é?

Shlink — Está aqui o livro de contabilidade do seu negócio de madeiras. Começa onde uma vez despejaram tinta sobre as páginas.

Garga — O senhor carrega isso debaixo de sua carcaça? Abre o senhor mesmo. Esse livro deve estar imundo. *Lendo.* A escrita está limpa, só subtrações. Dia 17, negócio de madeira, vinte e cinco mil dólares para Garga. Um pouco antes, dez dólares para roupa. Depois, vinte e dois dólares para Marie Garga, nossa "irmã". Bem no final, todo o negócio mais uma vez destruído pelo fogo. Não posso mais dormir. Vou ficar feliz de ver o senhor com sete palmos de terra em cima.

Shlink — Não renegue o que aconteceu, Garga! Não olhe só a contabilidade. Lembre a questão que colocamos. Aguente firme! Eu amo você.

Garga *fitando Shlink* — Que nojo. O senhor não é nada apetitoso, sabia? Uma carcaça velha como essa.

Shlink — Na certa eu não vou receber a resposta. Se você um dia pensar em mim, Garga, mesmo se quando isso acontecer eu já estiver com a lama apodrecendo na minha boca, se você receber a resposta, pense em mim, Garga. O que está querendo escutar?

Garga *lento* — O senhor mostrou vestígios de sentimento. Está ficando velho!

Shlink — Será tão agradável assim, mostrar os dentes?

Garga — Se forem bons.

Shlink — O ser humano é tão infinitamente só, que nem mesmo a inimizade é possível. O entendimento não é possível nem com os animais.

Garga — A linguagem não basta para o entendimento.

Shlink — Eu observei os animais: o amor, o calor dos corpos que se juntam é a única graça que nos foi concedida nas trevas, a união dos órgãos é a única que existe, mas não transpõe o abismo da fala. Mesmo assim eles se juntam para produzir novos seres que possam ajudá-los na sua solidão desesperada. E gerações e gerações se olham friamente nos olhos. Se você entupir um navio com corpos humanos vai haver dentro dele uma solidão tão grande que todos vão morrer gelados. Você está me escutando, Garga? A solidão é tão grande, que nem a luta existe. A floresta! É de lá que vem a humanidade. Peluda, com seus dentes de símios. Bons animais que sabiam viver. Tudo era tão fácil. Eles simplesmente se estraçalhavam, uns aos outros. Eu vejo claramente eles, com seus flancos tremendo, com os olhos brancos cravados nos olhos dos adversários. Fincavam os dentes na garganta do outro e rolavam pela terra. Aquele que sangrava até morrer no meio das raízes era o vencido. E aquele que esmagava os arbustos das árvores era o vencedor. Você está escutando alguma coisa, Garga?

GARGA — Shlink! Já faz três semanas que eu te escuto. Em todo esse tempo eu esperei que a raiva tomasse conta de mim a cada provocação sua, por mais insignificante que fosse. Mas agora, olhando para você, eu percebo que o seu palavrório me irrita e que a sua voz me dá náuseas. Hoje é uma tarde de quinta-feira, não é? Qual é a distância até Nova York? O que é que estou fazendo aqui, sentado, perdendo meu tempo? Já não faz três semanas que estamos estirados aqui? Nós pensamos que por causa disso o planeta ia mudar de rumo. Mas o que foi que aconteceu? Choveu três vezes e uma noite ventou. *Levanta-se.* Eu acho que chegou a hora de você tirar os sapatos, Shlink. Tira os sapatos, Shlink. *Grita.* Tira o sapato e dá pra mim. Por que, de dinheiro, você deve estar liso. Shlink, nesse momento eu dou fim a nossa luta que está agora no seu terceiro ano de existência. Aqui, no bosque do lago Michigan, porque a sua matéria-prima está gasta: ela acaba neste instante. Eu não vou terminar com uma facada nem vejo motivos para ficar fazendo grandes frases. Meu sapato esta furado, Shlink, e o teu palavrório não vai esquentar meu pé. Tudo está muito claro, Shlink: é o mais moço que ganha.

Shlink — Hoje, às vezes podia se ouvir os ruídos das enxadas dos operários na estrada de ferro. Você estava escutando, eu reparei nisso. Vai se levantar, Garga? Está querendo ir? Vai me trair?

Garga *deita-se preguiçosamente* — É. É isso mesmo que eu vou fazer, Shlink.

Shlink — E não vai haver um desfecho nessa luta, Garga? Nós não vamos nos compreender nunca?

Garga — Não.

Shlink — E você vai escapar assim? Com a sua vida nua no bolso?

Garga — Uma vida nua é melhor do que qualquer outra vida.

Shlink — Taiti?

Garga *rindo ironicamente* — "Eu vou até lá, vou voltar com membros de ferro, a pele escura, a fúria nos olhos. Olhando o meu rosto os homens vão pensar que sou de uma raça forte. Eu vou trazer ouro, vou ser preguiçoso e violento. As mulheres gostam de cuidar dos doentes selvagens que voltam dos países quentes... eu vou nadar, caçar, pisar a grama e acima de tudo fumar. Engolir bebidas quentes como metal fervente. Vou me envolver na vida. Salvo!" Que bobagem... palavras, blá! Num planeta que não é nem o centro do universo! Quando você já estiver coberto de cal há muito tempo, pois os velhos têm que ceder lugar aos mais moços, Shlink, é a seleção natural, eu vou escolher aquilo que me agradar.

Shlink — Que atitude é essa? Por favor, tire o cachimbo da boca. Se você está querendo me confessar que ficou impotente, pelo menos diga isso noutro tom de voz.

Garga — Como quiser.

Shlink — Esse seu gesto demonstra que você não é digno de ser meu adversário.

Garga — Eu só estou me queixando de que você me enche o saco!

Shlink — O que foi que você disse? Você está se queixando? Você? Um boxeador contratado! Um balconista bêbado que eu comprei por dez dólares! Um idealista que nem era capaz de distinguir uma perna da outra! Um zero!

Garga *rindo* — Um homem moço, Shlink. Seja honesto.

Shlink — Um homem branco. Alugado para me destruir, enchendo a minha boca de nojo e de mofo, para que eu sinta na língua o gosto da morte. Há duzentos metros daqui estão os linchadores no bosque. Como eu quero!

Garga — É. Pode ser que eu seja um leproso. E daí? Você é um suicida. Que tem ainda a me oferecer? Você me contratou, mas ainda não me pagou.

Shlink — Você recebeu o que um homem da sua classe precisa: uma mobília!

Garga — Sim. Um piano. Foi o que consegui de você. Um piano que teve que ser vendido. Comi carne boa, uma vez. Comprei um terno e sacrifiquei o meu sono para ouvir o seu palavrório!

Shlink — Seu sono, sua mãe, sua irmã, sua mulher. Três anos de sua vida estúpida. Que vergonha! Agora um fim tão baixo. Você nem entendeu do que se tratava. Só queria a minha destruição, mas eu queria a luta! Não a luta da carne, mas a luta do espírito!

Garga — Mas o espírito, você vê, não é nada. O importante não é ser o vencedor, Shlink, mas o sobrevivente. Não posso vencer você, Shlink, eu só posso te pisar até te enterrar no chão. E agora eu vou carregar a minha carne crua pela chuva gelada. Chicago é fria, eu vou até lá. Pode ser que eu esteja no caminho errado, Shlink, mas eu ainda tenho muito tempo.

Shlink cai no chão, Garga sai.

Shlink *levantando-se* — Agora que trocamos os últimos golpes e também as últimas palavras, as que nos ocorreram, quero agradecer o interesse dedicado à minha pessoa. Cada um de nós perdeu muita coisa, mas nos ficaram os corpos nus. Dentro de quatro minutos a lua vai surgir no céu e o seu bando de linchadores vai estar aqui.

Percebe que Garga saiu e vai atrás dele. Não se vá, George Garga! Não abandone a luta por ser jovem! As florestas estão cortadas, os abutres estão saciados e a resposta de ouro será enterrada no chão. *Volta-se. Surge na selva uma claridade leitosa.* 19 de novembro! Cinco quilômetros ao sul de Chicago! Vento Oeste! Quatro minutos antes do nascer da lua: afogado quando pescava.

Marie *entrando* — Por favor, não me mande embora. Sou uma desgraçada. *A claridade aumenta.*

Shlink — As coisas se precipitam. Os peixes entram pela boca, nadando... Que luz absurda é essa? Estou muito ocupado.

Marie *tirando o chapéu* — Já não sou mais bonita. Por favor, não olhe para mim. Os ratos me roeram toda. Eu lhe trouxe o que sobrou de mim.

Shlink — Que luz leitosa é essa? Ah, sim. Última moda, não é?

Marie — O senhor acha que o meu rosto está inchado?

Shlink — Sabe que o populacho vai linchar a senhora se lhe encontrar aqui.

Marie — Como se isso importasse.

Shlink — Por favor, me deixe passar sozinho o meu último minuto.

Marie — Venha. Esconda-se no mato. Tem um esconderijo na pedreira.

Shlink — Com o diabo! Está louca? Não vê que eu ainda devo olhar essa selva? Por isso é que a lua está nascendo. *Vai até a entrada.*

Marie — Eu vejo que o senhor perdeu o pé. Tenha pena de si mesmo!

Shlink — A senhora não pode me fazer esse último favor como prova de amor?

Marie — Eu só quero olhar para você. Compreendi que o meu lugar é aqui.

Shlink — Pode ser. Fique então. *Ao longe ouvem-se sirenes.* Duas horas. Preciso me pôr em segurança.

Marie — Onde está George?

SHLINK — George? Fugiu. Que erro de cálculo. Me pôr em segurança. *Arranca o pano do pescoço.* Os barris já estão fedendo. Peixes bons, gordos, pessoalmente pescados, bem torrados, encaixotados! Salgados, primeiro colocados em lagos, comprados, fartamente alimentados! Peixes ansiosos de morte. Peixes suicidas, peixes engolindo os anzóis como hóstias. Diabos! Agora depressa! *Vai para a mesa, senta-se e bebe da pequena garrafa.* Eu, Wan Yan, chamado Shlink, gerado em Yokoama, ao norte de Pey Ho, sob a constelação da tartaruga. Eu fui mercador de madeiras, minha refeição era o arroz. Negociei com toda espécie de gente. Eu, Wan Yan, chamado Shlink, cinquenta e quatro anos de idade, termino aqui, a três milhas do sul de Chicago, sem herdeiros.

MARIE — O que é que você tem?

SHLINK *sentado* — A senhorita está aí? Por favor, tenha piedade de mim. Eu estou com os pés gelados. Por favor, jogue a toalha no meu rosto. *Cai. Gemidos na selva. Passos, maldições em voz rouca.*

MARIE — O que está escutando? Responda, por favor! O senhor está dormindo? Está com frio? Estou bem perto do senhor. Por que queria uma toalha?

Neste momento, facas abrem buracos nas paredes da tenda e entram silenciosamente os linchadores. Marie indo ao encontro deles.

MARIE — Saiam daqui! Ele está morto. Não quero que olhem pra ele.

11

ESCRITÓRIO PARTICULAR DO FINADO C. SHLINK

Oito dias mais tarde.
A empresa madeireira está reduzida aos escombros de um incêndio.

Veem-se cartazes dizendo: "Vende-se".
Garga. John Garga. Marie Garga.

JOHN — Foi bobagem sua deixar esse negócio ser destruído pelo fogo. Agora você fica aí sentado no meio das toras carbonizadas. Quem vai comprar isso?

GARGA *rindo* — São baratas. Mas vocês, o que vão fazer?

JOHN — Eu pensei que a gente ia ficar junto, George.

GARGA *rindo* — Eu vou embora. Você vai trabalhar?

MARIE — Vou, sim. Mas não vou lavar escada, como minha mãe.

JOHN — Sou um soldado. Já dormi em poço. Os ratos que passavam em cima da cara da gente nunca pesavam menos de três quilos. Quando me tiraram o fuzil e tudo acabou, eu falei: de agora em diante, cada um de nós vai dormir de gorro na cabeça.

GARGA — Em resumo: todo mundo dormindo.

MARIE — Agora vamos, pai. Já é noite e ainda não arranjei um quarto.

JOHN — É, então vamos. *Olha ao redor.* Vamos! Você tem um soldado ao teu lado! Em frente contra a selva da cidade!

GARGA — Eu já atravessei ela. Oi!

MANKY *entra radiante, as mãos enfiadas nos bolsos* — Sou eu. Li o seu anúncio no jornal. Se o seu negócio de madeira não for muito caro, eu compro.

GARGA — Quanto você oferece?

MANKY — Por que está querendo vender?

GARGA — Vou para Nova York.

MANKY — E eu me mudo para cá.

GARGA — Quanto você pode pagar?

MANKY — Ainda devo guardar um pouco de dinheiro pra tocar o negócio.

GARGA — Seis mil, se você levar também a mulher.

MANKY — Fechado.

Marie — Meu pai está comigo.
Manky — E sua mãe?
Marie — Não está mais aqui.
Manky *após uma pausa* — Está bom.
Marie — Preparem o contrato.

Os homens assinam.

Manky — Vamos tomar alguma coisa. Quer vir conosco, George?
Garga — Não.
Manky — Você ainda vai estar aqui quando a gente voltar?
Garga — Não.
John — Adeus, George. Aproveita bem Nova York! Você pode voltar para Chicago se as coisas não forem bem por lá.

Saem os três.

Garga *guardando o dinheiro* — É uma coisa boa ficar só. O caos está consumido. Foi o melhor tempo.

A vida de Eduardo II da Inglaterra
Crônica (segundo Marlowe)

Leben Eduards des Zweiten von England:
Historie (nach Marlowe)
Escrito em 1923/1924
Estreia: 18 de março de 1924, em Munique

Tradução: Antonieta da Silva Carvalho e Celeste Aída Galeão.
Revisão: Companhia do Teatro da Universidade Federal da Bahia, pelos professores Ewald Hackler, Harildo Deda e Cleise Mendes
Versificação das canções: Maria da Conceição Paranhos

Esta peça, escrevi com Lion Feuchtwanger.
Bertolt Brecht

Aqui é apresentado ao público o relato do governo conflituado de Eduardo II, rei da Inglaterra, e sua morte deplorável/ Assim como a sorte e o fim de seu favorito Gaveston/ Além disso, o destino confuso da rainha Anna/ Igualmente a ascensão e a decadência do grande conde Roger Mortimer/ Tudo aquilo que aconteceu na Inglaterra, principalmente em Londres, há cerca de seiscentos anos.

Personagens

Rei Eduardo II
Rainha Anna, sua esposa
Kent, seu irmão
Jovem Eduardo, seu filho, posteriormente rei Eduardo III
Gaveston
Arcebispo de Winchester
Abade de Coventry, posteriormente arcebispo de Winchester
Mortimer
Lancaster
Rice ap Howell
Berkeley
Spencer
Baldock
Velho Gurney
Jovem Gurney
Lightborn
James
Pares, soldados
Vendedor de baladas
Dois indivíduos
Monge

14 DE DEZEMBRO DE 1307: VOLTA DO FAVORITO DANYELL GAVESTON POR OCASIÃO DA SUBIDA AO TRONO DE EDUARDO II

Londres

GAVESTON *lê uma carta do rei Eduardo* —
"Meu pai, o velho Eduardo, está morto. Venha depressa, Gaveston, e compartilhe da Inglaterra com seu amigo do peito, o rei Eduardo II."
Eu vou. Essas suas queridas linhas
soaram à proa do brigue da Irlanda.
Ver Londres é para o banido
como o paraíso para a alma recém-chegada.
Meu pai dizia frequentemente: você já está
gordo de tanto beber, aos dezoito anos.
E minha mãe dizia: atrás do teu cadáver
irão menos pessoas do que os dentes na boca
de uma galinha. E agora
um rei se despedaça pela amizade
de seu filho.
Alô, répteis!
Qual será o primeiro a rastejar no meu caminho?

Entram dois indivíduos.

O PRIMEIRO — Dois que gostariam de estar a serviço de Vossa Alteza.
GAVESTON — O que é que você sabe fazer?
O PRIMEIRO — Cavalgar.
GAVESTON — Mas eu não tenho cavalo. E você, o que é?
O SEGUNDO — Soldado. Servi na guerra contra a Irlanda.
GAVESTON — Mas eu não estou em guerra. Por isso, senhores, vão com Deus.

O SEGUNDO — Com Deus?
O PRIMEIRO *para o segundo* — A Inglaterra não paga coisa alguma para velhos soldados, senhor.
GAVESTON — A Inglaterra lhes paga um hospital como o de São Tiago.
O PRIMEIRO — Onde se apodrece até morrer.
GAVESTON — Apodrecer é a sina do soldado.
O SEGUNDO — É?
Apodreça você mesmo na sua Inglaterra!
E morra abatido por um soldado. *Ambos saem*.
GAVESTON *sozinho* — Este aí fala como meu pai.
Ora!
As palavras do rapaz me emocionam tanto
Como se um ganso bancasse um porco-espinho
E me furasse com suas penas e imaginasse
estar furando meu peito. Ataque-me!
A alguns, entretanto, vou pagar esses dias
na mesma moeda.
Pois apesar da bebida e do jogo
Não me esqueci do documento em que escreveram
que sou puta de Eduardo e banido.
Aí vem meu recém-coroado rei
com um rebanho de pares. Ficarei de lado. *Esconde-se*.

Entram Eduardo, Kent, Mortimer, o arcebispo de Winchester, Lancaster.

ARCEBISPO — Milorde! Venho aqui, rápido, a dizer a missa para os restos mortais do vosso pai Eduardo,
rei da Inglaterra, e para comunicar-vos:
no leito de morte de Eduardo, ele fez seus pares...
LANCASTER — Quando já estava mais branco do que o linho...
ARCEBISPO — ...prestarem o juramento: aquele indivíduo nunca deverá vir para a Inglaterra.

GAVESTON — Escondido. Minha nossa!

ARCEBISPO — Se nos amardes, milorde, odiai Danyell Gaveston!

Gaveston assobia entre dentes.

LANCASTER — Se esse sujeito aportar aqui, vão se afiar os punhais na Inglaterra.

EDUARDO — Quero Gaveston aqui.

GAVESTON — Boa, Ed!

LANCASTER — É só que nós não gostamos de quebrar um juramento.

ARCEBISPO — Milorde, por que provocais tanto vossos pares que, por natureza, querem vos respeitar e amar?

EDUARDO — Quero Gaveston aqui.

LANCASTER — Vão-se afiar os punhais na Inglaterra, milordes.

KENT — Se os punhais se afiarem na Inglaterra, Lancaster,
penso, irmão, que muitas cabeças
serão enfiadas em estacas, por terem
a língua comprida.

ARCEBISPO — Nossas cabeças!

EDUARDO — As vossas, isso mesmo. Por isso queria que voltásseis atrás.

LANCASTER — Acho que nossos punhos protegem nossas cabeças.

Os pares saem.

KENT — Esqueça Gaveston, irmão, mas corte os pares.

EDUARDO — Caio ou vivo com Gaveston, irmão.

GAVESTON *aparece* — Não posso me conter por mais tempo, senhor.

EDUARDO — Danny, querido!
Abrace-me também, Danny!
Desde que você foi banido, cada dia foi como um deserto.

GAVESTON — E, desde que parti, não há alma no inferno que sofra mais do que o pobre Gaveston.

Eduardo — Sei disso. Agora, agitador Lancaster,
   arqui-herege Winchester, tramem o quanto quiserem.
   Gaveston, nós o fazemos, imediatamente, tesoureiro-mor,
   chanceler, conde da Cornualha, par da Ilha de Man.
Kent, *sombrio* — Basta, irmão!
Eduardo — Irmão, cale-se!
Gaveston — Milorde, não me sufoque de títulos. O que
   irão dizer as pessoas? Talvez: é demais
   para um mero filho de carniceiro.
Eduardo — Está com medo? Você terá guarda-costas.
   Precisa de dinheiro? Vá ao meu tesouro.
   Quer que o temam? Aqui estão meu anel e meu lacre.
   Pode comandar em meu nome como quiser.
Gaveston — Por vosso afeto, sou equiparado aos césares.

Entra o abade de Coventry.

Eduardo — Onde vai, milorde, meu abade de Coventry?
Abade — Para a missa fúnebre de vosso pai, milorde.
Eduardo *aponta para Gaveston* — Meu falecido pai tem um hóspede
   do mar da Irlanda.
Abade — Eu não tenho feito outra coisa, desde que fui investido.
   E se você hoje está aqui ilegalmente,
   Gaveston, levarei já seu caso de novo
   ao Parlamento e você
   retornará ao navio irlandês.
Gaveston *agarra-o* — Venha logo, então. Ali há uma sarjeta,
   e, porque você, padreco, redigiu aquele documento,
   vou jogá-lo, mesmo sendo um abade, na sarjeta,
   como você me jogou no mar irlandês.
Eduardo — Está correto porque é você quem o faz. O que você
   faz está correto.

Vá, afogue-o, Gaveston! Lave-lhe a cara
e barbeie seu inimigo com água do esgoto.

KENT — Irmão! Não o toque com mãos ímpias!
Pois ele pode protestar junto ao papa em Roma.

EDUARDO — Poupe-lhe a vida! Tome seu dinheiro e mordomias!
Seja você o abade, seja esse aí o banido.

ABADE — Deus vos punirá, rei Eduardo,
por tal crime.

EDUARDO — Mas, até que isso aconteça, corra, Gaveston,
e confisque a mansão e as mordomias dele.

GAVESTON — Também o que é que um padreco pode fazer com
um lar desses?

DESGOVERNO SOB O REINADO DE EDUARDO II NOS ANOS DE 1307 A 1312

UMA GUERRA NA ESCÓCIA É PERDIDA PELA NEGLIGÊNCIA DO REI

Londres.
Spencer, Baldock, os dois indivíduos, soldados.

BALDOCK — O arcebispo de Winchester disse de seu púlpito que deu bicho na farinha este ano. Isso significa alguma coisa.

SEGUNDO INDIVÍDUO — Mas não para nós. Quem come o grão da farinha é o Winchester.

PRIMEIRO INDIVÍDUO — A provisão para as tropas escocesas foi penhorada dessa vez por alguém de Yorkshire.

BALDOCK — Já aqui em torno de Ed, toma-se cerveja desde as oito horas.

SPENCER — Ed desmaiou ontem.

Primeiro soldado — Por quê?
Spencer — O conde da Cornualha lhe disse que vai deixar crescer a barba.
Baldock — Outro dia, Ed vomitou na rua dos Curtumes.
Segundo soldado — Por quê?
Baldock — Uma mulher cruzou o caminho dele.
Segundo indivíduo — Vocês sabem da última do conde da Cornualha? Ele agora usa anquinhas.

Risos.
Surge um vendedor de baladas.

Vendedor de baladas — Vou contar toda a verdade
sobre o nosso rei Edinho:
ele tem um segredinho
que no seu coração arde.
Em sua alcova de ouro
não há donzela ou rameira
pois meteu-se no desdouro
de amar um par sem eira
nem beira que o sustente
no belo ofício do amor.
Prepare-se e aguente,
meu caro espectador,
para a descrição que faço
da concubina do paço:
sua barba é longa e farta,
sua face não tem véus,
usa saia, dança e salta,
quando longe do mundéu.
Para quem não sabe o nome
desse amante sem lençol

posso dizer, sem vexame,
que seu nome é Cornwall.
Enquanto isso o Edinho
esconde bom dinheirinho
que a todos nós convém
lá dentro de grossas meias,
retirando, de mãos cheias,
o nosso único bem.
E não é só o que faz
esse monarca rapaz:
o rei, pra desonra nossa,
por amante tão imundo
parou a guerra na Escócia.
Por amor da perversão
mandou Johnny, tudo em vão,
pro charco de Bannockbride,
mas mudar isso, quem há-de?
E tem mais: pune e tortura
os que têm a ideia pura
de mudar a podridão:
Patty perdeu o seu braço
e O'Nelly um bom pedaço:
desgraças do reino são.

SPENCER — A canção vale meio penny, meu querido.

Entram Eduardo e Gaveston.

EDUARDO — Querido Gaveston, você só tem a mim como amigo. Deixe-os! Vamos ao lago Tynemouth.
pescar, comer peixe, cavalgar, atirar
nos alvos, juntinhos, ombro a ombro.

SPENCER *segurando o vendedor de baladas* — Isso é alta traição, caro senhor. E se vocês

retalharem em pedaços o sobrinho de minha tia,
o filho de minha mãe não poderá suportar
que alguém chegue perto demais de seu
querido conde da Cornualha.

GAVESTON — Que é que você quer, amigo?

SPENCER — Simpatizo muito com uma bela sátira, milorde;
mas alta traição simplesmente fere meus sentimentos.

GAVESTON — Quem?

SPENCER — Esse perneta podre, milorde.

Vendedor de baladas afasta-se rapidamente.

GAVESTON *para o rei* — "Calumniare audacter, semper aliquid haeret."

SPENCER — Na língua de vocês: devia ser enforcado.

GAVESTON *para Spencer* — Siga-me.

Saem com o rei. Spencer acena para Baldock, eles se juntam. Os que ficam riem.
Entram o arcebispo e Lancaster.

ARCEBISPO — Londres ri de nós. Os cobradores de impostos perguntam-se
até quando o Parlamento e os pares ainda
vão suportar isso. Em todas as ruas ouvem-se
as palavras "guerra civil".

LANCASTER — Uma puta só não faz a guerra.

Londres.

MORTIMER *em sua casa, entre livros, sozinho*:
Plutarco conta que Caio Júlio César
leu, escreveu e ditou a seu escriba
e venceu os gauleses. Tudo ao mesmo tempo.
Parece que pessoas à sua altura ganharam fama

por não perceber a insignificância
dos fatos e feitos humanos, isso aliado
a uma incrível falta de seriedade; resumindo: por sua
superficialidade.

Entram o arcebispo e pares.

ARCEBISPO — Vós vos regalais, Roger Mortimer, centrado
nos escritos clássicos, em meditações sobre
tempos idos, enquanto Londres, uma casa de
cupins excitados, precisa de vós.

MORTIMER — Londres precisa de farinha.

ARCEBISPO — Quando no hospital de São Tiago o bom Deus,
por falta de farinha, fazia estrebuchar centenas
de porcos, certamente não vos desviaríamos de vossos livros,
Mortimer. Mas quando em Westminster
um tal porco espoja-se amamentado com
o leite deste país, do qual para o rei deveria ser o protetor,
então já é tempo, sem dúvida, de deixar os
clássicos serem clássicos.

MORTIMER — Os clássicos dizem: Alexandre Magno
amava Heféstion, o sábio Sócrates
amava Alcebíades, e, por Pátroclus, Aquiles
ficou doente. Devo então eu, por esse capricho
da natureza, expor meu semblante no meio do povo suado?

ARCEBISPO — Os longos braços de Ed, as catapultas,
poderiam talvez fazer com que vós,
por distração, não vos alegrásseis com o lazer
tão suado, e, evitando a chuva, não vos afogásseis no dilúvio.
Sois apaixonadamente frio, com idade propícia
a ações ponderadas, hábil pelo profundo conhecimento
da fraqueza humana, experiente

pelos livros e pela vida movimentada,
grande pelo nome da estirpe, bens e tropas,
autorizado a elevar vossa voz em Westminster.

MORTIMER — Quereis cozinhar vossa sopa no Etna?
Estais errado. Quem começa a depenar
um galo para comê-lo, ou porque seu canto
o perturbou, pode, no final
satisfeito pelo gosto de atormentar, ter vontade
de esfolar um tigre. Estais lembrado disso?

ARCEBISPO — E, se o castelo de Westminster for arrasado,
o camponês não poderá mais nos aborrecer.

MORTIMER — Milordes, para facilitar tudo isso, proponho:
Exigiremos sua expulsão por escrito.

ARCEBISPO *com pressa* — O que vós deveis argumentar no Parlamento.
Em nome da Inglaterra vos agradecemos, conde Mortimer,
por sacrificardes vosso estudo
pelo bem da pátria.

Arcebispo e pares saem.

MORTIMER *sozinho* — Porque hoje algumas cabeças se curvam
diante de um cão,
este povo lança sua ilha
no abismo.

Londres.
Mortimer, arcebispo, Lancaster, os dois pares.

LANCASTER — O rei da Inglaterra apresenta ao conde da Cornualha
suas catapultas.

ARCEBISPO — Ele as apresenta para nós.

LANCASTER — Estais com medo, arcebispo?

MORTIMER — Isso prova nossa mediocridade, Lancaster.
Se homens da Antiguidade assistissem ao espetáculo,
o filho do carniceiro há muito tempo estaria afastado
do coração do rei
e balançaria na forca dos cães, um pouco inchado de veneno e
sem dentes.
LANCASTER *depois de um arremesso de catapulta*:
— Bem no alvo, Eduardo. Um arremesso desses
faz pensar. As catapultas
são os longos braços de Eduardo. Ele intervém em
vossos castelos escoceses com suas catapultas, arcebispo.

Entra a rainha Anna.

MORTIMER — Aonde ides tão rápido, Majestade?
ANNA — Para as florestas, nobre Mortimer,
viver de luto e amarguras.
Pois agora o senhor meu rei não me vê,
vê apenas esse Gaveston.
Pendura-se no seu pescoço, e se me aproximo
franze a testa: "Saia! Não se vê que estou com Gaveston?"
MORTIMER — Estais viúva, milady, por causa
do filho de um carniceiro.
ARCEBISPO — Como Mortimer consola milady!
LANCASTER — Ela tem afeição pelo safado Eduardo.
É um destino infeliz Deus esteja com ela.
ANNA — Caro Mortimer, há maior amargor
do que a irmã da França ser viúva
e não ser? Pois seu esposo está vivo.
Pior do que ser viúva; melhor seria
que a terra a cobrisse, pois ela vive à sombra
do ultraje: ser e não ser mulher;
sua cama está vazia.

MORTIMER — Madame, a pele enruga-se de tantas lágrimas.
Noites de solidão fazem envelhecer. Sentimentos pegajosos
amolecem o corpo. Procurai satisfação, milady!
A carne crua normalmente quer ser umedecida.
ANNA *para si* — Mui mísero Eduardo, como você me rebaixa,
pois não posso bater na cara desse homem,
mas tenho que aguentar e ficar quieta,
enquanto ele me assalta com sua luxúria.
Alto: Vós vos aproveitais da minha desgraça, Mortimer!
MORTIMER — Voltai, lady Anna, à Corte!
Deixai as preocupações para os pares;
antes da próxima lua esse filho de carniceiro
estará num navio irlandês.
ARCEBISPO — Milady, esse Gaveston é um argueiro
em nossos olhos. Queremos arrancá-lo.
ANNA — Mas não levanteis a espada contra vosso rei!
Eduardo está muito estranho. Ah, meu amor
confunde-me. Como poderia eu ir para
as florestas, milorde, quando eles caem
sobre o rei Eduardo?
Em becos desconhecidos ouço ameaças contra ele
e apresso-me a voltar para assisti-lo
na aflição.
LANCASTER — Sem derramamento de sangue
Gaveston não sairá da Inglaterra.
ANNA — Então deixai-o ficar. Prefiro suportar minha vida
e deixar meu senhor com o seu Gaveston
a vê-lo ameaçado.
LANCASTER — Sede paciente, milady.
MORTIMER — Milordes! Acompanhemos a rainha
de volta a Westminster.

ANNA — E, por minha causa, não levanteis
a espada contra o rei!

Todos saem. Entra Gaveston.

GAVESTON — O poderoso conde de Lancaster, o arcebispo de
Winchester,
com eles a rainha e alguns abutres
no bairro antigo de Londres estão tramando
algo contra algumas pessoas.

Londres.

GAVESTON *em sua casa, sozinho, escreve seu testamento*:
Por incompreensão, numa quinta-feira comum,
sem vontade de matar, alguém é apagado,
dolorosamente.
E por isso eu, que não sei
qual foi a minha falta ou excesso, escrevo
que aquele Eduardo, que agora é rei,
não se desligava de mim — pois em mim
minha mãe não descobriu nada que não fosse
inteiramente comum, nem papeira, nem impetigo;
por isso, por não saber o que fazer
e, apesar da cabeça oca, escrevo isso:
que nada ajuda a viver àquele que todos
querem morto, de modo que nada me
salva nessa Londres, de onde não posso
mais sair a não ser de pés juntos.
Meu testamento:
Eu, Danyell Gaveston, vinte anos mais sete, filho
de um carniceiro, liquidado por circunstâncias
favoráveis, eliminado por muita sorte, lego

roupas e botas àqueles que estiverem comigo
no fim: a abadia de Coventy às tolas mulheres
da rua São Tiago; minha estreita cova
ao bom povo bêbado da Inglaterra,
e o perdão de Deus ao bom rei Eduardo, meu amigo.
Pois estou consternado por não ter simplesmente
me tornado pó.

9 DE MAIO DE 1311: COMO O REI EDUARDO RECUSA-SE A ASSINAR A EXTRADIÇÃO DE SEU FAVORITO GAVESTON, IRROMPE UMA GUERRA DE TREZE ANOS

Westminster.
Mortimer, Lancaster, arcebispo, pares assinam, um após o outro, os documentos.

MORTIMER — Este pergaminho sela seu banimento.

Entram a rainha, Gaveston, que se senta ao lado da cadeira do rei, Kent e depois Eduardo.

EDUARDO — Estais indignados por Gaveston sentar-se aqui?
    É nosso desejo, queremos assim.
LANCASTER — Obrais bem em pô-lo ao vosso lado.
    Senão, em nenhuma parte, o novo par
    estaria seguro.
ARCEBISPO — "Quam male conveniunt."
LANCASTER — Um leão heráldico ou, melhor, um parasita.
PRIMEIRO PAR — Como esse sujeito se espreguiça na cadeira!
SEGUNDO PAR — Para o povo de Londres, um prato feito:
    O rei Eduardo e suas duas mulheres!

Inicia-se a sessão do Parlamento diante do povo.

Kent — Tem a palavra Roger Mortimer.
Mortimer — Quando Páris, na casa de Menelau, comeu seu pão e
sal, a mulher de Menelau — assim relatam as crônicas antigas —
dormiu com ele e, velejando, de volta a Troia,
ele ainda a tinha em sua cama
e Troia ria. Rindo, parecia justo a Troia
e à Grécia devolver ao marido grego
essa carne fácil, de nome Helena,
porque era prostituta.
Só que lorde Páris, compreende-se, foi
evasivo, e disse que ela se sentia mal.
Nesse ínterim chegaram navios. Navios gregos.
Multiplicavam-se como pulgas.
Certa manhã, alguns gregos
entram na casa de Páris, para apanhar
a prostituta grega. Páris grita de sua janela
que essa é sua casa, esse, seu castelo, e os
troianos, vendo que ele tinha razão,
aplaudem sorrindo irônicos.
Os gregos continuam pescando nos veleiros
ancorados, até que num boteco do porto
alguém esmurra outro até sangrar-lhe
o nariz, desculpando-se diz que o fez por Helena.
Antes que dessem por isso, nos dias seguintes,
muitas mãos apertaram muitos pescoços.
Dos navios destruídos, espetaram-se muitos, que estavam-se
afogando, como atum. No quarto crescente,
faltaram muitos nas tendas, nas casas muitos
foram encontrados sem cabeça. Naqueles anos
os caranguejos engordaram no rio Skamander,

mas não foram comidos.
Espreitando o tempo, de manhã cedo,
preocupados apenas em ver se à noite os peixes
mordiam o anzol, todos tombaram
pela meia-noite, em distúrbios ou intencionalmente.
Por volta das dez horas, ainda sendo vistos
com faces humanas,
lá pelas onze, esquecendo já a língua materna,
nem troianos encontravam Troia, nem gregos jamais a Grécia.
Antes percebem a transformação de lábios humanos
em beiços de tigres.
Ao meio-dia, os dentes penetram as entranhas
do outro animal que geme.
Alguns ainda parariam, estarrecidos, se, sobre o muro assediado,
um só soubesse, gritando o nome e a origem deles.
Seria bom que desaparecessem,
continuando a combater nos navios
subitamente envelhecidos, que naufragavam
sob seus pés, antes do anoitecer, sem nomes.
Matar-se-iam com maior crueldade.
Tal guerra durou dez anos,
é chamada A Guerra de Troia
e terminou com um cavalo.
Se em geral a compreensão não fosse
inumana e o ouvido humano entupido —
indiferente se Helena foi prostituta
ou ancestral de raças muito sadias —
Troia ainda existiria, ela que era
quatro vezes maior que nossa Londres;
se Heitor não tivesse sido destruído,
com órgãos genitais em sangue,
se a cabeleira alva do insípido Príamo

não tivesse sido cuspida pelos cães, toda
essa raça não teria sido exterminada ao meio-dia.
Quod erat demonstrandum. Sem dúvida
não teríamos também a Ilíada. *Senta-se.*

Pausa.
Eduardo chorando.

Anna — Que tendes? Quereis água, meu esposo?
Kent — O rei passa mal: Que se encerre a sessão.

Fecha-se a sessão.

Eduardo — Que estais a olhar? Não olheis para mim.
Deus permita que seus lábios não mintam, Mortimer.
Não vos preocupeis comigo. Se parece que estou indisposto,
olhai para o outro lado. Seriam apenas
olheiras profundas, sangue congestionado no cérebro.
Nada mais.
Pegai o traidor Mortimer.
Arcebispo — O que ele está pedindo, nós garantimos com nossas cabeças.
Lancaster — Afastai Gaveston de nossas vistas, senhor!
Mortimer — Lede o que escrevemos aqui neste pergaminho.
Anna *para Eduardo* — Senhor, tende bom senso.
É quinta-feira. Estamos em Londres.
Mortimer — Assinai a extradição de Danyell Gaveston,
filho de um abatedor de Londres,
banido há anos pelo Parlamento inglês,
o qual retornou ilegalmente, hoje banido
pela segunda vez, pelo mesmo Parlamento.
Senhor, assinai!
Lancaster — Tende a bondade de assinar, milorde!

ARCEBISPO — Milorde, assinai!
GAVESTON — Não teríeis pensado, senhor,
  que fosse tão rápido.
KENT — Afastai-vos desse Gaveston, irmão!
MORTIMER — É quinta-feira. Estamos em Londres. Assinai.
LANCASTER, ARCEBISPO, PARES *colocam uma mesa diante do rei* —
  Assinai!
EDUARDO — Nunca! Nunca! Nunca!
  Antes que me levem meu Gaveston,
  deixo a ilha. *Rasga o documento.*
ARCEBISPO — Agora a Inglaterra está dividida.
LANCASTER — Provavelmente correrá muito sangue na Inglaterra,
  rei Eduardo.
MORTIMER *canta* — O rei da Inglaterra
  manda baterem tambores
  para ocultarem as dores
  das mocinhas dessa terra.
  Morrem em Bannockbride
  seus noivos e prometidos,
  longe da trilha, perdidos,
  soldados de tenra idade.
  Cresce o rufar dos tambores
  e no peito crescem flores
  de luto, horror e saudade:
  a morte grassa em Bannockbride.
EDUARDO — Não quereis cantar mais? Olhais para
  um rei como para vossos rebanhos?
  Uma geração pode viver assim?
  Venha, Gaveston. Ainda estou aqui
  e tenho um pé para esmagar as cabeças de algumas víboras.
  Sai com Gaveston.
MORTIMER — É a guerra!

Lancaster — Nem os anjos do céu nem os demônios do mar salvarão do exército inglês o filho do carniceiro.

A BATALHA DE KILLINGWORTH — (15 E 16 DE AGOSTO DE 1320). CAMPO DE BATALHA PERTO DE KILLINGWORTH

Cerca de sete horas da noite.
Mortimer, Lancaster, arcebispo, tropas.

Lancaster — Lá! A bandeira estraçalhada de São Jorge
que tremulava do mar da Irlanda ao mar Morto.
Alarma!

Entra Kent.

Kent — Milordes! Por amor à Inglaterra passo-me
para vossa bandeira e renego o rei, meu irmão,
porque ele, por uma infame obsessão por aquele Gaveston,
destrói o reino.
Arcebispo — Sua mão, Kent!
Lancaster — Em marcha!

Tambores.

Lancaster — E que ninguém toque no rei Eduardo!
Arcebispo — E cem moedas pela cabeça de Gaveston.

Marcham.

Cerca de sete horas da noite.
Tropas marchando. Eduardo, Gaveston.

Primeiro soldado — Vinde, senhor. A batalha!
Eduardo — Continue a falar, Gaveston!

Gaveston — Muita gente disse em Londres
que essa guerra não vai mais cessar.
Eduardo — Nosso olhar muito se comove
por vê-lo, Gaveston, a esta hora, sem armas, confiante em nós,
sem proteção de couro nem aço, de cabeça nua,
no costumeiro traje irlandês.
Segundo soldado — Mandai marchar, milorde! O combate começou.
Eduardo — Como este bando de cegonhas voando
em triângulo no céu parece estar parado,
assim fica sua imagem para nós,
intocável através do tempo.
Gaveston — Milorde, uma conta simples como a que
o pescador faz antes de dormir, contando
rede e peixe, e convertendo a conta em moedas,
não deixarei de fazer, enquanto ando sob o sol:
que muitos são mais do que um, que esse um
vive muitos dias, mas não todos os dias.
Por isso não aposteis vosso coração tão radicalmente
nessa causa, para que ele não se perca.
Terceiro soldado — Senhor, à batalha!
Eduardo — Seus belos cabelos!

Oito horas da noite.

Gaveston *fugindo* — Desde que esses tambores começaram, o pântano
sorvendo catapultas e cavalos, a cabeça do filho
de minha mãe está fora do lugar. Não ofegue! Será que
todos já se afogaram e apenas há mais barulho pendente ainda
entre o céu e a terra?
Também não quero mais correr. São apenas alguns minutos
e não movo mais um passo, deito-me simplesmente aqui no chão
para não durar até o fim dos tempos.

E, quando amanhã o rei Eduardo
passar a cavalo gritando para me torturar:
"Danyell! Onde está você?", não estarei mais aqui!
E agora desamarre os sapatos, Gav, e fique sentado.

Entram Lancaster, Mortimer, arcebispo, pares, James, tropas.

LANCASTER — Agarrem-no, soldados!

Risos dos pares.

LANCASTER — Bem-vindo, tesoureiro-mor!
PRIMEIRO PAR — Bem-vindo, querido conde da Cornualha!
ARCEBISPO — Bem-vindo, abade!
LANCASTER — Andai um pouco, para esfriar
vosso sangue sujo, abade!
ARCEBISPO — Digníssimos pares! Adio que seu processo é breve.
Sua sentença: porque Danyell Gaveston, filho de um carniceiro,
foi a puta do rei Eduardo, na cidade de Londres,
induzindo-o à perversidade e a outros crimes,
e duas extradições não o afastaram,
ele será enforcado num galho.
Enforcai-o!
JAMES — Ele não se move mais, milordes! Está rígido
como bacalhau congelado. Aqui está o galho.
Duas cordas de cânhamo. Ele é cheio de carne.
MORTIMER *de lado* — O homem, vivo, valeria meia Escócia
e um homem como eu poderia dar todo um exército
por esse bacalhau aguado.
Mas galho, corda e pescoço estão aí
e o sangue é barato. Desde que as catapultas,
com homens pendurados, detonam ininterruptas,
desde que massas de cavalos e homens, intimidados
com os tambores, lançam-se furiosamente uns contra os outros,

que a poeira e o anoitecer tramam contra o êxito da batalha,
desde que as catapultas estão trabalhando,
tambores rufando, massas de cavalos e cavaleiros
devoram-se mutuamente, uma lua vermelha e trôpega
rouba dos cérebros a razão e do homem irrompe, desnudado,
o animal.
A situação exige que alguém seja enforcado.

JAMES — Agora a tábua.

GAVESTON — A corda não passa.

JAMES — Logo vamos ensaboá-la.

SOLDADOS *no fundo, cantando* — A concubina de Ed tem barba no peito
Piedade de nós, piedade de nós, piedade de nós!

UM SOLDADO *para Gaveston* — Como vos sentis, senhor?

GAVESTON — Levai primeiro os tambores.

SOLDADO — Ireis gritar, senhor?

GAVESTON — Peço que retireis os tambores. Não gritarei.

JAMES — Está bem, senhor! Agora calai-vos.
Passai o laço. Seu pescoço é curto.

GAVESTON — Peço encarecidamente que seja logo.
Peço ainda que façais a leitura de minha sentença.

JAMES *lê a sentença e depois* — Pronto, então vamos.

GAVESTON — Eduardo! Meu amigo Eduardo!
Ajude-me se você ainda está neste mundo.
Eduardo!

Entra um soldado.

SOLDADO — Parai! Mensagem do rei!

GAVESTON — Ele ainda está neste mundo.

ARCEBISPO *lê* — "Já que eu soube que tendes Gaveston,
Rogo-vos poder vê-lo antes da morte

(pois sei que ele morrerá) e envio
minha palavra e o lacre: ele voltará.
E, se quiserdes fazer-me o favor,
ficar-vos-ei grato pela deferência.
Eduardo."

GAVESTON — Eduardo!

ARCEBISPO — E agora?

LANCASTER — Este papel, milordes, vale uma batalha ganha.

GAVESTON — Eduardo. Só o nome me faz viver.

LANCASTER — Não precisa ser assim. Poderíamos, por exemplo,
enviar ao rei o coração dele.

GAVESTON — Nosso bom rei Eduardo promete,
sob sua palavra e seu lacre, que quer
apenas ver-me e depois me mandará de volta.

LANCASTER — Quando? *Risos*.
Por seu Danny, ele quebrará qualquer juramento a Deus,
bastando que o veja.

ARCEBISPO — Antes que um rei quebre seu juramento,
a Ilha afundará no oceano.

LANCASTER — Está bem! Enviai-lhe Gaveston,
mas enforcai-o depois.

MORTIMER — Não o enforqueis, mas também não o envieis!

ARCEBISPO — Pode-se talvez cortar a cabeça de um rei,
mas não seu desejo.

LANCASTER — Tirai-lhe a pele, mas não lhe negueis
essa pequena cortesia. E, agora, à guerra
com Eduardo Gloster, a mulher do filho do carniceiro.

ARCEBISPO — Cortar-lhe as cordas e vós, lorde Mortimer,
providenciai o seu transporte.

GAVESTON — Ainda uma noite de vigília e ainda dois caminhos.
Levo a morte comigo, como minha lua.

JAMES — É muito estardalhaço por um mero filho de carniceiro.

Todos saem, exceto Mortimer, James e Gaveston.

Mortimer — Esse filho de carniceiro é o alfa e ômega desta guerra
é a corda estendida sobre o pântano, o escudo contra a seta,
e eu o tenho.
James, conduza este homem e, se alguém perguntar-lhe
para onde, diga: para o monturo. Trate-o, porém, como
a um ovo cru.
E traga-o amanhã lá pelas onze,
para o bosque de Killingworth. Lá estarei.
James — E se ele tentar escapar, senhor?
Mortimer — Fazei o que quiserdes.
James — Vinde, senhor!

Sai com Gaveston.

Mortimer — E como se a minha ordem exalasse um leve cheiro
de cadáver. Mas desde que a mudança da lua atrai sangue
como vapor de água, e que esses pares têm rostos
com sabor de morte, sou eu aquele que sabe o que é,
não se preocupando com a lua, um único monte de covardia.
Basta um homem para liquidar aquele que tem poderes para
liquidar milhares.
Por isso me enrolo, temeroso como alguém que foi queimado,
com a pele de outrem, ou seja, com a pele desse filho de carniceiro.

Cerca de dez horas da noite.

Anna *sozinha* — Ah, mísera rainha!
Ah, que as águas se tivessem tornado pedras,
quando deixei a amada França e fui embarcada!
Ou que aqueles braços, que me envolviam o pescoço,
tivessem-me estrangulado na noite de núpcias!
Pobre de mim! Agora tenho que correr atrás do rei Eduardo,

Pois ele partiu, deixando-me viúva,
para essa batalha de Killingworth, em favor
desse demônio do Gaveston.
Minha pele se arrepia só de olhar para ele.
Eduardo, porém, mergulha seu coração, como uma esponja, nele.
E, assim, estou desgraçada para sempre.
Oh! Deus! Por que me rebaixaste tanto, Anna de França,
para que o demônio Gaveston fosse exaltado?

Entram Gaveston, James, soldado.

JAMES *aproxima-se* — Olá!
ANNA — Sois os soldados do rei Eduardo?
JAMES — De modo algum.
ANNA — Quem é o homem com o traje irlandês?
JAMES — É Danyell Gaveston, puta do rei da Inglaterra.
ANNA — Para onde o levais?
JAMES — Para o monturo.
GAVESTON *dando um passo atrás* — Se eu tivesse água para meus pés.
SOLDADO — Aqui tem água.
ANNA — Peço-vos que não negueis água a ele.
GAVESTON — Deixai-me ter com ela. É a rainha.
    Levai-me, milady.
JAMES — Não, ficai. Lavai apenas os pés.
    Tenho ordens.
ANNA — Por que não o deixais falar comigo?
JAMES — Afastai-vos, madame, para que ele se lave.

Empurra-a.

GAVESTON — Ficai, nobre senhora, ficai! Mísero Gaveston, aonde
    vais agora?

Uma hora da madrugada.
Lancaster, pares, tropas, em marcha para Boroughbridge.

UM SOLDADO — Em direção a Boroughbridge!

A senha é distribuída.

SOLDADOS *cantam.* O rei da Inglaterra
  manda baterem tambores
  para ocultarem as dores
  das mocinhas dessa terra.
  Morrem em Bannockbride,
  nos charcos apodrecidos,
  seus noivos e prometidos,
  soldados em moça idade.
  Ouçam atentos ao lamento
  da noite que tudo cobre
  enquanto negro é o tormento
  de quem enxerga e não pode.
LANCASTER — Tudo está dando certo. Esta noite ainda
  tomaremos Boroughbridge.

Duas horas da madrugada.
Eduardo, Spencer, Baldock, o jovem Eduardo, o exército dormindo.

EDUARDO — Estou curioso pela resolução dos pares
  a respeito de meu amigo, do meu Gaveston.
  Ah! Spencer, todo o dinheiro da Inglaterra
  não o resgata mais; ele está fadado a morrer.
  Conheço a natureza má de Mortimer, sei que
  o arcebispo é cruel e Lancaster é implacável,
  e jamais porei de novo os olhos em Danyell Gaveston.
  E no final porão o pé no meu pescoço.
SPENCER — Se eu fosse o rei Eduardo, soberano da Inglaterra,
  rebento do grande Eduardo Longshank, não suportaria

essa cólera dos desordeiros, não toleraria que
esses patifes dos pares me ameaçassem em minha própria pátria.
Cortai-lhes as cabeças! Enfiai-as em estacas!
Não há dúvida que isso sempre dá resultado.
EDUARDO — É, bom Spencer, fomos condescendentes demais,
bons demais para eles. Agora acabou-se.
Se Gaveston não voltar, suas cabeças rolarão.
BALDOCK — Plano tão radical, milorde, compete a Vossa Majestade.
JOVEM EDUARDO — Por que é que eles fazem tanto barulho, pai?
EDUARDO — Estão dilacerando a Inglaterra, filho.
Gostaria de tê-lo mandado a eles, Eduardo,
para que eles me fizessem a vontade com Gaveston.
Você teria tido medo dos pares revoltados?
JOVEM EDUARDO — Teria, pai.
EDUARDO — Boa resposta.
Há muitos maus elementos em campo hoje à noite.

Entra a rainha.

ANNA — Sois os soldados do rei Eduardo?
Esta é a pedreira de Killingworth?
Onde está o rei Eduardo, soldados?
SPENCER — Que é?
UM SOLDADO — Uma mulher procura o rei Eduardo.
ANNA — Vindo de Londres, dois dias a cavalo,
procurei-vos por pântanos, matagais
e batalhas.
EDUARDO — Não sois bem-vinda.
SPENCER — Há dois dias, a batalha está em curso, dificultada
porque um exército parece-se com o outro
e ambos gritam por São Jorge e pela Inglaterra.
Com São Jorge, irmãos se dilaceram e,
como duas salamandras enoveladas na luta,

um exército crava os dentes no outro, e as aldeias da Inglaterra
consomem-se em fogo pela pátria.
Por volta da noite, no pântano, entre catapultas,
homens afogados — ao mesmo tempo em que Gaveston
também era preso —
por fonte segura soube-se que tombou lorde Arundel.
Logo em seguida choveu fortemente.
A noite foi intranquila, com escaramuça.
O rei sentiu um pouco de frio, mas está em boas condições.
Nossas posições não estão más,
se hoje à noite os pares não tomarem a aldeia de Boroughbridge.
Hoje decide-se. No que diz respeito a Gaveston,
os pares prometem enviá-lo a nós.

ANNA *para si* — E arrastam-no até o monturo.
Talvez seja melhor assim. Mas não sou eu
quem deve dizer-lhe que a essa hora o sujeito
provavelmente já se foi.
Alto. Hoje a caça é você, Eduardo.

EDUARDO — É.
E preso está meu amigo Danyell Gaveston
E você vem a meu encontro através de pântanos e matas.

ANNA — Se quereis cuspir em mim, milorde, usai este rosto.

EDUARDO — Vosso rosto é uma lápide. Aí está escrito:
"Aqui jaz o pobre Gaveston." Não tendes
também um pequeno provérbio de conforto?
"Consolai-vos, milorde, esse Gaveston era vesgo de um olho."
Eu, porém, respondo: "Qualquer pele repugna-me,
a vossa, por exemplo."
Eu, Eduardo da Inglaterra, digo-vos,
lembrando-me que apenas algumas horas
me separam do fim: não vos amo.
Diante da morte: amo Gaveston.

Anna — Se bem que eu não vá esquecer as rudes palavras —
pois as coisas na minha pobre cabeça ficam por muito tempo
e só dissipam-se com vagar — é bom que ele
tenha-se ido.
Eduardo — Traga-o de volta. Diz-se que Mortimer tem
todos os poderes. Vá a ele, pois ele é vaidoso.
Um tipo como o seu sucumbe fácil a uma rainha.
Insinue-se a ele, use suas artes, aquelas especiais.
O mundo está perto de se acabar.
O que é um juramento? Dou-lhe absolvição.
Anna — Jesus! Não posso.
Eduardo — Então eu vos afasto de minha vista.
Anna — Nesses dias em que irrompe a guerra que,
segundo dizem, não cessará mais,
vós me mandais de volta através da carnificina
dos exércitos.
Eduardo — É. E vos dou ainda a incumbência
de ir buscar tropas da Escócia
para vosso filho Eduardo. Pois a situação
de seu pai não está boa.
Anna — Cruel Eduardo!
Eduardo — Ele vos diz ainda o seguinte: é a vossa sorte.
Estais ligada ao, como dizeis, cruel Eduardo,
que vos conhece do coração ao ventre, até vosso fim,
como o animal à armadilha.
Anna — Tendes certeza absoluta?
Eduardo — Estais entregue por testamento, sois
minha propriedade. Prescrita a mim: sem minha
vontade, sem meu consentimento jamais livre.
Anna — Mandais-me embora e me prendeis ao mesmo tempo?
Eduardo — Sim.

Anna — O céu é testemunha de que vos amo.
Para envolver-nos, creio que meus braços
abarcariam toda a ilha. É hora de temer
que eles estejam cansados.
Prendeis-me e me afastais ao mesmo tempo?

Eduardo — Não se sabe ainda nada de Gaveston?

Anna — Aquele que me manda embora e não me deixa ir,
dele todos devem afastar-se e também não o deixar ir.
Que seu final o evite, sem sossego e sem pele.
Se ele tiver necessidade do apoio de uma mão,
que ela seja despelada, como a de um leproso.
E se ele quiser escapar-lhes, para morrer,
devem segurá-lo e não o deixar ir.

Eduardo — Ainda não se sabe de Gaveston?

Anna — Se você ainda espera por seu amigo Gaveston,
rei Eduardo, perca as esperanças.
Vi no pântano um homem com traje irlandês,
e ouvi dizer que ia para o matadouro.

Spencer — Ah, sangrento perjúrio!

Eduardo *ajoelhando-se* — Pela mãe de todos vós, pela terra,
pelos céus, pelos planos das estrelas,
por essa mão dura e ressecada,
por todas as armas dessa ilha,
pelos últimos juramentos de um peito vazio,
por todas as honras inglesas, por meus dentes:
quero ter vossos corpos aleijados e transfigurá-los
de modo que vossas mães não vos reconheçam.
Quero ter vossos troncos sem cabeças.

Anna — Vejo agora que ele está inteiramente entregue
ao demônio do Gaveston.

Sai com o jovem Eduardo.
Entra um soldado.

SOLDADO — Resposta dos pares:
   Tomamos Boroughbridge, a batalha terminou.
   Se quereis auxílio e salvação sem derramamento
   de sangue, a Inglaterra diz:
   esquecei o Gaveston que já está fora da jogada.
EDUARDO — Que já está fora deste mundo.
SOLDADO — E renegai sua memória e tereis paz.
EDUARDO — Está bem. Diga aos pares:
   porque tomastes Boroughbridge e por isso
   não posso travar mais uma batalha e porque
   meu amigo Gaveston não está mais neste mundo,
   aceito vossa oferta, e que haja paz entre mim e vós.
   Vinde ao meio-dia à pedreira de cal,
   onde, como desejais, renegarei sua memória.
   Mas vinde sem armas. Pois isso aborreceria
   os olhos de Nossa Majestade.

O soldado sai.

EDUARDO *acorda seus soldados* — Levantai-vos, dorminhocos!
   Deitai-vos
   na cal como cadáveres! Eduardo Mão Branda
   espera seus convidados. Quando chegarem,
   lançai-vos a seus pescoços.

Cinco horas da manhã.
Gaveston, James, o outro soldado.

GAVESTON — Aonde vamos, pros diabos!
   De novo a pedreira de cal.
   Estamos andando sempre em círculos.

Por que me encarais tão friamente?
Cinquenta moedas de prata!
Quinhentas!
Não quero me estrepar!

Joga-se no chão.

JAMES — Bem, você já gritou, agora vamos continuar.

Entram dois soldados.

GRITOS — São Jorge e Inglaterra!
PRIMEIRO — Que é que você está avistando?
SEGUNDO — Incêndios.
PRIMEIRO — É Boroughbridge.
 E que é que você está ouvindo?
SEGUNDO — Sinos badalando.
PRIMEIRO — São as cordas da igreja de Bristow
 que eles estão puxando, porque o rei
 da Inglaterra e seus pares querem fazer as pazes.
SEGUNDO — Por que de repente?
PRIMEIRO — Supostamente para que a Inglaterra não se dilacere.
JAMES — Agora, de súbito, parece, de novo,
 que escapareis dessa com um olho roxo, senhor.
 Que horas são?
O OUTRO SOLDADO — Cerca de cinco.

Onze horas da manhã.
Eduardo, Spencer, Baldock.

SPENCER — Os pares da Inglaterra descem dos morros,
 desarmados.
EDUARDO — Os guardas estão a postos?
SPENCER — Estão.
EDUARDO — Tendes cordas?

Spencer — Temos.
Eduardo — As tropas estão prontas para cair sobre o exército sem cabeça?
Spencer — Estão.

Entram o arcebispo, Lancaster, pares.

Baldock — Milorde, vossos pares.
Eduardo — Amarrai-os com as cordas.
Os pares *esbravejam* — Traição! Caímos numa armadilha. Vosso juramento!
Eduardo — Num tempo como esse, uma quebra de juramento floresce bem.
Arcebispo — Jurastes.
Eduardo — Tambores!

Os gritos dos pares são abafados pelos tambores, os pares são levados amarrados.

Spencer — Mortimer não está.
Eduardo — Buscai-o.
Tendes peloteiros e artilheiros?
Dai-me os mapas de campanha!
Vasculhai a área com armas brancas! Varrei o campo!
Dizei, antes de o estrangular, a cada um na mata:
O rei da Inglaterra transformou-se em um tigre
no bosque de Killingworth.
Avante!
Grande batalha.

Meio-dia.
Gaveston, James, o outro soldado.

James — Cave, meu jovem. A batalha ferve.
Seu amigo vencerá.

Gaveston — Para que precisais de um buraco?
James — É tempo de proteger nossa pele. Temos portanto
que cumprir as instruções. Cave, senhor. Se quiserem
verter água, Sir, podem fazê-lo aqui.
Gaveston — A batalha se desenrola também em direção a Bristow.
Quando há vento, ouvem-se os cavalos dos
galeses. Vocês leram sobre a Guerra de Troia?
Pelo filho de minha mãe derrama-se também muito sangue.
Edinho provavelmente anda perguntando
onde está seu amigo.
James — Dificilmente, Sir. Qualquer um em Killingworth
lhe dirá que ele não deve mais esperar-vos.
Cavai, senhor. Corre o boato, Sir, de que
se viu vosso digníssimo cadáver irlandês no monturo
de Killingworth. Se pode-se confiar num boato,
não tendes mais cabeça, Sir.
Gaveston — Para quem é a cova? *James se cala.*
Será que não verei mais o rei, James?
James — Talvez o Rei dos Céus, o rei da Inglaterra
dificilmente.
O outro soldado — Hoje muitos homens cairão pela mão de um
soldado.
James — Que horas são?
O outro soldado — Perto das doze.

Sete horas da noite.
Eduardo, Spencer, os pares prisioneiros, entre esses também Mortimer.
Spencer conta os presos e anota seus nomes.

Eduardo — Está na hora. Chegou a hora em que este assassínio
contra meu querido amigo, a quem, como se sabe,
minha alma se prendia, Danyell Gaveston, este assassínio
será expiado.

Kent — Irmão, tudo aconteceu por vós e pela Inglaterra.
Eduardo *liberta-o* — Já falastes, Sir, agora ide!

Kent sai.

Eduardo — Bem, orgulhosos pares, não apenas o destino da batalha
como também o da justa causa vencem em seu devido tempo.
Parece-me que abaixais vossas cabeças, mas saberemos
levantá-las de novo. Velhacos, rebeldes, malditos patifes!
Vós o tereis massacrado?
Quando mandamos um mensageiro buscá-lo
sob palavra e lacre, e tudo isso
por escrito, para que ele viesse e ainda falasse
conosco, vós dissestes sim? Então? Vós o tereis
massacrado? Decapitado? Tu tens uma cabeça
tão grande, Winchester.
Essa cabeça deve agora sobrepujar as outras,
como tua ira sobrepujou os outros.
Arcebispo — Quando fito seu rosto perjuro,
desisto de chegar até você com palavras.
Também um homem como você dificilmente
confia na língua de quem se absolve
da morte, mesmo falando a verdade.
Você extinguiu do mundo todas as provas
e confundiu as nossas, as suas e as relações
de seu amigo, de modo que toda a eternidade
não as percebesse.
O que você sentencia, Eduardo, tem prazo muito curto.
Eduardo — E que diz você, Lancaster?
Lancaster — O pior é a morte e antes a morte
do que conviver com você num mundo como este.
Mortimer *para si* — Mas apodrecer em harmonia comigo, que mais
do que Eduardo sou carrasco deles, isso eles prefeririam.

Eduardo — Fora com eles! Cortai-lhes a cabeça!
Lancaster — Adeus, tempos!
Anteontem à noite, quando a lua crescente
nasceu, Deus estava conosco. E agora,
que surge uma lua mais fraca, acabou-se tudo.
Adeus, meu Mortimer!
Arcebispo — Meu Mortimer, adeus!
Mortimer — Quem ama sua pátria, como nós,
morre facilmente.
A Inglaterra chora por nós. A Inglaterra não esquece.

O arcebispo, Lancaster, os pares, menos Mortimer, são levados.

Eduardo — Um certo Mortimer, que tão esperto estava ausente,
quando
os mandei para a pedreira de Killingworth,
encontra-se agora entre eles?
Spencer — Sim, milorde. Aqui está ele.
Eduardo — Afastai os outros. Com este, que não deve
ser esquecido, Nossa Majestade ainda pretende
fazer algo. Soltai-o, para que não desapareça
na Inglaterra a lembrança do dia de Killingworth.
Vós, os Mortimers, contais inexpressivamente, estais
à vontade nos livros, como as traças. Mas nos livros
não há nada sobre Eduardo, que nada lê,
nada conta, nada sabe,
e que é ligado à natureza e nutre-se
de alimento bem diferente. Podeis ir, lorde Mortimer.
Ide, testemunho errante sob o sol,
para mostrar como o filho de Eduardo Longshank
vingou seu amigo.
Mortimer — No que diz respeito a Vosso amigo,
Danyell Gaveston, ele andava, às cinco horas,

quando o rei da Inglaterra transformou-se
num tigre, ainda vivo no bosque de Killingworth.
Se vós não tivésseis abafado as vozes, quando
seus amigos começaram a falar, se uma confiança
ínfima, uma paixão fortíssima e uma ira súbita
não tivessem anuviado vosso olhar,
vosso favorito Gaveston ainda viveria.

Sai.

EDUARDO — Providenciai um enterro digno, caso o corpo
de Gaveston seja encontrado. Mas não o procureis.
Ele parecia um homem que está entrando na mata,
atrás do qual os arbustos crescem e as ervas
elevam-se, de modo que a selva o engole.
Nós, porém, queremos lavar de nosso corpo
o suor deste dia, comer e descansar, até
que sejamos precisos para limpar do reino os restos
desta guerra de irmãos.
Pois não quero pôr-me a caminho de Londres,
nem dormir a não ser na cama de soldado,
antes que essa estirpe, como uma gota de chuva
no mar, desapareça antes de mim.
Venha, Spencer.

Três horas da manhã.
Vento fraco.

ANNA *sozinha* — Porque Eduardo da Inglaterra, não querendo ouvir
Súplicas
nem exigências, expulsou-me para Mortimer, o de Coração Frio,
visto minhas vestes de viúva.
Pois deixei-me cuspir o cabelo, quatro vezes, por ele,

de modo que eu preferiria ficar sem cabelos, ao relento.
Mas da quinta vez o vento sopra diferente e o céu é outro
e meu fôlego tem novo ritmo.
Para Londres!

MORTIMER *entrando* — Não faça isso, milady.
Londres só tem pão e água para gente como nós.

ANNA — Onde está vosso exército, conde Mortimer?

MORTIMER — Meu exército jaz entre salgueiros, chorões e uma pedreira
de cal.
E ainda um pântano traiçoeiro engoliu os filhos de muitas mães.
Onde está vosso esposo, milady?

ANNA — Junto a Gaveston morto.

MORTIMER — E a irmã de França?

ANNA — Na encruzilhada entre Londres e Escócia.
Ele incumbiu-me de buscar tropas da Escócia.
No dia de Killingworth.

MORTIMER — E a mim incumbiu-me de perambular
como testemunho vivo do dia de Killingworth.
Decepou sete cabeças da Hydra:
Tomara que ele encontre mais sete,
quando despertar.
Enredado em acampamentos e batalhas,
o homem não escapa mais da guerra
pelo morto Gaveston.

ANNA — Aquele que desprezou sua mulher diante de todos...

MORTIMER — ...Aquele que explorou seu reino como um cafetão...

ANNA — ...E me prendeu em laços e me expulsou...

MORTIMER — E estripou a pátria
como a uma caça em sangue...

ANNA — ...Acerte nele, Mortimer.

MORTIMER — Porque ele lhe mandou embora
   como a uma cadela sarnenta...
ANNA — ...Porque ele me expulsou como a uma cadela imprestável...
MORTIMER — ...A quem foi uma rainha...
ANNA — ...Que era como uma criança em ingenuidade,
   sem saber do mundo e dos homens...
MORTIMER — ...Crave os dentes nele!
ANNA — Quero tornar-me uma loba
   dilacerando, nas matas, com presas afiadas,
   sem descanso, até que a terra cubra Eduardo,
   de há muito sem vida,
   Eduardo Gloster, meu esposo de antes (de anteontem)
   que a terra o cubra.
   Joga três mãos de terra atrás de si.
   Açulando os miseráveis das florestas,
   eu própria manchada da astúcia
   do mundo mau e dos homens,
   espreitando como uma loba e assediada por lobos,
   molhada pela chuva do banimento,
   cruel pelos ventos estrangeiros.
MORTIMER — Terra sobre Eduardo da Inglaterra!
ANNA — Terra sobre Eduardo Gloster!
MORTIMER — Para a Escócia!
ANNA — Ah, Mortimer!
   Abate-se sobre nós uma guerra
   que lança ao final a ilha no oceano.

DEPOIS DE QUATRO ANOS DE GUERRA, O REI EDUARDO ENCONTRA-SE AINDA NOS ACAMPAMENTOS. CHEGADA DA RAINHA ANNA. O DIA DE HARWICH (23 DE SETEMBRO DE 1324)

Tenda de acampamento em Harwich.
Eduardo, Spencer, Baldock.

EDUARDO — Depois de muita traição por quatro anos,
   Eduardo da Inglaterra triunfou com seus aliados.

Entra um mensageiro, entrega uma mensagem.

SPENCER — Alguma novidade, milorde?
EDUARDO *rasga a mensagem* — Não. Sabeis de alguma?
SPENCER — Não.
EDUARDO — Como assim, homem? Dizem que houve uma grande batalha
   e uma limpa no reino.
BALDOCK — Isso foi há quatro anos, se não me engano, milorde.
EDUARDO — Bons quatro anos. Viver em tendas e em exércitos é agradável.
   Cavalos são uma boa coisa.
   O vento purifica os pulmões.
   E, mesmo que a pele enrugue-se e que o cabelo
   caia, a chuva lava os rins
   e tudo é melhor do que em Londres.
BALDOCK — Eu preferiria que estivéssemos xingando Londres em Londres.
EDUARDO — Tendes ainda aquela lista?
SPENCER — Certamente, milorde.
EDUARDO — Peço que nos façais ouvi-la. Lede-a, Spencer.

Spencer lê a lista dos pares executados.

Eduardo — Parece-me que aqui falta um nome. Mortimer.
Tereis afixado uma recompensa para quem o trouxer?
Spencer — Fizemos, senhor, e a renovamos anualmente.
Eduardo — Se ele aparecer na Inglaterra, logo estará aqui.

Entram dois mensageiros.

Segundo mensageiro — Boatos falam de navios e mais navios,
vindos do norte.
Eduardo — Isso não quer dizer nada. São os pescadores de arenques
que vêm do norte.

O mensageiro sai.

Eduardo — Os outros nomes de sua folha
ladravam ainda anos atrás,
agora não ladram nem mordem mais.
Baldock *para Spencer* — Ele não acredita em nada. Desde que
entrou em decadência, esforça-se para esquecer logo o que lhe
dizem.
Eduardo — Onde estão as tropas escocesas?
Sempre se fala de tropas. Em vão.
Pois das tropas escocesas, para as quais
enviamos a rainha há quatro anos,
não chega notícia alguma.

Entra o exército.

Primeiro soldado — O exército do rei, provando sua eficácia
em quatro anos de campanha, depois de ter
morto como ratos tantos pares,
agora necessitando de provisão, de calçados
e uniformes, pede ao rei Eduardo, filho

de Eduardo Longshank, o patrono do exército inglês,
para poder esse ano, de novo, comer enguias do Tâmisa.

Soldados — Viva o rei Eduardo!

Segundo soldado — Nossas mulheres querem parir. É apenas porque, talvez,
isso não termine nunca, já que o rei jurou que
não quer mais dormir em cama,
antes de ter forçado os outros a dobrarem os joelhos.

Primeiro soldado — E depois que alguns já voltaram para casa,
dizendo que era por causa do testamento,
do arrendamento da cerveja, ou de um parto,
seria bom saber se o rei
pretende ir para Londres ou não.

Terceiro soldado — Ides para Londres, senhor?

Quarto soldado — O que pretendeis?

Eduardo — Fazer guerra contra os grous dos céus,
o peixe do alto-mar, que crescem mais rápido
do que são mortos, segunda-feira contra o
grande Leviatã, quinta contra os abutres de Gales.
E agora: comer.

Spencer — O rei está febril, devido à fraca alimentação. Ide!

Spencer e Baldock empurram os soldados para fora.

Eduardo — Traga-me algo para beber, Baldock.

Baldock sai.

Spencer — Eles não voltarão. Não quereis mesmo
ir para Londres, senhor?

Entra o terceiro mensageiro.

Terceiro mensageiro — Milorde, há pessoas armadas no bosque
de Harwich.

Eduardo — Deixai-os. São os servos dos comerciantes galeses. *Senta-se para almoçar.* Viram-se navios?
Terceiro mensageiro — Sim.
Eduardo — Há aldeias queimando no norte?
Terceiro mensageiro — Sim.
Eduardo — É a rainha com as tropas escocesas que vêm a nós.
Spencer — Dificilmente.
Eduardo — Não quero que me observeis almoçando.

Spencer e mensageiro saem.

Eduardo *sozinho* — É um desgosto para o meu coração que
meu filho Eduardo tenha sido seduzido
para apoiar assim a maldade deles.

Entra Spencer.

Spencer — Fugi, senhor! Não é mais hora de comer.
Devo convocar vosso exército para a batalha?
Eduardo — Não. Eduardo sabe que seu exército sumiu e foi para casa.
Spencer — Não quereis combater contra Roger Mortimer?
Eduardo — Ajudai-me, Deus meu! Ele está como o peixe em sua água.

Sai com Spencer e os soldados: atrás da cena corridas, batalhas, fuga.
Entram Mortimer, Anna, o jovem Eduardo, tropas.

Anna — O Deus dos reis presenteia uma batalha bem-sucedida
àqueles que combatem à sombra do direito.
Porque comprávamos nosso sucesso, portanto nosso direito,
que sejam dadas graças àquele que conduziu o planeta a nosso favor.
Chegamos com armas a essa parte de nossa ilha,

para que nenhuma raça, mais vil que as outras,
tecendo força com força, faça da Inglaterra um deserto,
sangrenta com as próprias armas, abatendo os próprios corpos.
Como comprovou claramente o caso abominável do Eduardo
corrompido que...

Mortimer — Milady, se quereis ser soldado, não podeis mostrar
paixão em vossas palavras.
A face desta ilha está mudada com a chegada,
hoje, da rainha da Inglaterra e de seu filho Eduardo.

Entra Rice ap Howell.

Rice ap Howell — O fugitivo Eduardo está num pequeno navio,
abandonado pelo povo, zarpando, ao vento, para a Irlanda.

Mortimer — Que os ventos o afoguem ou o abandonem.
Milordes, agora que possuímos este reino,
do mar da Irlanda até o mar da Mancha,
ele vai sobre vossos escudos o jovem Eduardo!
Fazei o acampamento prestar-lhe um juramento!
Mostrai o príncipe regente aos soldados!

O jovem Eduardo é levado; todos saem, exceto Mortimer e a rainha.

Anna — Agora ele tem suas tropas escocesas
e sua cadela chega e ataca-o.
O que dele permanece são restos de comida
e uma cama esburacada, enquanto meu corpo,
quase virginalmente, começa a renascer.

Mortimer — Temos que enviar tropas para o sul.
Amanhã à noite tendes que estar em Londres.
Ainda não temos notícias da frota irlandesa.
Ela vai associar-se a nós, espero. Estais cansada?

Anna — Estais trabalhando?

Mortimer — Estou assegurando a Inglaterra para vós.
Anna — Ah! Mortimer. Há menos prazer do que eu pensava
em saborear os frutos desta vitória.
São insossos, aguados; não é nada divertido.
Mortimer — Estais preocupada com Eduardo?
Anna — Como assim? Nem o conheço mais.
Aqui na tenda está o seu odor.
Estava melhor nas montanhas escocesas
do que aqui na baixada pantanosa.
O que pensais em oferecer-me agora, Mortimer?
Mortimer — Estais saciada. É vossa carne saturada
Esperai por Londres.

Entra Baldock com a bebida.

Mortimer — Quem é você, homem?
Baldock — Sou o Baldock do rei Eduardo e trago de beber.
Mortimer *toma-lhe a bebida* — Enforcai-o!
Baldock — Não vos posso dar conselho, digno senhor.
Não é que eu não quisesse morrer: é o
destino terreno e não dura muito.
Mas, na Irlanda, minha mãe não veria isso
com bons olhos, senhor.
Deixei a tenda para buscar água para ele
(entre a sorte e o azar não há tempo de beber um
gole de água) eu amava-o muito.
E agora, voltando à tenda, tenho, infelizmente,
que traí-lo.
Ou seja, vós não o prendeis sem mim,
pois só eu tenho caminho aberto a seu coração.
Além disso, não o reconheceríeis, madame,
nem também sua mãe, nem seu filho inocente.
Pois o tempo e a vida transformaram-no muito.

Mortimer — Muito bem; trazei-o a nós!
Baldock — A Bíblia nos ensina como se deve fazer.
Quando vossos homens chegarem com algemas
e correias, dir-lhe-ei: querido senhor,
acalmai-vos, aqui tendes uma toalha.
E, àquele que eu entregar a toalha, é este.

Perto de Harwich.

Kent *sozinho* — Ele fugiu ao primeiro golpe de vento.
Está doente. Por que levantei tão pouco
fraternalmente as armas contra você?
Sentado na sua tenda,
esse par nojento em lua de mel,
volta-se contra a sua vida, Eduardo.
Que Deus faça chover vingança sobre
minha cabeça maldita.
Assim como a água não corre para a montanha,
assim também a injustiça não perdurará e vencerá o direito.

PRISÃO DO REI EDUARDO NO DEPÓSITO DE FARINHA DA ABADIA DE NEATH (19 DE OUTUBRO DE 1324)

Abadia de Neath.
Eduardo, Spencer, abade.

Abade — Milorde, não desconfieis, não temais.
Esquecei que fui desonrado por vós,
em tempos que muito mudaram.
Nessas tempestades, sois e somos
apenas mendicantes de Nossa Senhora do Naufrágio.

Eduardo — Padre, comovido pela aparência, da minha carne, todo coração deve parar de bater por causa das mudanças dos tempos.

Abade — Tomai estas almofadas, já que quereis esconder-vos dos olhos hostis, aqui no depósito de farinha.

Eduardo — As almofadas não, abade. Deixai ao soldado a cama de campanha.

Entra Baldock.

Eduardo — Quem vem lá?

Baldock — Baldock do rei Eduardo.

Eduardo — Nosso único amigo. É consolo para o acossado, quando um irmão o procura em seu esconderijo. Beba de nossa água conosco, coma nosso pão e sal.

Baldock — A lua mudou três vezes, desde que vos vi no acampamento de Harwich.

Spencer — Como andam as coisas em Londres?

Baldock — Dizem que em Londres está tudo de cabeça para baixo.

Eduardo — Venha, Spencer! Venha, Baldock! Sente-se a meu lado!
Tire a prova, agora, de sua filosofia
que você sorveu em Platão e Aristóteles,
nos seios da famosíssima sabedoria.
Ah! Spencer.
Já que as palavras são cruas,
e que apenas afastam coração de coração,
e que a compreensão não nos é dada,
resta nessa surdez apenas o contato
dos corpos entre os homens.
Mas também isso é muito pouco e tudo é vão.

Entra um monge.

MONGE — Um segundo navio cruza pelo porto, Padre.
ABADE — Desde quando?
MONGE — Há alguns minutos.
EDUARDO — Que estais a dizer?
ABADE — Nada, senhor. *Para Spencer*:
   Alguém vos viu aproximar-se?
SPENCER — Ninguém.
ABADE — Esperais ainda alguém?
SPENCER — Não, ninguém.
MONGE — O navio está atracando.
BALDOCK — Dizei, rei Eduardo, por que poupastes Roger Mortimer
   no dia de Killingworth, quando ele estava
   em vossas mãos?

Eduardo cala-se.

BALDOCK — Hoje teríeis talvez o vento para a Irlanda.
   Se estivésseis na Irlanda, estaríeis salvo.
SPENCER — O vento nos abandonou, afoga-nos simplesmente.
EDUARDO — Mortimer! Quem está falando de Mortimer?
   Um sanguinolento. Deito a cabeça em seu colo, abade,
   cansado do sofrimento e da crueldade.
   Que jamais venha a abrir os olhos!
BALDOCK — Que barulho é esse?
SPENCER — Nada. É o vento que traz a neve.
BALDOCK — Pensei que um canto do galo.
   Era um som errante.
SPENCER — Abri os olhos, milorde! Baldock, essa sonolência
   não é um bom sinal.
   Assim, nós já fomos traídos.

Entra Rice ap Howell com tropas.

Soldado — Aposto Gales: são eles.

Baldock *para si* — Veja como ele está ali sentado,
    esperando escapar de mãos assassinas,
    sem ser visto, como se as moscas o cobrissem.

Rice ap Howell — Em nome da Inglaterra: quem de vós sois o rei?

Spencer — Aqui não há rei.

Baldock *dirige-se a Eduardo* — Tomai esse pano, rogo-vos, senhor,
    Tendes suor na testa.

Rice ap Howell — Pegai-o. É este.

Eduardo saindo, entre homens armados, olha para Baldock.

Baldock *chora* — Minha mãe, na Irlanda, precisa comer pão.
    Senhor, perdoai-me!

O REI EDUARDO, PRISIONEIRO NO CASTELO DE SHROWSBURYE, RECUSA-SE A ABDICAR DA COROA

Shrowsburye.
O abade, agora arcebispo de Winchester, Rice ap Howell.

Abade — Quando ele sucedeu a seu pai Eduardo,
    gozou bem seu tempo com um homem de nome Gaveston
    que me batizou com água de esgoto,
    em um beco escuro perto da Abadia de Westminster.
    Depois, em consequência de um erro,
    envolveu-se num juramento selvagem
    e virou um tigre.
    Pouco mais tarde, abandonou-o, como muitos outros,
    a rainha, que durante algum tempo

foi muito fiel a ele.
Tornei a vê-lo depois de alguns anos,
já náufrago e manchado de muito sangue e vício,
sob minha proteção, na Abadia de Neath.
Hoje sou o arcebispo de Winchester,
sucessor de um homem a quem ele decepou a cabeça
e tenho a incumbência de exigir-lhe a coroa.

RICE AP HOWELL — Ele recusa comida e bebida,
desde que está preso.
Sede cauteloso, não atingireis
sua cabeça, atingireis seu coração.

ABADE — Quando ouvirdes de minha boca as palavras:
"Permiti que eu comece com a fórmula",
aproximai-vos com alguns outros,
como testemunhas da abdicação do segundo Eduardo.
Pois quero tirar-lhe essa confissão,
Imperceptivelmente e, portanto, sem dor,
como a um dente podre.

Entra Eduardo.

RICE AP HOWELL — Ele fala sempre. Ouvi-o e não dizei nada.
Falar é melhor que pensar. Crede que ele
se aquece com suas palavras.
Pensai que ele está com frio.
Não quereis comer, milorde?
Por que recusais a comer?

Eduardo se cala. Rice ap Howell sai.

EDUARDO — A corça ferida corre para pegar uma erva
que feche seu ferimento. Mas, se fende-se
a carne do tigre, este rebela-se com garras aguçadas.

Muitas vezes penso que tudo isso está sempre mudando,
e, quando penso que sou rei, parece-me que deveria vingar-me
do crime que Anna e Mortimer cometeram contra mim.
Embora nós, reis, quando o poder se vai, sejamos apenas
algumas sombras nítidas de um dia de sol.
Acho, sem dúvida, que muita coisa é passageira.
Os pares governam e eu sou chamado de rei.
E minha rainha infiel, que outrora era-me repugnante
pela afeição de cadela e de má índole e a quem o amor,
pela sua inconstância, jamais brotou espontâneo
como o cabelo, mancha meu leito nupcial, enquanto
o sofrimento e a preocupação me chegam até os cotovelos
e sangro até a morte e o sofrimento
me aperta o coração.
Então volto a pensar: tivesse eu ao menos um teto...

ABADE — Deus pinta os rostos com sofrimento e palidez
daqueles a quem ama.
Gostaria Vossa Majestade de aliviar o peito em meu ouvido?

EDUARDO — Extorqui com impostos os pescadores de Yarmouth que
morriam de fome.

ABADE — Que mais oprime seu coração?

EDUARDO — Ter prendido na cidade minha esposa Anna durante
o mês seco de agosto do ano 15. Por mero capricho.

ABADE — Que mais oprime seu coração?

EDUARDO — Ter poupado Roger Mortimer por um prazer malévolo.

ABADE — Que mais oprime, seu coração?

EDUARDO — Ter espancado meu cão Truly até feri-lo. Por soberba.

ABADE — E que mais oprime seu coração?

EDUARDO — Nada.

ABADE — Nem perversões contra a natureza, nem derramamento
de sangue?

Eduardo — Nada.
 Oh! Desgraça desta vida humana!
 Dizei, padre, tenho agora que entregar a coroa
 e fazer o pérfido Mortimer rei?
Abade — Enganai-vos, milorde, pede-se,
 com profundo respeito, a coroa
 para a cabeça do pequeno Eduardo.
Eduardo — Sei que é para Mortimer, e não para Eduardo
 que é apenas um cordeiro entre dois lobos
 que vão devorar-lhe rápido o pescoço.
Abade — Essa criança em Londres está nas mãos de Deus.
 E muitos dizem que vossa abdicação seria boa
 para vós e vosso filho.
Eduardo — Por que eles contam o que é mentira para alguém
 que mal levanta as pálpebras de fraqueza?
 Dizei sem medo de minha fraqueza:
 fazeis isso para que a videira da Inglaterra sucumba
 e o nome de Eduardo não apareça em nenhuma crônica.
Abade — Milorde, os últimos tempos devem ter sido
 muito rudes para vós, fazendo com que
 acrediteis tão duramente na maldade do homem.
 Já que você abriu seu coração a mim, meu filho,
 deite sua cabeça outra vez no meu colo e ouça.

Eduardo deita a cabeça no colo do abade.

Abade — Deponha sua coroa, Eduardo,
 e seu coração ficará aliviado.
Eduardo *tira a coroa, depois* — Deixe-me usá-la por hoje!
 Você deverá ficar a meu lado até a noite,
 e quero jejuar e gritar:
 continue a brilhar, sol!

Não deixe a lua negra possuir esta Inglaterra!
Acalmai-vos, nas margens, marés altas e baixas! Parai!
E vós, lua e estações, parai, para que eu ainda continue
rei da bela Inglaterra.
Pois um dia como este passa rápido.
Torna a colocar a coroa.
Monstros, alimentados com leite de tigre,
cobiçam avidamente a queda do rei.
Bestas, desviai os olhos da Abadia de Westminster!
Não posso tirá-la; meus cabelos, que cresceram com ela,
vão-se também.
Oh!, ela foi para mim, durante todo o tempo, um peso leve.
Era como a leve coroa do ácer, muito leve e doce de usar.
E o tempo todo estará colado a ela um pouco de sangue
e um pedacinho de pele, um sangue bem preto,
de Eduardo — Impotência, pobreza e presa de tigres.

ABADE — Moderai-vos. É apenas um fluxo verde do corpo macerado,
do engano, do assobio do vento em noite chuvosa.
Tirai o linho, desnudai o peito!
Coloco imediatamente a mão sobre vosso coração
que bate de leve, porque a mão é real.

EDUARDO — Se ela fosse realidade e realidade fosse tudo isso,
a terra abrir-se-ia e engolir-nos-ia completamente.
Mas, porque ela não se abre, e, portanto,
é sonho, ilusão, não tendo nada a ver com
a realidade vulgar do mundo e com o dia mais comum,
tiro a coroa...

ABADE — Isso mesmo. Arranque-a!
Ela não é sua carne.

EDUARDO — Certamente que não é real,
porque tenho que despertar no castelo de Westminster,

depois de treze anos de guerra que felizmente acabou, em Londres.
Eu, Eduardo, rei da Inglaterra,
no livro de batismo de Carnarvon
e filho de Eduardo Longshank, segundo os documentos da Igreja.

ABADE — Estais suando? Precisais comer!
Levo-a de vossos olhos. Apressai-vos!

EDUARDO — Há pressa? Tomai-a, segurai-a!
Mas com um pano, se quiserdes;
ela está molhada.
Apressai-vos! É quase noite! Ide!
Dizei-lhe que Eduardo não quis comer neve
com os lobos em Shrowsburye, e a entregou
por um teto no inverno que já ameaçava.

ABADE — Então, permiti que comece com a fórmula:
Eu, Thomas, arcebispo de Winchester,
pergunto-lhe, Eduardo da Inglaterra,
o segundo deste nome, filho de Eduardo Longshank:
Estais disposto a abdicar da coroa
e renunciar aos direitos e pretensões usufruídos até agora?

Rice ap Howell e outros entram.

EDUARDO — Não, não e não! Mentirosos! Vis!
Medis o mar com vosso pequeno copo?
Caí na armadilha? Falei demais?
Viestes desta vez sem alarde, homem?
Tendes outra nova roupagem, abade?
Já mandei cortar uma vez a sua cara, Winchester.
Rostos desse tipo multiplicam-se de tal forma
que a nós nos constrangem. Nesse caso um certo Mortimer
costuma dizer: como pulgas.
Ou, quando vos lavei no esgoto, vosso rosto

se desgastou tanto, que eu não o vi
quando deitei minha cabeça no vosso colo?
É, abade, as coisas desta terra não são duráveis.

ABADE — Não vos iludais!
Se achais vossa mão boa demais para atingir meu rosto,
confiai: ele é real.

EDUARDO — Ide depressa! É noite. Dizei aos pares:
Eduardo morrerá logo.
Menos pressa seria mais cortês.
Dizei também que de vos permitiu
não chorar muito
quando os sinos fúnebres dobrarem por ele,
mas pediu que vos ajoelhásseis dizendo:
Agora ele está melhor.
Dizei: ele pediu-nos para não crermos
em sua tolice, quando dissesse algo
que soasse como renúncia à coroa.
E disse três vezes: não!

ABADE — Milorde, que se faça exatamente como dizeis.
Ao que nos diz respeito, apenas move-nos
a preocupação com nossa mãe Inglaterra.
Depois que se procurou em Londres, durante
dois dias, alguém que não fosse vosso inimigo,
não se achou ninguém a não ser eu,
E, com isso, pedimos licença!

Sai com os outros, menos Rice ap Howell.

EDUARDO — Agora, Rice ap Howell, dai-me a comida.
Pois Eduardo vai comer. *Senta-se e come.*
Agora que não renunciei, sei que a próxima coisa
que trarão será minha morte!

Entra Berkeley com uma carta.

Rice ap Howell — Que trazeis, Berkeley?
Eduardo — O que já sabemos.
  Desculpai, Berkeley, que estamos à mesa.
  Venha, Berkeley,
  revele sua mensagem a meu coração aberto.
Berkeley — Acreditais, milorde, que Berkeley
  vai manchar as mãos?
Rice ap Howell — Uma ordem de Westminster diz
  que devo entregar meu cargo.
Eduardo — E quem deve agora vigiar-me?
  Vós, Berkeley?
Berkeley — Assim foi decidido.
Eduardo *toma a carta* — Por Mortimer, cujo nome está escrito aqui.
  Rasga a carta. Assim seu corpo será rasgado como este papel.
Berkeley — Vossa Graça deve ir imediatamente
  a cavalo para Berkeley.
Eduardo — Para onde quiserdes.
  Qualquer lugar é a mesma coisa.
  E qualquer terra presta-se para enterrar-me.
Berkeley — Vossa Graça acha que Berkeley é cruel?
Eduardo — Não sei.

NOS ANOS DE 1324 A 1326 O PRISIONEIRO REI EDUARDO PASSA DE UMA MÃO PARA OUTRA

Shrowsburye.

Rice ap Howell *sozinho* — Compadeci-me de sua situação.
  É a razão por que Berkeley o teve de remover.

Entra Kent.

Kent — Diz-se em Londres que o rei renunciou.
Rice ap Howell — Mentira.
Kent — Mortimer está dizendo isso.
Rice ap Howell — Ele mente.
   Diante destes ouvidos, o rei disse três vezes: não.
Kent — Onde está meu irmão?
Rice ap Howell — Há treze dias, Berkeley levou-o consigo.
Kent — Londres supõe que ele está aqui entre vós.
Rice ap Howell — Berkeley tinha ordem assinada por Mortimer.
Kent — É curioso que ninguém tenha visto o rei face a face,
   é curioso que ninguém o tenha ouvido,
   é curioso que ele agora só fala
   pela boca de Mortimer.
Rice ap Howell — Isso de fato é curioso.
Kent — Por isso quero montar rapidamente e ir para Berkeley,
   para separar pela própria boca de Eduardo
   a mentira da verdade.

A RAINHA RI-SE DO VAZIO DO MUNDO

Westminster.
A rainha, Mortimer, os dois irmãos Gurney.

Mortimer — Berkeley entregou-o a vós de boa vontade?
Velho Gurney — Não.
Anna *à parte* — Aqui entre as tapeçarias de Westminster
   há um cheiro de: galos degolados.
   Andáveis mais facilmente no ar escocês.
Mortimer, *em conversa com os Gurneys* — Vede, Berkeley era um
   bunda-mole que chorava facilmente,

Bastava ver alguém a quem extraíram um dente,
para perder os sentidos.
Que a terra lhe seja complacente!
Espero que não sejais também assim!

Velho Gurney — Não, milorde, não somos dessa espécie.

Anna — Negócios! Negócios! As paredes de Westminster
cheiram demais à história.
Vossas mãos não vão despelar na lixívia de Londres?
Vossas mãos são mãos de escriba.

Mortimer — Onde está vosso prisioneiro?

Jovem Gurney — Ao norte, leste, oeste, sul de Berkeley, milorde.

Mortimer — Vede, há pessoas às quais o ar fresco
não pode fazer mal.
Entendeis de geografia?
Podeis mostrar a Inglaterra a alguém
que a conhecia tão pouco?
Em todas as direções?

Velho Gurney — Devemos então levá-lo para lá e para cá?

Mortimer — De preferência onde não haja pessoas nem sol.

Velho Gurney — Está bem, milorde, para isso somos as pessoas
indicadas.

Anna — Deus! Deus! Jonas sentou-se esperando
pela prometida ruína de Nínive.
Só que Deus não veio mais naqueles dias
e Nínive não se desfez.
Mas comi bastante e estou farta
e posso suportar mais do que quando
estava em crescimento.
Você ainda entende de metafísica, conde Mortimer?

Mortimer — Certamente há pessoas que falam o dia todo.

Jovem Gurney — Mas nós somos gente bem diferente.

Mortimer — Já lestes algum dia uma crônica?

Velho Gurney — Não.
Mortimer — É bom assim.

Os dois Gurneys saem.

Mortimer — Seguramos um velho lobo pelas orelhas
que, se nos escapar, vem em cima de nós dois.
Anna — Dormis mal? Vedes alguma coisa branca à noite?
Com frequência? São lençóis, Mortimer, nada mais.
Isso vem do estômago.
Mortimer — Basta falar-se em seu nome
e os comuns já ficam com lágrimas nos olhos.
Anna — Aquele, sobre quem pareceis falar, fica calado.
Mortimer — Porque ele fica obstinado sem querer falar,
deve-se cobrir a mentira com outra mentira.
Anna — Negócios! Negócios! Para mim os dias
em Westminster passam devagar demais
e são muito numerosos.
Mortimer — No catecismo o assassinato do cônjuge vem logo
depois do parricídio.
Anna — Vós tendes indulto.
Mortimer — Com as coxas abertas e os olhos fechados,
abocanhando tudo, sois insaciável, Anna.
Comeis enquanto dormis e falais no sono,
o que me desespera.
Anna — Durmo, dizeis. Com o que me despertais?
Mortimer — Com os sinos de Westminster e com os dentes cerrados.
Pois, diante desses pares incrédulos,
deveis coroar vosso filho.
Anna — Meu filho não, peço-vos.
Essa criança não, amamentada com leite de loba,
em semanas em que ela, errante, era levada
por pântanos e montanhas da sombria Escócia,

essa criança não, inocente de olhar-se,
com tantas noites insones, enlaçada em redes selvagens,
com as quais pescais.

Mortimer — Retirando uma pequena carga da lama envelhecida
do dique, tenho que ver penduradas nela, apesar da
carne extenuada, algas humanas.
Cada vez mais.
Içando-me com esforço, sinto sempre um novo peso.
E em volta dos joelhos do último dos mortais
um último ainda. Malhas humanas.
E pilotando à frente desse cortejo de malhas humanas,
sem respirar, puxando eles todos, eu.

Anna — Dizei o nome de vossas algas humanas.
Meu esposo Eduardo? Meu filho Eduardo?

Mortimer — Vós.

Anna — Temendo, outrora, muitas vezes,
que os braços enfraquecidos,
com os quais sustentei um homem,
pudesse falhar, reconheço agora,
quando a idade mistura, em mim,
o fluxo das veias com o cansaço, como
único remanescente dos rijos braços estendidos,
a mecânica vazia do ato de segurar.
Roger Mortimer, estou cansada e velha.

Entra o jovem Eduardo.

Mortimer — Abotoai vossa roupa, Anna,
para que vosso filho não veja a carne em lágrimas.

Jovem Eduardo — Afastai o terceiro de nossos olhos, mãe.
Quero conversar convosco.

Anna — Conde Mortimer, filho, é o apoio de sua mãe.

A VIDA DE EDUARDO II DA INGLATERRA

Jovem Eduardo — Peço-vos notícias de meu pai Eduardo.
Anna — Se dependesse de você, filho,
   uma decisão altamente perigosa de sua mãe,
   diga, você iria com ela à Tower,
   se através do teor da resposta os dados assim fossem lançados?

Jovem Eduardo fica calado.

Mortimer — Demonstrais uma astuta cautela, Eduardo.
Jovem Eduardo — Devereis beber menos, mãe.

Anna ri.
O jovem Eduardo sai.

Mortimer — Por que estais rindo?

Anna se cala.

Mortimer — Preparemos rapidamente a coroação do menino.
   Pois nosso acerto terá uma outra aparência
   se assinado com o nome de um rei.
Anna — Aconteça o que acontecer —
   os céus perdoarão ou não —
   provei do vosso sangue e não vos abandono
   até que tudo venha abaixo.
   Por enquanto escrevei, assinai,
   procedei como vos aprouver.
   Estais certo de que selarei tudo. *Ri.*
Mortimer — Por que rides outra vez?
Anna — Rio do vazio do mundo.

Estrada.

Kent *sozinho* — Berkeley está morto e Eduardo desaparecido.
   E Mortimer, cada vez mais ousado, afirma, em Londres,

que Eduardo renunciou à coroa
diante de Berkeley.
E Berkeley está morto e não fala mais.
A luz agora está turva para nós, filhos
de Eduardo Longshank.
Já houve indícios de que o céu ficaria mais claro.
Os comuns ficaram intranquilos e exigiram
que se desse conta do prisioneiro e muitos
chamaram-no de pobre Eduardo.
Em Gales, o povo resmungava contra o açougueiro Mortimer.
Mas, agora, só talvez corvos e gralhas
sabem do paradeiro de Eduardo da Inglaterra.
E crio a esperança de que meu arrependimento
não seja tarde.
Quem é aquele pobre homem entre lanças e dardos?

Entram Eduardo, os dois Gurneys, soldados.

JOVEM GURNEY — Alto! Quem vem lá?
VELHO GURNEY — Fique de olho nele! É seu irmão Kent.
EDUARDO — Nobre irmão, ajude-me e liberte-me!
VELHO GURNEY — Separai-os! Levai o preso!
KENT — Soldados, deixai-me perguntar-lhe apenas uma coisa.
JOVEM GURNEY — Fechai-lhe a boca!
VELHO GURNEY — Fora com ele!

Eduardo é levado.

KENT *sozinho* — Eduardo! Você renunciou? Eduardo! Eduardo!
  Ai de nós!
  Eles laçam o rei da Inglaterra como um bezerro.

3 DE DEZEMBRO DE 1325. O PODEROSO CONDE MORTIMER É ACOSSADO PELOS PARES POR CAUSA DO REI DESAPARECIDO

Westminster.
Mortimer, rainha, abade, Rice ap Howell.

ABADE — Milorde, cresce como um cancro um boato
  de que Eduardo não renunciou.
MORTIMER — Em Berkeley, aos ouvidos de Roberto Berkeley,
  Eduardo II renunciou de espontânea vontade.
ABADE — Aos meus ouvidos, em Shrowsburye,
  Eduardo gritou claramente: não.
RICE AP HOWELL — O mesmo muitas vezes na minha frente.
ABADE — Seria útil, se Berkeley testemunhasse sob
  juramento, frente aos comuns, como e diante
  de quem Eduardo depôs a coroa.
MORTIMER — Hoje recebi notícias de lorde Berkeley
  de que ele está a caminho de Londres.
RICE AP HOWELL — E onde está o rei?
MORTIMER — Em Berkeley, senão onde? Muito conhecimento,
  Rice ap Howell, reduz o apetite.
  Desde que deixei os livros e a ciência,
  durmo mais sadio e digiro melhor.
RICE AP HOWELL — Mas onde está Eduardo?
MORTIMER — Nada sei de vosso Eduardo, a quem não amo,
  não odeio, e com quem nunca sonhei.
  Ocupai-vos com as coisas que lhe dizem respeito,
  com Berkeley, não comigo.
  Vós próprios, Winchester, fostes contra ele.
ABADE — A Igreja estava com aquele com quem Deus estava.

Mortimer — Com quem Deus estava?

Abade — Com quem vencia, Mortimer.

Entra Kent com o jovem Eduardo.

Kent — Ouve-se dizer que meu irmão não está mais em Shrowsburye.

Mortimer — Vosso irmão está em Berkeley, Edmundo.

Kent — Ouve-se que ele também não está em Berkeley.

Mortimer — Desde Harwich os boatos crescem como cogumelos na chuva.

Anna — Venha para sua mãe, filho.

Mortimer — Como está vivendo meu mui digno lorde Kent?

Kent — Com saúde, digno Mortimer. E vós, milady?

Anna — Bem, lorde Kent. Os tempos estão bons para mim, e estou bastante satisfeita. A semana passada fui pescar em Tynemouth.

Mortimer — Uma boa pesca em Tynemouth, anos atrás, não teria sido nada mal para um certo homem.

Anna — Vinde conosco na próxima semana pescar em Tynemouth, Kent.

Mortimer *de lado* — Comeis demais e não mastigais, Anna.

Anna *de lado* — Como, bebo e amo, sempre convosco.

Abade — Que dizeis de Berkeley, milorde?

Mortimer *para Kent* — Estivestes desaparecido de Londres por três semanas.

Kent — Cavalguei por toda a parte neste país estraçalhado e vi, refletindo, o rastro de meu irmão.

Jovem Eduardo — Mãe, não tente convencer-me a tomar a coroa. Não vou fazê-lo.

Anna — Conforme-se. Os pares estão exigindo.

Mortimer — Londres quer isso também.

Jovem Eduardo — Deixai-me falar antes com meu pai,
Depois posso fazê-lo.

Kent — Bom pronunciamento, Ed.

Anna — Irmão, sabeis ser isso impossível.

Jovem Eduardo — Ele está morto?

Kent — Em Londres fala-se muita coisa.
Tereis notícias, Roger Mortimer?

Mortimer — Eu? Na rua estreita, ao sol do meio-dia,
Viram-se cinco tubarões dirigirem-se a uma taverna,
tomarem cerveja e depois, já meio altos,
ajoelharam-se na Abadia de Westminster.

Riem.

Kent — Certamente oravam pela alma de Berkeley.

Mortimer — Volúvel Edmundo, você quer agora o bem dele,
você que foi a causa de sua prisão?

Kent — Tanto mais razão agora para reparar o mal.

Jovem Eduardo — É.

Kent — Aconselho-o, Ed, a não se deixar enganar.
Não tome a coroa da cabeça de seu pai.

Jovem Eduardo — Também não quero.

Rice ap Howell — Ele não quer, Eduardo.

Mortimer *toma o jovem Eduardo, leva-o à rainha* — Milady, explique a vosso filho Eduardo
que a Inglaterra não está acostumada a suportar contradições.

Jovem Eduardo — Socorro, tio Kent. Mortimer quer fazer-me sofrer.

Kent — Tirai a mão do sangue real inglês!

Abade — Quereis mesmo coroá-lo em tamanha confusão?

Mortimer — Segundo a lei.

Rice ap Howell — Segundo vossa cabeça.

Abade — Assim, pergunto-vos diante da lei,
em presença do filho, da mulher e do irmão do homem:
O rei Eduardo renunciou?

Mortimer — Sim.

Abade — E vossa testemunha?

Mortimer — Roberto Berkeley.

Kent — Que está morto.

Rice ap Howell — Berkeley está morto?

Kent — Há sete dias.

Rice ap Howell — Não dissestes que tivestes hoje a notícia
de que ele está a caminho de Londres?

Abade — Já que vossa testemunha, lorde Mortimer,
deixou este mundo, há sete ou há dois dias,
vou com vossa permissão, a Berkeley, para obter esclarecimentos.

Kent — Em Berkeley achareis sangue no soalho mas não o rei.

Rice ap Howell — Não dissestes que o rei está em Berkeley?

Mortimer — Eu pensava. Nosso tempo foi muito limitado.
Os rebeldes de Gales davam-nos ainda muito o que fazer.
Com mais tranquilidade e em tempo oportuno,
muita coisa esclarece-se por si mesma.

Abade — Então vossa primeira testemunha, o Berkeley, está muda
e a segunda, Eduardo, desaparecida?

Mortimer — Mesmo que tenha que pescar pela ilha toda com
redes, eu vou encontrar a testemunha.

Kent — Pescai antes vosso exército, Mortimer.
Vi meu irmão entre lanças e dardos levado na estrada pela ralé.

Abade — Vosso irmão vos falou?

Rice ap Howell — Estais pálido, milorde.

Kent — Sua boca estava amordaçada.
O que achais, arcebispo, que essa boca teria testemunhado?

Mortimer — Você mente, dizendo que ele não teria renunciado?
Cortamos-lhe a cabeça conforme nosso estado de sítio.

JOVEM EDUARDO — Milorde, ele é meu tio e não aceito isto.
MORTIMER — Milorde, ele é vosso inimigo e assim ordeno.
KENT — Você precisa também da minha cabeça, grande abatedor Mortimer?
   Onde está a cabeça do primeiro filho de Eduardo Longshank?
ABADE — O homem não está em Berkeley nem em Shrowsburye.
   Onde está o homem hoje, Roger Mortimer?
JOVEM EDUARDO — Mãe, não permiti que ele acabe com o tio Kent.
ANNA — Não me peça nada, filho!
   Não posso dizer nem uma palavra.
KENT — Perguntais ao assassino pelo assassinado?
   Procurai no Tâmisa, procurai no pinhal escocês
   o túmulo daquele que não encontrou mais esconderijo,
   porque prendeu nos dentes a palavra "sim" de que vós tanto precisais.
RICE AP HOWELL — Onde está o homem hoje, Roger Mortimer?
ABADE — Ele renunciou?
MORTIMER — Convocai os comuns para 11 de fevereiro.
   Diante deles, Eduardo confirmará sua renúncia de viva voz.
   Eu, porém, colhendo desconfianças, onde semeei gratidão,
   disposto a testar diante de Deus meu coração e
   cada hora que vivi em Westminster,
   devolvo a vossas mãos o meu cargo, rainha,
   retornando aos livros, que, meus únicos amigos verdadeiros,
   troquei há anos pela adversidade da guerra
   e a inveja do mundo,
   eu acuso diante dos pares e de vós, Edmundo Kent,
   filho de Eduardo Longshank, de alta traição
   e exijo sua cabeça.
ABADE — Ousais muito.
MORTIMER — Está em vossas mãos, milady.
ANNA — Minha sentença é:
   Que Edmundo Kent seja banido de Londres.

Kent *para Mortimer* — Isso você deverá pagar com juros.
Kent deixa com prazer esta Westminster
onde nasceu e onde agora aboletam-se
um reprodutor e uma mulher no cio.
Anna — Conde Mortimer, continuais nosso lorde protetor.
Abade — Eu convoco os comuns para 11 de fevereiro
para que pela própria boca do pobre Eduardo
seja-nos anunciada a verdade nua e crua.

Saem todos, exceto Mortimer.

Mortimer, *sozinho, faz entrarem os dois Gurneys* — Ensinai a vosso
homem dizer "sim" a toda pergunta.
Ferrai-lhe isso na mente.
No dia 11 de fevereiro, porém, estejais em Londres.
Tendes plenos poderes. Ele precisa dizer "sim".

O REI EDUARDO AVISTA, NOVAMENTE, APÓS AUSÊNCIA DE CATORZE ANOS, A CIDADE DE LONDRES

Diante de Londres.
Eduardo, os dois Gurneys.

O velho Gurney — Milorde, não olheis tão pensativo.
Eduardo — Desde que estais aqui, sempre que anoitece
levais-me adiante. Aonde ainda tenho que ir?
Não andeis tão rápido. Porque não tenho o que comer,
estou muito fraco, meus cabelos estão caindo e
desmaio com o cheiro do meu corpo.
Jovem Gurney — Estais então animado, senhor?
Eduardo — Estou.

Velho Gurney — Estamos chegando a uma cidade grande. Estais alegres por rever a enguia?

Eduardo — É.

Jovem Gurney — Não são pastos ali, senhor?

Eduardo — São.

Velho Gurney — A enguia não gosta quando uma pessoa mal lavada
lhe visite.
Aí está a água do canal.
Sentai-vos, por favor, para que vos barbeemos.

Eduardo — Não com água de esgoto.

Jovem Gurney — Desejais então que vos barbeemos com água de esgoto?

Barbeiam-no com água de esgoto.

Velho Gurney — As noites começam a encurtar.

Jovem Gurney — Amanhã é 11 de fevereiro.

Velho Gurney — Não foi um certo Gaveston que vos levou à desgraça?

Eduardo — Foi. Desse Gaveston lembro-me muito bem.

Jovem Gurney — Quieto!

Velho Gurney — Fareis tudo que vos mandarem?

Eduardo — Sim. Aqui é Londres?

Jovem Gurney — É a cidade de Londres, senhor.

11 DE FEVEREIRO DE 1326

Londres.
Soldados e vagabundos diante de Westminster.

Primeiro — O 11 de fevereiro será um dos dias mais importantes da história de Londres.

Segundo — Congelam-se os pés numa noite assim.
Terceiro — E teremos ainda que suportar sete horas.
Segundo — Será que Ed já está aí dentro?
Primeiro — Ele tem que passar por aqui para ir ao Parlamento.
Segundo — Há luz de novo lá em cima em Westminster.
Terceiro — Será que a enguia vai persuadi-lo?
Primeiro — Aposto uma moeda na enguia.
Segundo — E eu duas moedas em Ed.
Primeiro — Como é o seu nome?
Segundo — Smith. E vós?
Primeiro — Baldock.
Terceiro — De manhã nevará com certeza.

Westminster.
Eduardo, encapuçado, os dois Gurneys.

Velho Gurney — Estais alegre de estar agora com a enguia?
Eduardo — Estou. Quem é a enguia?
Jovem Gurney — Logo vereis.

Os dois Gurneys saem. Entra Mortimer.

Mortimer — Já que o mercado suorento de Londres chegou quase
a fazer minha cabeça depender desses minutos,
do "sim" ou do "não" da boca do humilhado,
quero arrancar-lhe este "sim" como um dente,
já que ele está muito fraco.

Tira o manto de Eduardo.

Eduardo — Aqui é Westminster e vós sois a enguia?
Mortimer — Chamam-me assim. É um animal inofensivo.
Estais cansado; comereis, bebereis e tomareis banho.
Estais de acordo?
Eduardo — Sim.
Mortimer — Procurareis um amigo.

Eduardo olha-o.

Mortimer — Sereis levado ao Parlamento da Inglaterra.
Testemunhareis aos pares que renunciastes.
Eduardo — Aproximai-vos, Mortimer.
Podeis sentar-vos. Mas, por causa de
nossa saúde deveras abalada,
resumi em poucas palavras vosso assunto.
Mortimer *para si* — Ele está jogando duro.
Tira sua força do solo de Westminster como Anteu da terra.
Alto: A brevidade é o sal da sopa aguada.
Trata-se da resposta referente a renúncia
em favor de vosso filho Eduardo.
Eduardo — Há treze anos distante de Westminster,
depois de longa campanha, do exercício espinhoso do comando,
a necessidade da carne levou-me à ocupação sóbria
na construção e destruição desse meu corpo.
Mortimer — Compreendo-vos.
A peregrinação noturna e a decepção humana
tornam-nos pensativos.
E tendes ainda a intenção de continuar exercendo vosso cargo,
depois das dificuldades de que falais
e que suportastes pacientemente,
e portanto com a saúde abalada?
Eduardo — Não está em nossos planos.
Mortimer — Então estareis de acordo?
Eduardo — Não está em nossos planos.
O problema central desses últimos dias esclarece-se.
Eduardo, cuja ruína inevitável mas não horrenda
aproxima-se, reconhece-se a si mesmo. Sem vontade de morrer,
ele saboreia a utilidade da destruição redutora.
Eduardo, que não é mais o pobre Eduardo, paga

gratuitamente com a morte esse prazer do degolador.
Vinde, quando for a hora, vós mesmos, Mortimer.

Mortimer — Vejo-vos enrolado em vós mesmos,
enquanto eu, já há muito não mais manchado
com o gosto do poder, carrego nos ombros a ilha,
que uma mera palavra de vossa boca arranca da guerra civil.
Talvez pouco sensível, mas sabendo muito, se bem que
não como um rei, mas talvez com justiça,
se quiserdes em vez de tudo isso, apenas a voz
crua e balbuciante da pobre Inglaterra,
exijo de vós e peço-vos: renunciai.

Eduardo — Não nos abordeis com exigência tão pobre!
Entretanto gostaria, nesta hora de esclarecimento meu,
de sentir vossas mãos em meu pescoço.

Mortimer — Lutais bem. Como conhecedor de bons retóricos,
e sendo chamado de enguia, honrando vosso bom gosto,
peço-vos, entretanto, em nossa sóbria questão,
a essa hora tardia da noite, resposta rápida.

Eduardo se cala.

Mortimer — Não fecheis vossos ouvidos! Para que a
severidade da língua humana, o capricho do
momento e o mal-entendido não lancem finalmente
a Inglaterra no oceano, falai!

Eduardo se cala.

Mortimer — Renunciareis hoje ao meio-dia diante dos comuns?

Eduardo se cala.

Mortimer — Não quereis renunciar, recusais?
Eduardo — Embora Eduardo tenha que resolver rapidissimamente
problemas mais complexos do que você os conhece,

dinâmico Mortimer, ele evita expressar arrogantemente
qualquer coisa, porque ainda está nesse mundo, e opinar
em vossos assuntos que a longa distância parecem-lhe muito
sombrios.
Por isso ele não responde sobre vossa questão nem "sim" nem "não".
Sua boca, de agora em diante, estará fechada.

Westminster.

Mortimer *sozinho* — Enquanto ele estiver vivo, isso pode vir à tona.
Depois que nem o vento rude pôde arrancar-lhe
sua disparatada capa, nem o sol ameno pôde
tirá-la, que ele vá com ela à perdição.
Um pedaço de papel, preparado cuidadosamente,
inodoro, que nada comprove, porá ordem nesse incidente.
Se ele, à minha pergunta, não sabe dizer "sim"
nem "não", eu lhe retribuirei na mesma moeda.
"Eduardum occidere nolite timere bonum est",
deixando a vírgula de lado. Eles podem ler:
"Temam matar Eduardo, não é bom."
Ou, conforme o estado de inocência, se comeram
ou jejuaram:
"Temam matar Eduardo não, é bom."
"Temam matar Eduardo não é bom."
Sem vírgula, assim como está, assim seja.
Abaixo de nós agora está a Inglaterra,
acima de nós, Deus, que está muito velho.
Eu, minha única testemunha, apresento-me diante dos pares.
Lightborn, venha!

Entra Lightborn.

Mortimer — Se o prisioneiro, quando amanhecer,
ainda não tiver aprendido nada,
não terá mais salvação.

Cloaca da Tower.
Os dois Gurneys.

Velho Gurney — Ele está falando sem parar, hoje à noite.
Jovem Gurney — É um assombro que esse rei não esteja exaurido. Cansado artificialmente, pois, quando quer dormir, nossos tambores tocam, está num buraco, até os joelhos no esgoto, onde se despejam os encanamentos da Tower, e não diz "sim".
Velho Gurney — É curioso, irmão. Há pouco, quando abri a tampa,
para jogar-lhe carne, quase sufoquei com o aroma.
Jovem Gurney — Ele tem um físico que suporta mais que o nosso. Está cantando. Quando se suspende a tampa,
ouve-se ele cantar.
Velho Gurney — Acho que está compondo salmos porque é primavera. Abra aí, vamos interrogá-lo de novo.
Velho Gurney — Você diz "sim", Edinho?
Jovem Gurney — Nenhuma resposta.

Entra Lightborn.

Velho Gurney — Ele ainda não se exauriu.

Lightborn entrega o papel.

Jovem Gurney — Que é isso? Não compreendo.
"Temam matar Eduardo não é bom."
Velho Gurney — Aqui está: "Temam matar Eduardo não."
Jovem Gurney — Dê o sinal.

Lightborn dá o sinal.

Velho Gurney — Aí está a chave, aí a fechadura.
Execute a ordem. Você precisa de mais alguma coisa?

Lightborn — Uma mesa, um edredom.
Jovem Gurney — Aqui está uma lâmpada para a gaiola.

Os dois saem.
Lightborn abre a porta.

Eduardo — O buraco em que me prendem é a fossa —
e há sete horas despejam-se sobre mim os excrementos de Londres.
Mas seu esgoto fortifica meus membros.
Eles já estão como a madeira do cedro.
O odor do lixo faz-me desmesuradamente grande.
O bom ruído dos tambores acorda o enfraquecido,
para que sua morte não o encontre desmaiado,
mas desperto
Quem é? Que luz é essa? O que você quer?
Lightborn — Consolar-vos.
Eduardo — Você quer matar-me.
Lightborn — Por que Vossa Alteza desconfia de mim?
Suba, irmão.
Eduardo — Seu olhar fala-me apenas de morte.
Lightborn — Não sou santo, mas também não sou sem coração.
Vinde e deitai-vos.
Eduardo — Howell teve compaixão, Berkeley foi mais pobre de espírito,
mas não manchou as mãos.
O coração do velho Gurney é uma rocha do Cáucaso.
Mais duro ainda é o jovem Gurney,
E gelo é Mortimer, em nome de quem você vem, homem.
Lightborn — Estais pernoitado, senhor. Deitai-vos nesta
cama e descansai um pouco.
Eduardo — A chuva foi boa, o jejum me saciou.
Mas o melhor foi a escuridão.
Todos ficaram indecisos, muito reservados,

mas os melhores foram os que me traíram.
Por isso quem é dissimulado que continue dissimulado,
quem é impuro, impuro.
Louvai a escassez, louvai a tortura,
louvai a escuridão.

LIGHTBORN — Dormi, senhor.

EDUARDO — Algo me sussurra e me sopra aos ouvidos
que, se eu dormisse agora, jamais acordaria.
É a expectativa que me faz tremer.
Mas não consigo abrir os olhos, eles estão colados.
Por isso diga-me a que veio.

LIGHTBORN — Para isso.
Sufoca-o.

Westminster.

MORTIMER *sozinho* — Anuncie-se a mim, 11 de fevereiro!
Os outros, em comparação comigo, são apenas arbustos.
Estremecem ao ouvir meu nome, não ousam envolver-me
nessa morte.
Deixe aparecer alguém!

Entra a rainha.

ANNA — Mortimer, meu filho, que já ouviu a notícia
do desaparecimento do pai e que já foi saudado como rei,
vem aqui, ciente de que somos os assassinos.

MORTIMER — Que importa, se ele souber, pois é uma criança
tão frágil que uma gota de chuva poderia abatê-lo?

ANNA — Mas ele foi à Câmara pedir
apoio e auxílio dos pares, que como o povo
esperam desde a matina pelo prometido Eduardo.
Ele torce as mãos, assanha o cabelo, jura que
se vingará de nós dois.

Mortimer — Pareço-me com alguém que estará em breve debaixo da terra?

Anna — Mortimer, agora sucumbiremos.
Veja como ele vem e os outros com ele.

Entra o jovem Eduardo, o abade, Rice ap Howell, pares.

Jovem Eduardo — Assassinos!

Mortimer — Que é que você diz, criança?

Jovem Eduardo — Não espere que suas palavras ainda me amedrontem.

Anna — Eduardo!

Jovem Eduardo — Afaste-se, mãe! Se tivésseis lhe amado como eu, não suportaríeis essa morte.

Abade — Por que não respondeis ao rei, milorde?

Rice ap Howell — A essa hora, Eduardo deveria falar ao Parlamento.

Um par — A essa hora, a boca de Eduardo está muda.

Mortimer — Quem é o homem que me envolve nessa morte?

Jovem Eduardo — Sou eu.

Mortimer — E vossa testemunha?

Jovem Eduardo — A voz de meu pai dentro de mim.

Mortimer — Não tendes outras testemunhas, milorde?

Jovem Eduardo — Os que aqui não estão, são minhas testemunhas.

Abade — O conde de Kent.

Rice ap Howell — Berkeley.

O par — Os irmãos Gurneys.

Abade — Um sujeito chamado Lightborn, visto na Tower.

Anna — Parai!

Abade — Que trazia um papel com vossa assinatura.

Os pares examinam o papel.

Rice ap Howell — Sem dúvida, ambíguo. Falta a vírgula.

Abade — Propositalmente.

Rice ap Howell — Pode ser. Mas não está dito que se matasse o rei.

Jovem Eduardo — Ah! Mortimer, você sabe que isso foi feito.
E assim também deve ser feito com você. Você morrerá!
Como uma testemunha deste mundo, de que sua astúcia sagaz,
que fez apodrecer um rei numa cloaca, foi sagaz demais para
Deus.

Mortimer — Se achardes que sou culpado, acusar-me-eis
da morte de Eduardo II. Há momento em que a verdade
torna-se improvável e nunca se pode calcular
para que lado o Estado-búfalo arremete. Bom e
moral é o lugar contra o qual ele não arremete.
O búfalo arremeteu contra mim. Se eu tivesse
provas, de que me adiantariam as provas?
Se o Estado chama alguém de assassino, essa
pessoa faz bem em comportar-se como um assassino.
Mesmo que suas mãos estivessem brancas como a
neve da Escócia. Por isso calei-me.

Abade — Não leveis a sério o serpentear da enguia.

Mortimer — Tomai-me o selo real! Esquadra contra esquadra.
Lançai-vos para a Ilha da França. Na Normandia,
os exércitos estão apodrecidos. Bani-me para
a Normandia como vosso governador. Ou como capitão,
como recrutador ou cobrador de impostos.
Quem tendes vós, que instiga vossos exércitos, de
mãos nuas, contra o inimigo? Enviai-me como soldado a ser
açulado
pra frente.
Só não me façais cair, entre o comer e o limpar da boca,
de ponta-cabeça, só porque um bezerro está a berrar por
sangue, pelo pai que esticou as canelas.
Perguntai-vos se é a hora de esclarecer o caso

do Eduardo morto. Ou se, purificada por um crime, toda
a ilha deva desaparecer numa corrente de sangue.
Precisais de mim. Vosso silêncio ouve-se até a Irlanda.
Tendes de ontem para hoje em vossas bocas uma outra língua?
Se vossas mãos não estão manchadas, elas ainda não estão
manchadas. Ser eliminado tão friamente cheira a moral.

ANNA — Por minha causa, poupe Mortimer, filho! *O jovem Eduardo se cala*. Sim, fique calado, nunca lhe ensinei a falar.

MORTIMER — Madame, afastai-vos! Prefiro morrer a
mendigar pela vida a um bedelho.

JOVEM EDUARDO — Enforcai-o!

MORTIMER — É isso, meu jovem; a desleixada fortuna gira como
uma roda.
Ela leva você para cima. Para cima e para cima.
Você se segura. Para cima. Aí vem um ponto, o mais alto.
Dele você vê, não é escada, e leva você para baixo.
Justamente porque é redonda. Quem viu isso, cai, meu jovem,
ou se deixa cair? A pergunta é engraçada. Pense nisso!

JOVEM EDUARDO — Levai-o daqui!

Mortimer é levado.

ANNA — Não carregue consigo o sangue de Roger Mortimer.

JOVEM EDUARDO — Esta palavra demonstra que talvez você também, mãe,
esteja carregando o sangue de meu pai.
Pois temo que você, junto a Mortimer, seja suspeita
também de sua morte, e mandamos-lhe à Tower,
para interrogatório.

ANNA — Não foi com o leite materno que você sorveu
espírito tão pedante, Eduardo III.
Levada de cá para lá, mais que os outros, e não
pelo gosto das mudanças, vi sempre a injustiça

alimentar o homem e pagar-lhe com o sucesso
cada vitória sobre a consciência.
A mim recusa-se até a própria injustiça.
Dizeis que morreu há pouco aquele a quem
vosso próprio rosto vagamente me lembra e que me causou muita
dor e de quem esqueci (Dizei calmamente: por indulgência)
e de quem apaguei completamente o rosto e a voz.
Tanto melhor para ele.
Agora seu filho manda-me para a Tower.
Lá será tão bom como em qualquer outro lugar.
Vós que tendes a desculpa de ser criança e que penetrais
coisas tão duras e ultrapassadas, o que sabeis do mundo
no qual nada é mais desumano do que fria sentença e justiça?

Anna sai.

Jovem Eduardo — A nós cabe enterrar dignamente o corpo.

Abade — E com isso ninguém que viu na Abadia de Westminster
a coroação daquele homem veria agora seu enterro.
De Eduardo II que, não sabendo, como parece, quem de seus
inimigos ainda se lembrava dele, não sabendo que estirpe
o sucederia, ignorando mesmo a cor da folhagem, a estação do ano,
a posição dos astros, esquecendo-se de si mesmo, expirou
na miséria.

Jovem Eduardo *enquanto todos se ajoelham* — Que Deus lhes dê
o perdão nesta hora
para que nossa geração não tenha que expiar o pecado.
A nós, porém, Deus não permita que a nossa estirpe
se pena desde as entranhas de nossas mães.

Um homem é um homem
A transformação do estivador Galy Gay, nas barracas militares de Kilkoa, no ano de mil novecentos e vinte e cinco
(Comédia)

Mann ist Mann
Die Verwandlung des Packers Galy Gay in den Militärbaracken von Kilkoa im Jahre neunzehnhundertfünfundzwanzig
Lustspiel
Escrito em 1924/1925
Estreia: 25 de setembro 1926, em Darmstadt

Tradução: Fernando Peixoto

Colaboradores:
E. Burri, S. Dudow, E. Hauptmann, C. Neher, B. Reich

Personagens

Uria Shelley
Jesse Mahoney
Polly Baker
Jeraiah Jip
} Quatro soldados de um Grupo de Metralhadoras do Exército Britânico na Índia

Charles Fairchild, apelidado Sanguinário Cinco, sargento
Galy Gay, estivador irlandês
Mulher, esposa de Galy Gay
Senhor Wang, bonzo de um pagode tibetano
Mah Sing, seu ajudante
Leokadja Begbick, dona de uma cantina
Soldados

1

Kilkoa.
Galy Gay e sua mulher.

GALY GAY *está sentado, certa manhã, em sua cadeira e diz para sua esposa* — Cara esposa, decidi hoje, segundo nossa renda, comprar um peixe. Isto não excede as condições de um estivador que não bebe, fuma muito pouco e quase não tem vícios. Você acha que eu devo comprar um peixe grande ou você precisa de um pequeno?
MULHER — Um pequeno.
GALY GAY — E que espécie de peixe você prefere?
MULHER — Estou pensando num belo linguado. Mas, por favor, tenha cuidado com as vendedoras de peixe. Elas são assanhadas com os homens e você tem um coração sensível, Galy Gay.
GALY GAY — É verdade, mas espero que elas deixem em paz um pobre estivador do porto.
MULHER — Você é como um elefante. É o mais pesado de todos os animais, mas quando começa a correr é como um trem de carga. Além disso, estão por aí também esses soldados, que são os piores homens do mundo. Estão chegando aos montes na estação. Com certeza estão todos rondando o mercado e a gente deve se dar por feliz se eles não assaltam nem matam ninguém. São perigosos, principalmente para um homem sozinho, pois andam sempre em quatro.
GALY GAY — Eles não vão querer fazer nada a um simples estivador.
MULHER — Nunca se sabe.
GALY GAY — Ponha água no fogo para o peixe, que eu já estou sentindo fome e acho que em dez minutos estou de volta.

2

RUA DO PAGODE DO DEUS AMARELO

Quatro soldados param diante do templo. Ouve-se marcha militar de tropas que chegam.

Jesse — Alto todos! Kilkoa! Esta aqui é Kilkoa, cidade do império de Sua Majestade, onde está se reunindo o exército para uma guerra prevista há muito tempo. Chegamos aqui com mais de cem mil soldados e ansiamos restabelecer a ordem nas fronteiras do norte.
Jip — Para isso precisa cerveja. *Ele desaba no chão.*
Polly — Assim como os pesados tanques de nossa rainha precisam ser abastecidos com petróleo para que possam ser vistos avançando pelas malditas estradas deste enorme país de ouro, assim para os soldados a cerveja é indispensável.
Jip — Quanta cerveja ainda temos?
Polly — Nós somos quatro. Ainda temos quinze garrafinhas. Logo, precisamos arranjar mais vinte e cinco.
Jesse — Para isso é preciso dinheiro.
Uria — Há gente que não gosta de soldados. Mas cada um destes templos contém mais cobre do que um poderoso regimento precisa para marchar de Calcutá até Londres.
Polly — Esta sugestão de nosso querido Uria em relação a um pagode em estado precário e coberto de bosta de mosca, mas talvez recheado de cobre, vale a pena ser considerada pelos homens.
Jip — Eu, por mim, preciso beber mais, Polly.
Uria — Calma, coração, esta Ásia tem um buraco pelo qual a gente pode entrar de rastros.
Jip — Uria, Uria, minha mãe sempre me dizia: "Você pode fazer tudo, querido Jip, mas cuidado com o piche." E aqui tudo tem cheiro de piche.

Jesse — A porta está só encostada. Cuidado, Uria! Aí atrás, com certeza, se esconde alguma armadilha do diabo!

Uria — Por esta porta aberta é melhor não passar.

Jesse — Certo. Para que existem janelas?

Uria — Façam com as correias um anzol comprido para pescar a caixa de esmolas. Assim.

Eles precipitam-se para as janelas. Uria quebra o vidro de uma delas, olha para dentro e começa a pescar.

Polly — Pegou alguma coisa?

Uria — Não, mas meu capacete caiu lá dentro.

Jesse — Diabo, você não pode voltar para o quartel sem o capacete.

Uria — Olhe só o que eu estou pescando! Esse lugar é assombrado! Vejam só aqui! Ratoeiras. Armadilhas.

Jesse — Vamos parar com isso! Isto não é um templo como os outros. É uma arapuca.

Uria — Um templo é um templo. Eu preciso apanhar o meu capacete.

Jesse — Você alcança lá embaixo?

Uria — Não.

Jesse — Pode ser que eu consiga levantar a tranca.

Polly — Mas não estraguem o templo!

Jesse — Ai! Ai! Ai!

Uria — O que aconteceu com você?

Jesse — Mão presa!

Polly — Vamos parar com isso!

Jesse *indignado* — Parar! A minha mão eu preciso tirar, não acha?

Uria — E o meu capacete também está lá dentro.

Polly — Então a gente precisa atravessar a parede.

Jesse — Ai! Ai! Ai! *Ele puxa a mão, ela está ensanguentada.* Essa mão eles me pagam. Agora eu não paro mais. Uma escada, depressa!

Uria — Espere! Antes me passem os seus passaportes para cá! Um passaporte militar não pode ser danificado. Um homem a qualquer momento pode ser substituído por outro, mas não existe nada de mais sagrado do que um passaporte.

Eles lhe entregam os passaportes.

Polly — Polly Baker.
Jesse — Jesse Mahoney.
Jip *aproxima-se rastejando* — Jeraiah Jip.
Uria — Uria Shelley. Todos do Oitavo Regimento, sediado em Kankerdan. Grupo de Metralhadoras. Vamos evitar o uso de armas, senão o templo vai ficar visivelmente danificado. Adiante!

Uria, Jesse e Polly entram no pagode.

Jip *chama, atrás deles* — Eu fico de vigia! Ninguém vai poder dizer que eu entrei! *Por cima, numa abertura, aparece o rosto amarelo do bonzo Wang.* Bom dia! O senhor é o proprietário? Bonito lugar!
Uria *de dentro* — Me passa agora o seu canivete, Jesse, para eu arrombar a caixa de esmolas.

O senhor Wang sorri, Jip também.

Jip *para o bonzo* — É simplesmente terrível fazer parte desse bando de hipopótamos! *O rosto desaparece.* Venham logo para fora! Tem um homem no primeiro andar.

De dentro, a intervalos, soam campainhas elétricas.

Uria — Presta atenção onde você pisa! O que está acontecendo, Jip?
Jip — Um homem no primeiro andar.
Uria — Um homem? Para fora, rápido! Vamos!
Os três, *de dentro, gritam e xingam* — Tira o pé daí! Solta! Agora não posso mais mexer o meu pé! A bota também ficou presa! Não entregue os pontos agora, Polly! Nunca! Agora foi a túnica,

Uria! O que é uma túnica! Este templo precisa ser derrubado! O que está acontecendo agora? Diabo, minha calça grudou! Claro, com tanta pressa! Esse Jip é uma besta!

Jip — Acharam alguma coisa? Whisky? Rum? Gin? Conhaque, cerveja?

Jesse — Uria rasgou a calça na ponta de um bambu e a bota do pé sadio de Polly ficou presa em uns ferros.

Polly — E o Jesse está pendurado num fio elétrico.

Jip — É bem o que eu estava imaginando! Por que vocês não entram numa casa pela porta?

Jip entra no templo pela porta. Os três saem por cima, pálidos, esfarrapados e sangrando.

Polly — Isso pede vingança!

Uria — Não é uma maneira honesta de lutar, o que esse templo está fazendo! É uma brutalidade.

Polly — Quero ver sangue!

Jip *de dentro* — Oi!

Polly *vai para o telhado, sedento de sangue, e fica com a bota enganchada* — Pronto, agora se foi também a minha outra bota.

Uria — Eu agora vou é metralhar tudo.

Os três descem e apontam a metralhadora para o pagode.

Polly — Fogo!

Disparam.

Jip *dentro* — Ai! Que é que vocês estão fazendo?

Os três se olham, assustados.

Polly — Onde é que você está?

Jip *dentro* — Aqui! E agora vocês me furaram um dedo.

Jesse — Mas que diabo você está fazendo aí nessa ratoeira, seu animal?
Jip *aparece na porta* — Eu queria pegar o dinheiro. Aqui está ele.
Uria *alegre* — O mais bêbado de todos e conseguiu pegar logo na primeira! Alto. Volta e sai logo por essa porta!
Jip *enfia a cabeça para fora da porta* — Por onde, você falou?
Uria — Por essa porta!
Jip — Ai! O que é isso?
Polly — Que é que ele tem?
Jip — Olhem só!
Uria — O que é agora?
Jip — Meu cabelo! Ai, meu cabelo! Não posso mais ir nem para a frente nem para trás! Ai, meu cabelo! Ficou preso em alguma coisa. Uria, vê o que é que grudou, o meu cabelo! Ah, Uria, me tira daqui! Estou seguro pelo cabelo!

Polly se aproxima de Jip na ponta dos pés e, de cima, observa o cabelo.

Polly — Ele ficou pendurado pelo cabelo no batente da porta.
Uria *gritando* — Me dá o teu canivete, Jesse, para eu poder soltá-lo.

Uria corta o cabelo de Jip, que cambaleia para a frente.

Polly *divertido* — Agora ele ficou com uma parte careca.

Eles examinam a cabeça de Jip.

Jesse — Um pedacinho do couro cabeludo também saiu junto.
Uria *encara os dois, depois friamente* — Uma careca vai nos denunciar!
Jesse *com olhar penetrante* — Um cartaz de busca em pessoa!

Uria, Jesse e Polly deliberam.

Uria — Vamos até o quartel buscar uma tesoura, e a gente volta de noite para raspar toda a cabeça dele, para que não fique só essa parte careca. *Devolve os passaportes.* Jesse Mahoney!

Jesse *pega seu passaporte* — Jesse Mahoney!
Uria — Polly Baker!
Polly *pega seu passaporte* — Polly Baker!
Uria — Jeraiah Jip! *Jip quer levantar-se.* O seu fica comigo. *Aponta para uma liteira que está no pátio.* Entra nesta caixa de couro e espera até escurecer.

Jip se arrasta para dentro da liteira. Os outros três se afastam com as cabeças balançando, abatidos. Assim que saem, aparece o bonzo Wang na porta do pagode. Apanha o punhado de cabelos que estava preso e examina-o.

3

ESTRADA PRINCIPAL ENTRE KILKOA E O ACAMPAMENTO

Por detrás de um galpão, aparece o sargento Fairchild, que prega um cartaz numa de suas paredes.

Fairchild — Há muito tempo que não me acontecia uma coisa tão maravilhosa, a mim, ao Sanguinário Cinco, conhecido como o Tigre de Kilkoa, o Tufão Humano, sargento do Exército Britânico! *Mostra o cartaz com o dedo.* Arrombamento no pagode do Deus Amarelo. O telhado do pagode, furado por balas. Como indício, encontrou-se uma pequena porção de cabelos colados no piche! Se o telhado está esburacado, por trás disso tudo deve estar um Grupo de Metralhadoras. Se há uma porção de cabelo no local do crime, deve andar por aí um homem a quem falta uma porção de cabelo. Então, se for encontrado um homem de um Grupo de Metralhadoras com uma parte careca, aí estão os criminosos. Isto é muito simples. Mas quem vem aí?

Ele volta para trás do galpão. Chegam os três soldados e olham o cartaz assustados. Logo continuam caminhando, cabisbaixos. Mas Fairchild sai detrás do galpão e assopra um apito de polícia. Eles param.

FAIRCHILD — Vocês viram um homem com uma parte careca?
POLLY — Não.
FAIRCHILD — Mas que cara vocês têm! Tirem os capacetes. Onde está o quarto homem do grupo?
URIA — Ah, sargento, ele está fazendo suas necessidades.
FAIRCHILD — Então vamos esperar por ele, para saber se ele não viu um homem com uma parte careca. *Esperam.* As necessidades dele são grandes!
JESSE — Sim, senhor.

Esperam mais.

POLLY — Será que ele não foi por outro caminho?
FAIRCHILD — Eu advirto vocês: se aparecerem esta noite na revista da tropa sem o quarto homem, teria sido melhor que se tivessem fuzilado sumariamente, um ao outro, no ventre materno.

Sai.

POLLY — Tomara que não seja esse o nosso novo sargento! Se esta cascavel fizer uma revista na tropa hoje à noite, já podemos ir nos encostando no muro de fuzilamento.
URIA — Precisamos agora de um quarto homem, antes do toque de chamada.
POLLY — Aqui viria um homem. Vamos examiná-lo sem que ele nos veja.

Eles se escondem atrás do galpão. A viúva Begbick vem descendo a rua. Galy Gay carrega para ela um cesto de pepinos.

BEGBICK — De que é que o senhor está se queixando, o senhor é pago por hora.

Galy Gay — Então agora seriam três horas.

Begbick — Logo o senhor receberá o seu dinheiro. Esta é uma rua pouco frequentada! Uma mulher ficaria numa situação difícil se encontrasse aqui um homem que tentasse abraçá-la.

Galy Gay — A senhora, que por causa da sua profissão de dona de cantina, está sempre lidando com os soldados, que são as piores pessoas do mundo, certamente sabe alguns trucos.

Begbick — Ah, meu senhor, uma coisa dessas o senhor não deveria dizer para nenhuma mulher. Certas palavras nos põem num tal estado, que o sangue começa a ferver.

Galy Gay — Eu sou apenas um simples estivador.

Begbick — A chamada dos recém-chegados vai começar dentro de poucos minutos. Como o senhor pode ouvir, já estão tocando o tambor. Agora não tem mais ninguém na rua.

Galy Gay — Se realmente já é tão tarde, eu preciso voltar ligeirinho para a cidade de Kilkoa, pois ainda tenho que comprar um peixe.

Begbick — Me permita uma pergunta, senhor, se é que eu entendi bem o seu nome, senhor Galy Gay: para ser estivador é preciso ter muita força?

Galy Gay — Eu nunca podia imaginar que também hoje seria impedido quase quatro horas, por coisas inteiramente imprevistas, de comprar um peixe e voltar em seguida para casa, mas eu, quando começo a correr, sou como um trem de passageiros.

Begbick — É, são duas coisas diferentes: comprar um peixe para comer e ajudar uma dama a carregar o seu cesto. Mas talvez a dama estivesse disposta a demonstrar sua gratidão de uma forma que compense o prazer de comer um peixe.

Galy Gay — Francamente, senhora, eu gostaria de comprar um peixe.

Begbick — O senhor é assim tão materialista?

Galy Gay — A senhora sabe, eu sou um homem engraçado. Às vezes, de manhã cedo, na cama, eu digo a mim mesmo: hoje eu quero um peixe. Ou então: hoje eu quero carne com arroz. E então eu preciso de um peixe ou carne com arroz. Mesmo que o mundo venha abaixo.

Begbick — Eu compreendo. Mas o senhor não acha que agora já é muito tarde? Os armazéns estão fechados e os peixes já foram vendidos.

Galy Gay — Veja, eu sou um homem que tem uma grande imaginação. Por exemplo, eu posso ficar satisfeito com um peixe, mesmo antes de o ter visto. Quando saem para comprar um peixe, as pessoas em primeiro lugar compram esse peixe; em segundo lugar, levam esse peixe para casa; em terceiro, cozinham esse peixe; quarto, devoram esse peixe; e, durante a noite, quando a digestão já se encarregou de acabar com o tal peixe, ainda não tiraram o desgraçado da cabeça, porque são pessoas sem poder de imaginação.

Begbick — Eu estou vendo que o senhor pensa sempre só em si mesmo. *Pausa.* Hum. Já que o senhor só pensa em si mesmo, então eu lhe proponho que, com o dinheiro que o senhor tem para comprar o peixe, me compre este pepino, que eu, por gentileza, lhe venderia com desconto. A diferença do preço do pepino fica por conta da sua ajuda.

Galy Gay — Mas eu não preciso de nenhum pepino.

Begbick — Eu não esperava que o senhor me humilhasse tanto.

Galy Gay — É só porque a água para o peixe já está no fogo.

Begbick — Compreendo. Como o senhor quiser, como o senhor quiser.

Galy Gay — Não. Me acredite quando eu afirmo que eu teria um grande prazer em lhe ser agradável.

Begbick — Fique quieto. O senhor, quanto mais fala, mais se enrola.

Galy Gay — Eu não queria de maneira alguma decepcioná-la. Se a senhora ainda quiser me vender o pepino com desconto, aqui está o dinheiro.

Uria *a Jesse e Polly* — Este é um homem que não sabe dizer não.
Galy Gay — Cuidado, tem soldados escondidos aqui.
Begbick — Sabe Deus o que eles ainda estão procurando por aqui. Falta pouco para a revista. Vamos, me dê o meu cesto. Não tem sentido eu continuar aqui perdendo o meu tempo falando com o senhor. Mas eu gostaria muito de algum dia poder cumprimentá--lo como freguês na minha cantina no acampamento dos soldados. Eu sou a viúva Begbick. E o meu vagão-bar é conhecido de Haiderabade até Yangon. *Ela pega suas coisas e vai embora.*
Uria — Este é o nosso homem.
Jesse — Um homem que não sabe dizer não.
Polly — E tem até cabelos ruivos, como o nosso Jip.

Os três se adiantam.

Jesse — Linda noite hoje!
Galy Gay — Sim, meu senhor.
Jesse — Veja, é estranho, mas eu não consigo tirar da minha cabeça a ideia de que o senhor deve ser de Kilkoa.
Galy Gay — De Kilkoa? Tem razão. É lá, por assim dizer, que está o barraco.
Jesse — Isso me deixa extremamente alegre, senhor...
Galy Gay — Galy Gay.
Jesse — É isso. O senhor tem um barraco lá, não é?
Galy Gay — Como é que o senhor sabe? Por acaso o senhor me conhece? Ou talvez conheça a minha mulher?
Jesse — O seu nome, sim, o seu nome é... um momento: Galy Gay.
Galy Gay — Corretíssimo, é assim que eu me chamo.
Jesse — É, eu logo soube disso. Veja, eu sou assim. Por exemplo, eu aposto que o senhor é casado. Mas, por que nós ainda estamos aqui, senhor Galy Gay? Estes são meus amigos, Polly e Uria. Venha até a nossa cantina, vamos fumar um cachimbo.

Pausa. Galy Gay olha-os com desconfiança.

GALY GAY — Muito obrigado. Infelizmente a minha mulher está me esperando em Kilkoa. E além disso, ainda que possa parecer ridículo, eu não tenho cachimbo.

JESSE — Então, um charuto. Isso o senhor não pode recusar. E está uma noite tão bonita!

GALY GAY — Bom, dessa vez eu não posso de forma alguma dizer não.

POLLY — Então, o senhor terá o seu charuto.

Saem os quatro.

4

CANTINA DA VIÚVA LEOKADJA BEGBICK

Os soldados cantam a "Canção da Cantina da Viúva Begbick"

SOLDADOS — A cantina da Begbick é um vagão
Onde se pode beber, dormir e fumar.
Tudo é permitido fazer no salão
Desde Singapura até Cooch Behar.
De Deli até Kamakura
Quando desaparece um soldado
No vagão da Begbick pode ser encontrado
Encharcado de toddy, engolindo goma de mascar,
Roçando o céu, querendo o inferno atravessar.
Cala a boca, Tommy, segura o capacete, Tommy.
Corre da montanha de soda ao precipício do whisky.

Na cantina da Begbick tem um salão
Onde basta você pedir para receber.
Pelas estradas da Índia já rodava o vagão
No tempo em que você ainda mamava, sem cerveja beber.
De Deli até Kamakura
Quando desaparece um soldado
No vagão da Begbick pode ser encontrado
Encharcado de toddy, engolindo goma de mascar,
Roçando o céu, querendo o inferno atravessar.
Cala a boca, Tommy, segura o capacete, Tommy.
Corre da montanha de soda ao precipício de whisky.

Em Punjab vale ruge o canhão
Mas nós vamos beber cerveja e fumar
Na cantina da Begbick onde tem um salão
Em que o único rugido é o das rolhas a saltar.
De Deli até Kamakura
Quando desaparece um soldado
No vagão da Begbick pode ser encontrado
Encharcado de toddy, engolindo goma de mascar,
Roçando o céu, querendo o inferno atravessar.
Cala a boca, Tommy, segura o capacete, Tommy.
Corre da montanha de soda ao precipício de whisky.

BEGBICK *entra* — Boa noite, senhores soldados. Eu sou a viúva Begbick e este é o meu vagão de cerveja. Engatado nos grandes trens militares, ele roda sobre todas as estradas de ferro da Índia. E, porque nele se pode ao mesmo tempo beber cerveja, viajar e também dormir, é chamado "vagão de cerveja da Viúva Begbick". E de Haiderabade até Yangon todos sabem que este foi o refúgio de muitos soldados infelizes.

Na porta estão os três soldados com Galy Gay, a quem empurram para trás.

Uria — É aqui a cantina do Oitavo Regimento?
Polly — Estamos falando com a proprietária da cantina, a mundialmente famosa viúva Begbick? Nós somos do Grupo de Metralhadoras do Oitavo Regimento.
Begbick — Vocês são só três? Onde está o quarto homem?

Eles entram sem responder. Levantam duas mesas e levam-nas para a esquerda, onde arrumam uma espécie de tabique. Os outros fregueses olham-nos com espanto.

Jesse — Que espécie de homem é o sargento?
Begbick — Nada simpático!
Polly — É pena que não seja.
Begbick — Ele se chama o Sanguinário Cinco, o Tigre de Kilkoa, o Tufão Humano. Tem um olfato fora do comum, fareja crimes.

Jesse, Polly e Uria entreolham-se.

Uria — Ah!
Begbick *aos seus fregueses* — Este é o famoso Grupo de Metralhadoras, que decidiu a batalha de Haiderabade, e que é conhecido como "A ralé".
Soldados — De agora em diante, vocês nos pertencem. Seus crimes deverão persegui-los como suas sombras. *Um soldado traz um cartaz de busca e prega-o numa parede.* E, logo aí atrás de vocês, tem outro cartaz igual a esse!

Os fregueses levantam-se. Abandonam lentamente o local. Uria apita.

Galy Gay *entrando* — Eu conheço essa classe de estabelecimento. Música durante a comida. Cardápio. No Hotel Siam tem um cardápio enorme, branco com letras douradas. Uma vez eu comprei um. Tendo boas relações, a gente consegue tudo o que quer. Entre outras coisas, lá tem um molho de chikauka. E é um dos pratos mais simples, molho de chikauka!

JESSE *empurrando Galy Gay para o tabique* — Meu caro, o senhor está em condições de prestar um pequeno favor a três soldados que estão em apuros, sem que isso lhe cause qualquer transtorno.

POLLY — Nosso quarto homem se atrasou despedindo-se da mulher. E, se na hora da revista da tropa nós não estivermos em quatro, vão nos jogar nos sombrios calabouços de Kilkoa.

URIA — Por isso o senhor nos faria um grande favor vestindo uma das nossas fardas, vindo conosco e, na hora da chamada dos recém-chegados, dizendo o nome dele. Apenas por uma questão de ordem.

JESSE — Seria só isso.

POLLY — E se talvez o senhor quisesse fumar, por nossa conta, um charuto a mais ou a menos isso não teria nenhuma importância.

GALY GAY — Não é que eu não desejasse ajudá-los, mas infelizmente preciso ir depressa para casa. Comprei um pepino para o jantar, e por isso não posso fazer exatamente o que gostaria.

JESSE — Muito obrigado. Francamente, é isso que eu esperava do senhor. É, é isso: o senhor não pode fazer exatamente o que gostaria. Gostaria de ir para casa, mas não pode. Eu lhe agradeço por corresponder à confiança que nós depositamos no senhor desde o momento em que o vimos. Sua mão, cavalheiro!

Toma a mão de Galy Gay. Uria logo lhe dá a entender, com um gesto enérgico, que ele deve ir para o canto das mesas levantadas. Assim que ele está no canto, os três soldados se jogam sobre ele e tiram suas roupas, deixando-o só de camisa.

URIA — Permita que lhe coloquemos a honrosa vestimenta do grande Exército Britânico, para alcançarmos os mencionados objetivos. *Toca uma campainha.* Aparece a Begbick. Viúva Begbick, a senhora nos permite que lhe falemos abertamente? Precisamos de um uniforme completo.

Begbick apresenta uma caixa de papelão e joga-a para Uria. Ele joga a caixa para Polly.

Polly *a Galy Gay* — Aqui está o honroso uniforme que compramos para o senhor.
Jesse *mostrando a calça* — Vista esta roupa, irmão Galy Gay.
Polly *a Begbick* — É que ele perdeu seu uniforme.

Os três vestem Galy Gay.

Begbick — Ah, sim, perdeu seu uniforme.
Polly — Sim, nos banhos, um chinês acabou fazendo o nosso camarada perder a farda.
Begbick — Ah, nos banhos?
Jesse — Para falar com franqueza, viúva Begbick, trata-se de uma brincadeira.
Begbick — Ah, uma brincadeira?
Polly — Por acaso não é verdade, caríssimo senhor? Não se trata de uma brincadeira?
Galy Gay — É, se trata, por assim dizer, de um charuto. *Ri.*

Os três também riem.

Begbick — Como uma mulher frágil fica impotente diante de quatro homens tão fortes! Mas ninguém nunca poderá afirmar que alguma vez a viúva Begbick impediu que um homem trocasse de calça.

Ela vai para o fundo e escreve num quadro: uma calça, uma túnica, duas meias etc.

Galy Gay — Na realidade, o que é que está acontecendo?

Jesse — Na realidade, não é nada.

Galy Gay — Não é perigoso, se for descoberto?

Polly — De jeito nenhum. E para o senhor uma vez, nenhuma vez.

Galy Gay — Isso é verdade. Uma vez não custa nada. Todo mundo diz isso.

Begbick — O uniforme custa cinco xelins por hora.

Polly — Isso é uma exploração. No máximo três.

Jesse *na janela* — De repente, há nuvens de chuva aí. Se chover, aquela liteira vai ficar molhada; e, se a liteira ficar molhada, vai ser levada para dentro do pagode; e, se for levada para dentro do pagode, o Jip será descoberto; e, se o Jip for descoberto, aí então nós estamos fritos.

Galy Gay — Pequeno demais. Eu não entro aqui dentro.

Polly — Escutem, ele não cabe dentro.

Galy Gay — As botas, também, apertam terrivelmente.

Polly — Tudo é muito pequeno. Não serve! Dois xelins!

Uria — Fica quieto, Polly: quatro xelins, porque está tudo muito pequeno e principalmente porque as botas estão apertando muito. Não é isso?

Galy Gay — Extraordinário. Elas apertam demais.

Uria — Esse senhor não é tão delicado como você, Polly!

Begbick *pega Uria, vai com ele para o fundo e aponta para o cartaz* — Faz uma hora que este cartaz está pendurado em todo acampamento dizendo que foi cometido um crime militar na cidade. Ainda não se sabe quem são os culpados. Por isso o uniforme custa só cinco xelins, porque senão a companhia ainda vai acabar envolvida nesse crime.

Polly — Quatro xelins já é muito.

Uria *adiantando-se novamente* — Fica quieto, Polly. Dez xelins.

Begbick — No vagão da viúva Begbick pode se limpar qualquer mancha que caia sobre a honra da companhia.

Jesse — Falando nisso, a senhora acha que vai chover, viúva Begbick?
Begbick — Bom, para isso eu teria que dar uma olhada no sargento, o Sanguinário Cinco. Todo o exército sabe que quando desaba um aguaceiro ele fica num estado de extraordinária sensualidade. E se transforma todo, por fora e por dentro.
Jesse — Na nossa brincadeira não pode chover sob hipótese alguma.
Begbick — Ao contrário! Se chover, o Sanguinário Cinco, o homem mais perigoso do Exército Britânico, se torna inofensivo como dente de leite. Quando sofre um dos seus ataques de sensualidade, ele fica cego para tudo o que acontece diante dele.
Um soldado *gritando, de fora* — Estão chamando para a revista de tropas, por causa do caso do pagode. Dizem que falta alguém. Por isso vão chamar os nomes e examinar os passaportes.
Uria — O passaporte!
Galy Gay *ajoelhado, faz uma trouxa com suas coisas velhas* — Eu tenho que tomar cuidado com as minhas coisas.
Uria *a Galy Gay* — Aqui está o seu passaporte. A única coisa que você precisa fazer é gritar o nome do nosso camarada, o mais alto possível e com muita clareza. É uma coisa de nada.
Polly — O nome do nosso camarada perdido é Jeraiah Jip! Jeraiah Jip!
Galy Gay — Jeraiah Jip!
Uria *a Galy Gay, enquanto sai* — É uma grande alegria encontrar pessoas instruídas, que sabem se comportar direito em qualquer situação da vida.
Galy Gay *parado um instante na porta* — E quanto à gorjeta?
Uria — Uma garrafa de cerveja. Venha.
Galy Gay — Meus senhores, minha profissão de estivador me obriga a zelar cuidadosamente, em cada momento da minha vida, pelos meus interesses. Eu pensei: duas caixas de charutos e de quatro a cinco garrafas de cerveja.

JESSE — Mas o senhor tem de estar presente na revista da tropa.
GALY GAY — Por isso mesmo.
POLLY — Bem. Duas caixas de charutos e de três a quatro garrafas de cerveja.
GALY GAY — Três caixas e cinco garrafas.
JESSE — Como assim? Há pouco o senhor disse duas caixas.
GALY GAY — Se me trata desse jeito, então são cinco caixas e oito garrafas.

Toque de clarim.

URIA — A gente precisa ir.
JESSE — Bem. De acordo, se o senhor vier conosco imediatamente.
GALY GAY — Certo.
URIA — E qual é o seu nome?
GALY GAY — Jip! Jeraiah Jip!
JESSE — Contanto que não chova!

Saem os quatro. Begbick começa a estender um toldo sobre o vagão.

POLLY *voltando-se; a Begbick* — Viúva Begbick, ouvimos dizer que o sargento fica muito sensual quando chove. E agora vai chover. Dê um jeito para que nas próximas horas ele fique cego para tudo o que acontecer diante dele, senão nós estamos em perigo de sermos descobertos. *Sai.*
BEGBICK *segue-os com o olhar* — Esse homem não se chama Jip. É o estivador Galy Gay de Kilkoa. Agora se coloca em fila um homem que não é nem soldado, diante dos olhos perspicazes do Sanguinário Cinco. *Ela apanha um espelho e vai ao fundo.* Eu vou me postar para chamar a atenção do Sanguinário Cinco e atraí-lo para cá.

Segundo toque. Aparece Fairchild. Begbick olha-o pelo espelho, sedutoramente, e senta-se numa cadeira.

FAIRCHILD — Não me coma com os olhos, Babilônia falsificada! As coisas para mim não vão nada bem. Há três dias que durmo numa cama dura e tomo banho frio. Na quinta-feira fui obrigado a proclamar estado de sítio para mim mesmo, por causa de uma desenfreada sensualidade. Isto para mim é particularmente desagradável, porque justo nestes dias estou na pista de um crime sem precedentes nos anais do Exército.

BEGBICK — Sanguinário Cinco, te deixa levar pela tua poderosa natureza.

Ninguém te vê! Quem ficará sabendo?

E, na cova das minhas axilas, nos meus cabelos,

Vem saber quem tu és. E, na curva dos meus joelhos, vem esquecer

Teu nome casual.

Disciplina miserável! Ordem mesquinha!

Eu te peço agora, Sanguinário Cinco, vem

Para mim nesta noite de tépida chuva. Vem,

Ousa ser o que temes: vem como homem!

Como contradição. Como devo-e-não-quero.

Agora, vem como homem! Como a natureza te fez,

Sem capacete e sem farda! Perturbado e selvagem, enredado em ti mesmo.

E entregue, desarmado aos teus instintos,

Escravo indefeso de tuas próprias forças.

Vem assim: como homem!

FAIRCHILD — Nunca! A ruína da humanidade começou justamente quando o primeiro bárbaro não fechou o botão. O regulamento militar é um livro cheio de falhas. Mas é o único no qual podemos nos apegar como ser humano. Porque nos dá firmeza e assume a responsabilidade diante de Deus. Na realidade nós devíamos cavar um buraco na terra, enchê-lo de dinamite e fazer o globo terrestre voar pelos ares. Então talvez todos se dessem conta de que estamos agindo com seriedade. Isto é muito simples. Mas você, Sanguinário Cinco, poderá passar esta noite chuvosa sem a carne da viúva?

Begbick — Se você vier para mim esta noite, quero que venha de terno preto e chapéu-coco.

Uma voz de comando — Grupo de Metralhadoras! Chamada nominal!

Fairchild — Preciso ficar sentado aqui junto a este poste, para poder ficar observando esta escória.

Senta-se.

Voz dos três soldados *de fora* — Polly Baker — Uria Shelley — Jesse Mahoney.

Fairchild — Isso, e agora vem uma pequena pausa.

A voz de Galy Gay *de fora* — Jeraiah Jip.

Begbick — Certo.

Fairchild — Eles encontraram outra vez uma saída. Insubordinação fora. Insubordinação dentro. *Levanta-se e quer sair.*

Begbick *chamando-o* — Pois eu te digo, sargento, que, antes que a negra chuva do Nepal tenha caído durante três noites, você será indulgente com os erros humanos, pois você é talvez o homem mais sexual debaixo do sol. Você compartilhará a sua mesa com a insubordinação, e os profanadores do templo vão olhar profundamente nos seus olhos, pois os seus próprios crimes serão tão numerosos como a areia do mar.

Fairchild — Ué, fique certa, minha querida, de que aí tomaríamos medidas enérgicas, medidas radicais contra este caprichoso Sanguinário Cinquinho. Isto será bem fácil. *Sai.*

Voz de Fairchild *de fora* — Por corte de cabelo não regulamentar, enterrar oito homens, até o umbigo, na areia ardente!

Entram Uria, Jesse e Polly, com Galy Gay. Galy Gay adianta-se.

Uria — Por favor, viúva Begbick, uma tesoura!

Galy Gay *ao público* — Uma pequena gentileza entre homens não prejudica ninguém. É isso: viver e deixar viver. Agora mesmo eu vou beber um copo de cerveja como se fosse água e dizer a mim mesmo: fui útil para esses senhores. A única coisa que importa no mundo é saber soltar um pequeno balão e dizer "Jeraiah Jip" como outros dizem "boa noite", e ser assim como as pessoas querem que a gente seja. Pois é tão fácil!

Begbick traz uma tesoura.

Uria — Agora, vamos ao Jip!

Jesse — Está soprando um vento perigoso com jeito de chuva.

Os três dirigem-se a Galy Gay.

Uria — Infelizmente, meu senhor, estamos com muita pressa.

Jesse — Ainda temos que cortar o cabelo de um cavalheiro.

Dirigem-se para a porta. Galy Gay corre atrás deles.

Galy Gay — Não posso ajudar também nisso?

Uria — Não, nós não precisamos mais do senhor. *A Begbick:* Cinco caixas de charutos de segunda e oito garrafas de cerveja escura para esse homem. *Saindo.* Tem gente que precisa meter o nariz em tudo. A gente dá o dedo, em seguida tomam toda a mão.

Os três saem rapidamente.

Galy Gay — Eu agora poderia ir embora, mas
Deve alguém ir embora quando é mandado embora?
Talvez, quando tenha ido embora
Precisam dele? E pode alguém ir embora
Quando precisam dele?

Se não for necessário
A gente não deve ir.

Galy Gay vai ao fundo e senta-se numa cadeira junto à porta. Begbick coloca garrafas de cerveja e caixas de charuto no chão, em círculo, ao redor dele.

Begbick — Já não nos vimos em algum lugar? *Galy Gay nega com a cabeça.* O senhor não é o homem que carregou o meu cesto de pepinos? *Galy Gay nega com a cabeça.* O senhor não se chama Galy Gay?
Galy Gay — Não.

Begbick sai balançando a cabeça. Escurece. Galy Gay adormece na sua cadeira de madeira. Chove. Escuta-se Begbick cantar acompanhando uma pequena melodia noturna.

Begbick — Por mais que olhes o rio, que corre
Lentamente, nunca vês a mesma água
Nunca ela retorna, essa que desce, nenhuma gota dela
Retorna à sua origem.

5

INTERIOR DO PAGODE DO DEUS AMARELO

O bonzo Wang e seu ajudante.

Ajudante — Está chovendo.
Wang — Traga a nossa liteira de couro aqui para o seco! *O ajudante sai.* Agora roubaram o nosso último ganho. E o teto está cheio de furos de balas e chove em cima da minha cabeça. *O ajudante vem arrastando a liteira. Ouvem-se gemidos que vêm de dentro dela.*

O que é isso? *Olha para dentro.* Logo vi que devia ser um homem branco, quando vi a liteira assim tão suja. Ah, está usando um uniforme! E tem uma falha de cabelo na cabeça: é o ladrão! Eles simplesmente lhe cortaram o cabelo. O que é que vamos fazer com ele? Já que é soldado, inteligência é que não deve ter. Um soldado da rainha, coberto de vômito, mais indefeso que um pinto sem galinha, e tão bêbado que não poderia reconhecer nem a própria mãe! Podemos mandá-lo para a polícia. Mas para quê? Já que o dinheiro sumiu, de que adianta a justiça? E ele, a única coisa que sabe fazer é grunhir! *Enfurecido:* Tire-o daí, seu burro, tranque-o dentro do oratório. Mas com cuidado, para que a cabeça fique para cima. O máximo que podemos fazer com esse aí é transformá-lo num deus. *O ajudante coloca Jip no oratório.* Me traga um pedaço de papel aqui! Precisamos agora mesmo pendurar bandeirinhas de papel na fachada. Precisamos fazer cartazes com os pés e com as mãos. Eu quero que tudo chame muita atenção, sem falsa economia, com cartazes que ninguém vai poder deixar de ver. Para que serve um Deus, se ninguém fala nele? *Batem.* Quem será que bate tão tarde na minha porta?

Polly — Três soldados.

Wang — São os companheiros dele. *Deixa os três entrarem.*

Polly — Nós estamos procurando um cavalheiro, ou, mais exatamente, um soldado, que ficou dormindo numa liteira que estava aqui em frente deste rico e nobre templo.

Wang — Que o seu despertar lhe seja agradável!

Polly — Mas a liteira desapareceu.

Wang — Eu compreendo a impaciência de vocês, que nasce da insegurança. Pois eu mesmo tenho andado procurando algumas pessoas, na verdade três, justamente três soldados, e não consigo encontrá-los.

Uria — Vai ser muito difícil. Acho que o senhor devia desistir. Mas a gente achou que o senhor talvez pudesse saber alguma coisa sobre essa liteira.
Wang — Infelizmente, nada. O desagradável é que todos os soldados usam uniformes iguais.
Jesse — Isso não é desagradável. Dentro de tal liteira, está um homem que está muito doente.
Polly — Tanto assim que, por causa da doença, ele perdeu um pouco de cabelo, por isso precisa de socorro urgente.
Uria — Será que o senhor não viu um homem assim?
Wang — Infelizmente, não. Em compensação, encontrei esses cabelos. Porém, foram levados por um sargento do exército de vocês. Ele queria devolver o cabelo ao senhor soldado que o perdeu.

Jip gemendo dentro do oratório.

Polly — O que é isso, senhor?
Wang — É a minha vaca leiteira que está dormindo.
Uria — Essa vaca parece que está dormindo mal.
Polly — Esta aqui é a liteira onde nós enfiamos o Jip: permita que nós a examinemos.
Wang — É melhor que eu diga toda a verdade. Na realidade, essa é uma outra liteira.
Polly — Ela está cheia como uma escarradeira no terceiro dia de Natal. Jesse, é evidente que o Jip estava dentro dela.
Wang — Não é verdade, não pode ter estado aí dentro. Ninguém se mete numa liteira tão suja.

Jip geme alto dentro do oratório.

Uria — Precisamos encontrar o nosso quarto homem. Nem que seja preciso trucidar a nossa própria avó.
Wang — Mas o homem que vocês estão procurando não está aqui. Para que vocês vejam que o homem que dizem que está aqui, e

que eu afirmo que não sei se está aqui, não é aquele que vocês procuram, permitam que eu lhes esclareça tudo fazendo um desenho. Permitam que este humilde servidor desenhe, aqui, com um giz, quatro criminosos. *Ele desenha na porta do oratório:*

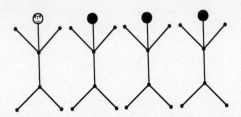

Um deles tem um rosto, pode-se ver quem ele é. Mas três deles não têm rostos. Não se sabe quem são. Esse que tem rosto, não tem dinheiro. Portanto, não é um ladrão. Os que estão com o dinheiro não têm rostos, por isso ninguém sabe quem são. Isso, enquanto não estiverem juntos. Mas, quando estiverem juntos, aparecerão os três rostos e com eles será encontrado dinheiro que não lhes pertence. Eu jamais poderia acreditar que um homem que estivesse aqui pudesse ser o seu homem.

Os três ameaçam-no com suas armas, mas, a um sinal de Wang, aparece o ajudante acompanhado de chineses, fiéis do templo.

Jesse — Nós não queremos mais perturbá-lo em seu descanso noturno, senhor. E também não suportamos o seu chá. Seu desenho, sim, realmente é muito artístico. Vamos!

Wang — Me dói vê-los partir.

Uria — O senhor acredita que, quando o nosso camarada acordar, esteja onde estiver, dez cavalos serão suficientes para impedi-lo de se juntar a nós?

Wang — Dez cavalos talvez não sejam nada para detê-lo, mas o pequeno pedaço de um cavalo, quem sabe?

Uria — Quando a cerveja evaporar da cabeça dele, ele volta.

Os três se retiram, com grandes reverências.

JIP *de dentro do oratório* — Eh!

Wang chama a atenção de seus fiéis para seu deus.

6

A CANTINA

Tarde da noite. Galy Gay dorme sentado numa cadeira de pau. Os três soldados aparecem na janela.

POLLY — Está lá sentado, ainda. Não parece um mamute irlandês?
URIA — Talvez não tenha querido ir embora porque estava chovendo.
JESSE — Isso ninguém sabe. Mas, agora, vamos precisar dele outra vez.
POLLY — Você não acha que o Jip vai voltar?
JESSE — Uria, eu tenho certeza, o Jip não volta mais.
POLLY — Não vai ser possível tentar, outra vez, convencer esse estivador.
JESSE — O que é que você acha, Uria?
URIA — Acho que eu agora vou é para a cama.
Polly — Mas se o estivador se levantar agora e for embora? As nossas cabeças vão ficar por um fio.
JESSE — Não tem dúvida. Mas agora eu também vou me deitar. Não se pode exigir demais de um homem.
POLLY — É, talvez o melhor seja a gente ir dormir mesmo. Isso é muito deprimente. E a culpa de tudo isso é só da chuva.

Saem os três.

7

INTERIOR DO PAGODE DO DEUS AMARELO

Amanhecer. Por toda parte, grandes cartazes. Ruídos de um velho gramofone e de um tambor. Ao fundo parecem realizar-se grandes cerimônias religiosas.

Wang *ao ajudante, aproximando-se do oratório* — Prepare mais depressa os bolinhos de estrume de camelo, seu bosta! *Ao oratório:* Está dormindo ainda, senhor soldado?

Jip *dentro* — A gente vai chegar logo, Jesse? Este vagão sacoleja que é um horror e é estreito como uma privada.

Wang — Senhor soldado, não fique imaginando que está dentro de um trem. A única coisa que está sacolejando é a cerveja que está na sua cabeça.

Jip *dentro* — Que absurdo! Que voz é essa nesse gramofone? Não dá para parar isso?

Wang — Sai daí, senhor soldado, coma um pedaço de carne de vaca!

Jip *dentro* — Você pode me dar um pedaço, Polly? *Golpeia o oratório.*

Wang *corre para o fundo* — Silêncio, seus miseráveis! O deus está exigindo cinco moedas! Ouçam como bate nas paredes do oratório! Tornem-se merecedores de suas graças! Comece a coleta, Mah Sing!

Jip *dentro* — Uria, Uria, onde eu estou?

Wang — Bata mais um pouco, senhor soldado. Do outro lado também, senhor general. Com os dois pés, com mais violência.

Jip *dentro* — Eh! O que está acontecendo? Eu estou onde? Onde é que vocês estão? Uria, Jesse, Polly!

Wang — Senhor soldado, seu humilde criado gostaria de saber o que deseja para comer e beber.

Jip *dentro* — Ei, quem está aí? Que voz de rato gordo é essa?

Wang — O rato modicamente gordo é o seu amigo Wang de Tianjin, coronel.

Jip *dentro* — Que cidade é essa, onde eu estou?

Wang — Uma cidade miserável, altíssimo protetor, uma aldeia chamada Kilkoa.

Jip *dentro* — Me deixe sair!

Wang *para o fundo* — Quando você terminar de amassar os bolinhos de estrume de camelo, coloque-os numa bandeja, toque o tambor e acenda o fogo. *A Jip:* Em seguida, é só me prometer que não vai fugir, senhor soldado.

Jip *dentro* — Abre, seu voz de rato! Abre, está me ouvindo?

Wang — Parem! Parem, fiéis! Permaneçam parados, só por um minuto! O deus fala para vocês com três trovões. Contem bem as batidas. São quatro. Não, cinco. Pena, são apenas cinco moedas que vocês devem oferecer! *Bate no oratório, amavelmente.* Senhor soldado, aqui está um bife para sua boca.

Jip *dentro* — Ah, agora eu estou percebendo. Os meus intestinos foram inteiramente devorados. Devo ter jogado álcool puro em cima deles. Ah, é possível que eu tenha bebido demais. E agora vou ter que comer a mesma quantidade.

Wang — O senhor pode comer uma vaca inteira, senhor soldado. Um bife já está aqui, preparado. Mas eu tenho medo que o senhor tente fugir, senhor soldado. Prometa-me que não fugirá?

Jip *dentro* — Mas primeiro eu quero lhe ver. *Wang deixa que ele saia.* Como é que eu vim parar aqui?

Wang — Pelo ar, senhor general. O senhor chegou aqui pelo ar.

Jip — Onde eu estava, quando você me encontrou?

Wang — O senhor decidiu morar numa velha liteira, excelência.

Jip — E os meus camaradas, onde estão? Onde é que está o Oitavo Regimento? Onde está o Grupo de Metralhadoras? Onde estão os doze trens e os quatro elefantes? Onde está todo o exército inglês? Para onde foram todos, seu amarelo, escarradeira sorridente?

Wang — Partiram no mês passado para além das montanhas de Punjab. Mas aqui está um bife.
Jip — O quê? E eu? Eu, onde estava? O que foi que eu fiquei fazendo enquanto eles marcharam?
Wang — Cerveja, muita cerveja, milhões de garrafas. E ganhou dinheiro, também.
Jip — Ninguém perguntou por mim?
Wang — Infelizmente, não.
Jip — Isso não é bom.
Wang — Mas, se vierem agora procurando por um homem fardado com um uniforme branco, devo trazê-los aqui, senhor ministro da guerra?
Jip — Não é preciso.
Wang — Se não quer ser perturbado, Johnny, então se esconda nesta caixa, Johnny, quando vierem as pessoas que perturbam os seus olhos.
Jip — Onde é que está o bife? *Senta-se e come.* É muito pequeno! Que ruído pavoroso é esse?

Ao ruído dos tambores, sobe ao teto a fumaça dos bolinhos de estrume de camelo.

Wang — Essa é a oração dos fiéis que estão ajoelhados aí atrás.
Jip — É dura essa parte da vaca. Eles estão rezando para quem?
Wang — Este é o segredo deles.
Jip *come mais depressa* — É um bom bife, mas é errado eu estar aqui. Tenho certeza que Polly e Jesse estavam esperando por mim. Pode ser que ainda continuem me esperando. Tem gosto de manteiga. Eu não devia comer. Escute, agora Polly diz para Jesse: tenho certeza que o Jip volta. Quando estiver sóbrio, ele volta. Uria talvez não espere muito tempo, porque Uria é um sujeito mau. Mas Jesse e Polly dirão: Jip vai voltar. Sem dúvida alguma, esta é uma refeição perfeita para mim, depois de tudo que eu bebi. Se

ao menos Jesse não acreditasse tão firmemente no seu Jip. Mas eu tenho certeza que ele diz: Jip não nos trairia. E naturalmente para mim isso é difícil de aguentar. É totalmente errado eu estar sentado aqui, mas essa carne é muito boa.

8

A CANTINA

De manhã cedo. Galy Gay dorme em sua cadeira de madeira. Os três tomam o café da manhã.

Polly — Jip vai voltar.
Jesse — Jip não nos trairia.
Polly — Assim que estiver sóbrio, Jip volta.
Uria — Isso ninguém sabe. Em todo caso, não vamos deixar esse estivador escapar enquanto Jip estiver no telhado.
Jesse — Ele não foi embora.
Polly — Deve estar congelado. Passou a noite inteira sentado na cadeira.
Uria — Mas nós essa noite descansamos bastante. E estamos outra vez em forma.
Polly — E Jip vai voltar, tenho certeza. Com a minha serena inteligência de militar que descansou, vejo isso com bastante clareza. Quando Jip acordar, vai querer beber cerveja. Aí então ele volta.

Entra o senhor Wang. Vai ao balcão e toca a campainha.
Entra a Viúva Begbick.

Begbick — Eu não sirvo nada para nativos encrenqueiros, nem para amarelos.

Wang — É para um branco: dez garrafas de cerveja clara, da boa.
Begbick — Dez garrafas de cerveja clara, para um branco?

Entrega a ele as dez garrafas.

Wang — É, para um branco.

Wang faz uma reverência aos quatro e sai. Jesse, Polly e Uria entreolham-se.

Uria — Agora Jip não volta mais. Bem, precisamos nos abastecer de cerveja. Viúva Begbick, de agora em diante tenha sempre à nossa disposição vinte garrafas de cerveja e dez de whisky.

A Viúva Begbick serve a cerveja e sai. Os três bebem, observando Galy Gay, que continua dormindo.

Polly — O que será que vai acontecer agora, Uria? A única coisa que temos é o passaporte de Jip.
Uria — Isso basta. Isso tem de fabricar um novo Jip. Não se deve dar muita importância às pessoas. Um é nenhum. Sobre menos do que duzentas pessoas, nada se pode dizer. Naturalmente, qualquer um pode ter outra opinião. Uma opinião só não vale nada. Um homem tranquilo pode, tranquilamente, assumir duas ou três opiniões diferentes.
Jesse — Eu também estou cagando para essas cabeças cultas.
Polly — Mas que é que ele vai dizer, se nós o transformarmos no soldado Jeraiah Jip?
Uria — Um sujeito como esse se transforma sozinho. Joguem ele dentro de uma lagoa, em dois dias cresce membrana entre os seus dedos. É assim, porque ele não tem nada a perder.
Jesse — Quer ele queira ou não, estamos precisando de um quarto homem. Acordem ele!
Polly *acorda Galy Gay* — Meu caro senhor, foi ótimo o senhor não ter ido embora. Ocorreram certos fatos que acabaram fazendo

com que o nosso camarada Jip não tenha podido voltar pontualmente para cá.

Uria — O senhor é de origem irlandesa?

Galy Gay — Acho que sim.

Uria — Isso é uma vantagem. Espero que o senhor não tenha mais que quarenta anos, senhor Galy Gay?

Galy Gay — Não tenho tanto, não.

Uria — Excelente. Por acaso o senhor tem pés chatos?

Galy Gay — Um pouco.

Uria — Isso é decisivo. Sua sorte está lançada. O senhor por enquanto pode ficar aqui.

Galy Gay — Infelizmente a minha mulher está me esperando, por causa do peixe.

Polly — Nós compreendemos perfeitamente os seus escrúpulos; são dignos e honrosos de um filho da Irlanda. Mas sua presença nos agrada.

Jesse — E, principalmente, nos convém. Talvez se apresente uma oportunidade para o senhor se transformar em soldado.

Galy Gay silencia.

Uria — A vida de soldado é muito agradável. Cada semana nós recebemos um punhado de dinheiro, só para ficarmos atravessando toda a Índia, contemplando as ruas e os pagodes. E observe esses confortáveis sacos de dormir, feitos de couro, que o soldado recebe gratuitamente! Dê uma olhada neste fuzil, que tem o selo da fábrica Everett & Co. Principalmente, vamos pescar, para nos divertir. E, para isso, a "mamãe", que é como nós chamamos o exército, de brincadeira, compra anzóis para nós, enquanto algumas bandas militares tocam uma depois da outra. O resto do dia, o senhor pode ficar fumando no seu bangalô. Ou então ficar contemplando tranquilamente o palácio dourado de um destes rajás, que, caso o senhor deseje, pode mandar fuzilar. As damas esperam muito de nós, soldados. Mas dinheiro, nunca. E o senhor há de concordar que isso é bastante vantajoso.

Galy Gay continua em silêncio.

Polly — A vida do soldado na guerra é ainda mais agradável. Somente durante uma batalha é que o homem atinge a plenitude da sua grandeza. O senhor sabe que está vivendo numa grande época? Antes de cada ataque, o soldado recebe, de graça, um grande copo de álcool, que faz sua coragem crescer sem limites. É, sem limites.

Galy Gay — Estou vendo que é muito agradável a vida de soldado.

Uria — Sem dúvida. Então o senhor fica com o seu uniforme de soldado com os belos botões de latão, e tem direito de ser chamado, a toda hora, senhor, senhor Jip.

Galy Gay — Vocês não estão querendo arruinar a vida de um pobre estivador.

Jesse — Por que não?

Uria — O senhor por acaso está querendo ir embora?

Galy Gay — Sim, vou, agora mesmo.

Jesse — Entregue as roupas dele, Polly!

Polly *com as roupas* — Afinal de contas, por que é que o senhor não quer ser o Jip?

Fairchild aparece na janela.

Galy Gay — Porque eu sou Galy Gay. *Vai para a porta. Os três entreolham-se.*

Uria — Espere um momento ainda.

Polly — O senhor por acaso conhece o ditado: devagar se vai ao longe?

Uria — Aqui o senhor está tratando com pessoas que não gostam de receber presentes de pessoas estranhas.

Jesse — Não importa como o senhor se chama, deve receber alguma coisa em troca de sua gentileza.

Uria — Trata-se — pode ficar com a maçaneta na mão — simplesmente de um negócio.

Galy Gay fica parado.

Jesse — Esse é o melhor negócio que existe para ser feito em Kilkoa, não é verdade, Polly? Você sabe bem, se nós conseguimos aquilo...

Uria — É para nós um dever convidar o senhor para que participe deste fantástico negócio.

Galy Gay — Negócio? Vocês falaram mesmo em negócio?

Uria — É possível. Mas o senhor realmente não tem tempo.

Galy Gay — Ter ou não ter tempo, isso depende.

Polly — Ah, então o senhor poderia ter tempo. Se soubesse qual é o negócio, aí então teria tempo. Lorde Kitchener também teve tempo para conquistar o Egito.

Galy Gay — Acho que sim. Então, é um grande negócio?

Polly — Para o marajá de Pexauar, talvez fosse grande. Para um homem tão grande como o senhor, talvez seja pequeno.

Galy Gay — Eu, para entrar nesse negócio, precisaria fazer o quê?

Jesse — Nada.

Polly — No máximo, o senhor talvez tenha que sacrificar a sua barba, que poderia inoportunamente chamar a atenção.

Galy Gay — Ah. *Pega suas coisas e vai para a porta.*

Polly — É um elefante de verdade.

Galy Gay — Elefante? Um elefante, sem dúvida alguma, é uma mina de ouro. Se vocês têm um elefante, não vão morrer num hospital, não. *Pega uma cadeira, agitado, e senta-se entre os três.*

Uria — Elefante?! Claro que temos um elefante!

Galy Gay — O elefante estaria aqui, já, à disposição?

Polly — Um elefante! Ele parece louco por elefante!

Galy Gay — Então vocês têm mesmo um elefante à mão?

Polly — Por acaso já se ouviu falar de alguém que fez negócio com um elefante que não estivesse a mão?

Galy Gay — Bem, já que é assim, senhor Polly, eu também vou querer tirar a minha lasquinha.

Uria *hesitante* — É só por causa do diabo de Kilkoa!

Galy Gay — Que é isso, diabo de Kilkoa?

Polly — Fale mais baixo! Você está citando o nome do Tufão Humano, do Sanguinário Cinco, do nosso sargento.

Galy Gay — Ele fez o que, para se chamar assim?

Polly — Nada, não. De vez em quando pega alguém que deu o nome falso na chamada, enrola o homem numa lona de dois metros quadrados e deita-o debaixo dos elefantes.

Galy Gay — Seria preciso então um homem que tivesse uma boa cabeça.

Uria — Cabeça o senhor teria, senhor Galy Gay!

Polly — Uma cabeça como essa, deve ter coisa dentro.

Galy Gay — Isso não vem ao caso. Mas eu conheço uma charada, que talvez possa interessar aos senhores, que são pessoas de instrução.

Jesse — O senhor está cercado por hábeis decifradores de charadas.

Galy Gay — A charada é essa: é branco, animal mamífero e enxerga tão bem por trás como pela frente.

Jesse — Essa é muito difícil.

Galy Gay — Essa, vocês não matam de jeito nenhum. Eu também não consegui. Um animal mamífero, branco, enxerga tão bem atrás como na frente. É um cavalo branco que é cego!

Uria — Formidável, a charada.

Polly — O senhor guarda tudo isso com facilidade na sua cabeça?

Galy Gay — Geralmente, porque eu escrevo muito mal. Mas eu acho que eu sou o homem indicado para qualquer tipo de negócio.

Os três vão para a mesa da cantina. Galy Gay pega uma de suas caixas de charuto e oferece aos três.

Uria — Fogo!

Galy Gay *lhes dá fogo e fala* — Meus senhores, permitam que eu prove que os senhores não escolheram um mau sócio para o seu negócio. Por acaso vocês têm por aqui alguns objetos pesados?

Jesse *aponta para pesos e halteres que estão no chão, junto da porta* — Ali!

Galy Gay *apanha o peso mais pesado e levanta-o* — É que eu faço parte do Clube de Lutadores de Kilkoa.

Uria *serve-lhe uma cerveja* — Isso a gente nota pelo seu comportamento.

Galy Gay *bebe* — Ah, nós, os lutadores, nós temos um porte especial. Existem certas regras. Por exemplo: quando um lutador entra num local onde há um grande número de pessoas, na porta, ele levanta os ombros, bem alto, estica os braços na altura dos ombros, então deixa os braços caírem, balançando, e entra no lugar com passo despreocupado. *Ele bebe.* Comigo podem contar para tudo.

Fairchild *entra* — Há uma mulher aí fora, que procura um homem chamado Galy Gray.

Galy Gay — Galy Gay! Chama-se Galy Gay, o homem que ela procura!

Fairchild encara-o por um momento e vai buscar a senhora Galy Gay.

Galy Gay *aos três* — Não tenham medo, ela é uma pessoa muito meiga, veio de uma cidade do interior, onde praticamente só existem pessoas amáveis. Confiem em mim, agora Galy Gay farejou sangue.

Fairchild — Entre, senhora Gray! Aqui está um homem que conhece o seu marido. *Entra com a senhora Galy Gay.*

Senhora Galy Gay — Meus senhores, me perdoem, sou uma pessoa humilde. Perdoem também o meu aspecto, eu estava com muita pressa. Ah, você está aí, Galy Gay? Mas é você mesmo, vestindo uniforme?

Galy Gay — Não.

Senhora Galy Gay — Não entendo. Por que é que você se vestiu com esse uniforme? Não fica bem em você, de jeito nenhum, qualquer pessoa vê isso. Você é um homem muito especial, Galy Gay.

Uria — Ela não está bem da cabeça.

Senhora Galy Gay — Não é nada fácil ter um marido que não sabe dizer não.

Galy Gay — Eu gostaria de saber com quem ela está falando.

Uria — Com certeza são calúnias.

Fairchild — Eu acho que a senhora Gray sabe o que está dizendo. Por favor, senhora Gray, continue. Sua voz me agrada mais que a de uma cantora.

Senhora Galy Gay — Eu não entendo o que você está querendo com toda essa palhaçada, mas você ainda vai acabar mal. Vamos embora! Mas, diz alguma coisa! Ficou rouco?

Galy Gay — Estou com a impressão que a senhora está falando tudo isso para mim. Eu afirmo que a senhora está me confundindo com alguma outra pessoa, e tudo que está dizendo sobre esse outro é bobo e inconveniente.

Senhora Galy Gay — O que é que você disse? Eu, confundindo você? Você andou bebendo? Ele não aguenta álcool.

Galy Gay — Eu sou tanto o seu Galy Gay quanto sou comandante do Exército.

Senhora Galy Gay — Ontem, a essa mesma hora, eu pus água no fogo, mas você não voltou com o peixe.

Galy Gay — O que é que significa essa história de peixe? Você está falando, na frente de todos esses senhores, como se fosse maluca!

Fairchild — É um caso estranho, esse. Em mim, provoca ideias terríveis. Que me deixam estarrecido até os ossos. Vocês conhecem essa mulher? *Os três negam com a cabeça.* E o senhor?

Galy Gay — Eu já vi muita coisa na minha vida, desde a Irlanda até Kilkoa. Mas essa mulher, nunca.

Fairchild — Diga o seu nome para ela.

Galy Gay — Jeraiah Jip.

Senhora Galy Gay — Isso é incrível! Na verdade, sargento, quando eu olho para ele, é como se fosse diferente do Galy Gay, o estivador. Diferente, em alguma coisa, não sei em quê.

Fairchild — Nós vamos ficar logo sabendo o que é.

Ele sai com a senhora Galy Gay.

Galy Gay *vai dançando para o meio da sala e canta*:
Oh lua do Alabama
Vais desaparecer!
A boa velha Mama
Quer novas luas ver.

Dirige-se radiante para Jesse: Em toda a Irlanda, todo mundo fala que, seja qual for a situação, os Galy Gays sempre sabem se sair bem.

Uria *a Polly* — Antes que o sol se ponha sete vezes, esse homem deverá ser um outro homem.

Polly — Será que isso vai funcionar mesmo, Uria? Transformar um homem em outro homem?

Uria — Sim, um homem é igual a outro. Um homem é um homem.

Polly — Mas o exército pode partir a qualquer instante, Uria!

Uria — Claro que pode! Mas você não está vendo que esta cantina ainda está aqui? Você não sabe que a artilharia ainda está organizando corrida de cavalo? Eu lhe digo, Deus não deixa gente como nós sucumbir, colocando o exército de pé ainda hoje. Isso, ele vai pensar três vezes antes.

Polly — Escuta!

Tambores e sinais de partida. Os três se põem em fila.

FAIRCHILD *berrando, atrás do palco* — O exército vai marchar para as fronteiras do norte! Partida hoje à noite às duas e dez!

INTERLÚDIO

Dito pela viúva Leokadja Begbick:

O senhor Bertolt Brecht afirma: um homem é um homem.
E isso qualquer um pode afirmar.
Porém o senhor Bertolt Brecht consegue também provar
que qualquer um pode fazer com um homem o que desejar.
Esta noite, aqui, como se fosse automóvel, um homem será desmontado
e depois, sem que dele nada se perca, será outra vez remontado.
Com calor humano dele nos aproximaremos
e sem dureza, mas com energia, a ele pediremos
que saiba às leis do mundo se conformar
e que deixe seu peixe tranquilo nadar.
Não importa no que venha a ser transformado,
para sua nova função estará corretamente adaptado.
Mas, se não o vigiarmos, ele poderá se tornar
da noite para o dia, um assassino vulgar.
O senhor Bertolt Brecht espera que observem o solo em que pisam
como neve sob os pés se derreter.
E que, vendo Galy Gay, finalmente compreendam
como é perigoso neste mundo viver.

9

A CANTINA

Ruído de partida de um exército. Uma voz forte grita do fundo.

A voz — Começou a guerra que estava prevista. O exército se desloca para as fronteiras do norte. A rainha ordena que seus soldados se dirijam para os trens com os canhões e os elefantes. E que os trens se dirijam para as fronteiras do norte. Por isso o general ordena: ocupem seus lugares nos trens antes de a lua nascer.

Begbick está sentada atrás do balcão e fuma.

Begbick — Em Jehoo, cidade sempre cheia de gente, mas onde ninguém quer ficar, todos conhecem
a canção que fala das coisas que passam.
Ela começa assim:

Ela canta:

> É inútil reter a onda
> que se quebra a teus pés.
> Enquanto estiveres à beira-mar
> em ti novas ondas virão se quebrar.

Ela levanta-se, pega um bastão e, durante o próximo verso, recolhe as lonas.

> Passei sete anos num lugar. Eu tinha um teto
> sobre a cabeça
> e não estava sozinha.
> Mas o homem que me sustentava, e a quem ninguém se igualava,
> um belo dia,

jazia irreconhecível debaixo do lençol dos mortos.
Mesmo assim eu ainda jantei naquela mesma noite.
E logo em seguida aluguei o quarto
onde nós tínhamos nos amado,
e o quarto passou então a me sustentar.
E agora, quando ele já não me sustenta mais,
ainda continuo comendo.
Eu dizia:

Canta.

É inútil reter a onda
que se quebra a teus pés.
Enquanto estiveres à beira-mar
em ti novas ondas virão se quebrar.

Ela novamente senta-se na mesa da cantina. Os três voltam em companhia de muitos soldados.

URIA *entre eles* — Camaradas, estourou a guerra. O tempo da desordem acabou. Não se deve mais levar em conta nenhum interesse particular! Por isso o estivador Galy Gay de Kilkoa deverá ser transformado imediatamente no soldado Jeraiah Jip. Para isso, precisamos envolvê-lo num negócio, que é como se costuma fazer hoje em dia. E para isso temos que construir um falso elefante. Polly, pegue esta madeira e aquela cabeça de elefante, que está pendurada na parede. Você, Jesse, pegue uma garrafa. E, sempre que Galy Gay olhar para o elefante, derrame um pouco de água no chão, que o elefante também precisa mijar. Eu cubro vocês com este mapa. *Eles constroem um elefante falso.* Vamos dar este elefante de presente para ele, e vamos trazer um comprador. E, quando ele vender o elefante, então nós vamos prendê-lo e dizer: como é que você está vendendo um elefante que pertence ao exército? Aí, ele vai preferir seguir para as fronteiras do norte como o soldado Jeraiah Jip, a ser Galy Gay, um criminoso que pode até ser fuzilado.

Um soldado — Mas vocês acham que ele vai pensar que isso é um elefante?

Jesse — Está tão mal assim?

Uria — Vai acreditar que é um elefante, sim. Até essa garrafa aqui, ele vai achar que é um elefante. É só alguém apontar para ele e dizer: eu estou interessado em comprar esse elefante.

Um soldado — Precisa então encontrar um comprador.

Uria *chama* — Viúva Begbick!

Begbick avança.

Uria — A senhora quer fazer o papel do comprador?

Begbick — Sim, mas se ninguém me ajudar na desmontagem, o meu vagão vai acabar ficando parado aqui.

Uria — A senhora diz, ao homem que vai entrar, que estaria interessada em comprar esse elefante. E nós lhe ajudaremos a desmontar a cantina. Uma coisa pela outra.

Begbick — Aceito.

Ela volta para seu lugar.

Galy Gay *entrando* — Já chegou o elefante?

Uria — Senhor Galy Gay, o negócio está bastante bem encaminhado. O elefante é Billy Humph, que é do exército, mas não está registrado. O negócio consiste em vendê-lo em leilão, a algum particular naturalmente, sem chamar muita atenção.

Galy Gay — Claro como a luz do dia. Quem é que vai leiloá-lo?

Uria — Alguém que se apresente como sendo o dono.

Galy Gay — Quem é que vai-se apresentar como sendo o dono?

Uria — O senhor não gostaria de representar o dono, senhor Gay?

Galy Gay — Tem algum comprador aí?
Uria — Tem.
Galy Gay — Claro que o meu nome não deve ser mencionado.
Uria — Claro. O senhor não quer fumar um charuto?
Galy Gay *desconfiado* — Por quê?
Uria — Só para o senhor conseguir manter seu sangue frio, porque o elefante está um pouco resfriado.
Galy Gay — O comprador, onde está?
Begbick *avança* — Ah, senhor Galy Gay, eu estou procurando um elefante, o senhor por acaso tem algum?
Galy Gay — Viúva Begbick, pode ser que eu tenha um para a senhora.
Begbick — Mas antes retirem as paredes, os canhões vão chegar logo.
Os soldados — Pode deixar, viúva Begbick.

Os soldados desmontam uma parede da cantina. Lá está o elefante, pouco escondido.

Jesse *para Begbick* — Senhora Begbick, eu lhe afirmo: o que está acontecendo aqui hoje, visto de uma perspectiva mais alta, é um acontecimento histórico. E o que é que está acontecendo aqui? A personalidade será minuciosamente examinada com uma lente de aumento. O caráter humano será estudado de perto. Eles serão dissecados. A técnica também vai intervir. Num torno, girando sem parar, um homem alto e outro baixo, em termos de estatura, são iguais. A personalidade! Já os antigos assírios, viúva Begbick, representavam a personalidade como uma árvore que se ramifica. E como se ramifica! Mas, depois, ela outra vez se retrai, viúva Begbick! O que é que afirma Copérnico? O que é que gira? É a Terra! A Terra e, portanto, o homem. Segundo Copérnico. Ou seja, o homem não está no centro. Examine isso ao menos um instante. Isso, por acaso, pode estar no centro? É histórico. O homem não é nada! A ciência moderna demonstrou que tudo é relativo. Isso quer dizer o quê? A mesa, o banco, a água, a calçadeira, tudo relativo. A senhora, viúva Begbick, eu… relativo. Me olhe nos olhos, viúva Begbick: um momento histórico. O homem está no centro, mas só relativamente. *Saem ambos.*

Nº I

URIA *gritando* — Número um: o negócio do elefante. O Grupo de Metralhadoras entrega um elefante a um homem que não quer que seu nome seja mencionado.

GALY GAY — Mais um gole da garrafa de cherry-brandy, mais uma tragada do charuto Felix-Brasil, e depois um mergulho na vida!

URIA *apresenta-lhe o elefante* — Billy Humph, campeão de Bengala, elefante a serviço do exército.

GALY GAY, *olha o elefante e se assusta* — É esse o elefante do exército?

UM SOLDADO — Ele está bastante resfriado, como se pode perceber, está todo enfaixado.

GALY GAY *aflito, dá uma volta em redor do elefante* — O pior não é estar enfaixado.

BEGBICK — Eu sou a compradora. *Aponta o elefante.* Me venda esse elefante.

GALY GAY — A senhora realmente quer comprar esse elefante?

BEGBICK — Não me importa se ele é grande ou pequeno, desde criança eu sempre quis comprar um elefante.

GALY GAY — E é realmente isso que a senhora imaginou?

BEGBICK — Quando eu era criança, queria ter um elefante tão grande quanto o Indocuche, mas agora esse aí também serve.

GALY GAY — Pois não, viúva Begbick, se a senhora realmente quer comprar esse elefante, o dono sou eu.

Um soldado *vem correndo do fundo* — Psiu, psiu... o Sanguinário Cinco está andando pelo acampamento, inspecionando os vagões.

Soldados — O Tufão Humano!

Begbick — Fiquem aqui, não vou deixar esse elefante me escapar.

Begbick e os soldados saem apressadamente.

Uria *a Galy Gay* — Segure o elefante um momento.

Passa a corda para a mão de Galy Gay.

Galy Gay — Mas e eu, senhor Uria, devo ir para onde?

Uria — Fique aí mesmo.

Ele corre atrás dos outros soldados.
Galy Gay segura o elefante pela ponta da corda.

Galy Gay *sozinho* — Minha mãe sempre me dizia que a gente nunca sabe o que é certo. Você, entretanto, não sabe é nada. Hoje cedo, Galy Gay, você saiu para comprar um peixe pequeno e agora já possui um elefante grande. E ninguém sabe o que vai acontecer amanhã. Para você tanto faz, desde que você tenha um cheque.

Uria *olha para dentro* — Incrível, ele nem o encara. Afasta-se dele o mais possível. *Vê-se Fairchild atravessando o fundo.* O Tigre de Kilkoa passou sem parar.

Uria, Begbick e os outros soldados voltam para dentro.

Nº II

Uria *gritando* — Agora, número dois: o leilão do elefante. O homem, que não quer que seu nome seja mencionado, vende o elefante.

Galy Gay pega uma campainha, Begbick coloca um balde de madeira, virado de ponta-cabeça, no meio do palco.

Um soldado — Você ainda tem alguma dúvida em relação ao elefante?

Galy Gay — Já que ele vai ser comprado, não tenho a menor dúvida.

Uria — Não é verdade? Se ele vai ser comprado, é porque está tudo certo.

Galy Gay — Não posso dizer que não. Um elefante é um elefante, principalmente quando é vendido.

Ele sobe no balde e faz o leilão do elefante, que está a seu lado no meio das pessoas.

Galy Gay — Está aberto o leilão! Será arrematado aqui, Billy Humph, campeão de Bengala. Nascido, como os senhores podem constatar, ao sul de Punjab. Ao lado de seu berço estavam sete rajás. Sua mãe era branca. Ele tem sessenta e cinco anos. Não é velho. Pesa mil e trezentos quilos e, para ele, derrubar uma floresta é como para o vento derrubar uma pequena folha. Sendo assim, Billy Humph representa, para aquele que o possuir, uma pequena fortuna.

Uria — Aí vem a viúva Begbick com o cheque.

Begbick — Este elefante é seu?

Galy Gay — Meu, como meus próprios pés.

Um soldado — Billy deve ser muito velho, ele tem um ar estranho e teso.

Begbick — Então o senhor precisa diminuir o preço.

Galy Gay — O preço de custo é duzentas rúpias. E ele vale isso até o dia em que estiver morto e enterrado.

Begbick *examina o elefante* — Duzentas rúpias, com essa barriga caída?

Galy Gay — Eu acho que é o ideal para uma viúva.

Begbick — Está bem, mas o elefante está com boa saúde? *Billy Humph urina.* Para mim, basta. Estou vendo que é um elefante saudável. Quinhentas rúpias.

Galy Gay — Quinhentas rúpias. Dou-lhe uma, dou-lhe duas, dou--lhe três. Viúva Begbick, receba este elefante de mim, que fui seu dono até agora, e pague com um cheque.

Begbick — Seu nome?

Galy Gay — Não deve ser mencionado.

Begbick — Senhor Uria, por favor, me dê uma caneta para que eu possa preencher o cheque para esse senhor, que não quer que seu nome seja mencionado.

Uria, *à parte, aos soldados* — Quando ele pegar o cheque, agarrem ele.

Begbick — Aqui está o seu cheque, senhor, que não quer que seu nome seja mencionado.

Galy Gay — E aqui está, viúva Begbick, o seu elefante.

Um soldado *segura Galy Gay pelo ombro* — O que é que o senhor está fazendo, em nome do Exército Inglês?

Galy Gay — Eu? Nada! *Ri ingenuamente.*

O soldado — Que elefante é esse?

Galy Gay — Qual?

O soldado — Esse que está aí atrás do senhor. Não use de evasivas. Vamos!

Galy Gay — Eu não conheço esse elefante.

Os soldados — Ah!

Um soldado — Nós somos testemunhas de que este senhor disse que esse elefante era dele.

Begbick — Disse que lhe pertencia tanto quanto seus próprios pés.

Galy Gay *quer sair* — Eu sinto muito, mas eu tenho que ir embora, a minha mulher está impaciente me esperando. *Força a passagem através do grupo.* Depois eu volto para discutir esse assunto com os senhores. Boa noite! *A Billy, que o segue.* Fique aí, Billy, não seja tão teimoso. Por aí cresce cana-de-açúcar.

Uria — Espere! Apontem o revólver para o criminoso, porque se trata de um criminoso.

Polly, de dentro de Billy Humph, ri alto. Uria bate nele.

Uria — Cala a boca, Polly!

A lona escorrega, Polly fica visível.

Polly — Maldição!

Galy Gay, ainda mais perturbado, vê Polly; então olha de um lado para o outro. O elefante sai correndo.

Begbick — Mas o que é isso? Não é um elefante, são lonas e homens. É tudo falso! Dei dinheiro de verdade por um elefante de mentira!

Uria — Viúva Begbick, o criminoso será imediatamente amarrado com cordas e em seguida jogado na latrina.

Os soldados algemam Galy Gay e o enfiam num buraco, deixando somente sua cabeça de fora. Escuta-se a artilharia passando.

Begbick — A artilharia já está indo embora, quando é que vocês pretendem desarmar a minha cantina? Não é só este homem que precisa ser desmontado, a minha cantina também.

Todos os soldados começam a desarmar a cantina. Antes de acabarem, Uria manda-os embora. Begbick vem com um cesto cheio de lonas sujas da barraca. Ajoelha-se diante de um pequeno poço e começa a lavar. Galy Gay escuta sua canção.

Begbick — Eu também tive um nome
    e na cidade todos que escutavam o meu nome diziam: é um bom nome.

Mas uma noite bebi quatro copos de cachaça
e na manhã seguinte na minha porta estava escrito com giz
um palavrão.
Então o leiteiro levou o leite de volta.
Eu tinha perdido o meu bom nome.

Ela mostra o tecido de linho.

Como o linho, que era branco e ficou sujo
e pode outra vez ficar branco, se for lavado,
coloque-o contra a luz e veja: não é mais
o mesmo linho de antes.
Não digas teu nome tão claramente. Para quê?
Se com ele estás todo o tempo falando de outro.
E tua opinião, para que proclamar? Melhor esquecer.
Qual era afinal? Não recordes
uma coisa mais tempo
do que a sua própria duração.

Ela canta:

É inútil reter a onda
Que se quebra a teus pés.
Enquanto estiveres à beira-mar
em ti novas ondas virão se quebrar.

Ela sai. Uria e os soldados vêm do fundo.

Nº III

URIA *gritando* — Agora, o número três: o processo contra o homem
  que não quis que seu nome fosse mencionado. Formem um

círculo em volta do criminoso. E que ele seja interrogado sem interrupção, até que a verdade nua e crua seja revelada.

GALY GAY — Por favor, eu queria dizer uma coisa.

URIA — Homem, essa noite você já falou demais. Quem sabe o nome do homem que fez um leilão público do elefante?

UM SOLDADO — Ele se chamava Galy Gay.

URIA — Quem pode provar?

SOLDADOS — Nós somos testemunhas.

URIA — O que o acusado tem a declarar sobre isso?

GALY GAY — Foi alguém, que não queria que seu nome fosse mencionado.

Murmúrios entre os soldados.

UM SOLDADO — Eu escutei ele dizer que se chamava Galy Gay.

URIA — Não é o senhor?

GALY GAY *astuto* — Bem, seu eu fosse Galy Gay, então talvez eu fosse aquele que vocês estão procurando.

URIA — Então o senhor não é Galy Gay?

GALY GAY *murmurando* — Não, não sou.

URIA — O senhor talvez nem estivesse presente quando Billy Humph foi leiloado, não é?

GALY GAY — Não, eu não estava presente.

URIA — Mas o senhor viu que havia alguém que se chamava Galy Gay e que realizou a venda?

GALY GAY — Isso eu posso afirmar.

URIA — Então você quer dizer que estava presente.

GALY GAY — Sim, isso eu posso afirmar.

URIA — Vocês escutaram? Estão vendo a lua? Agora ela apareceu e meteu-se neste negócio podre do elefante. No que se refere a Billy Humph, não estava tudo em ordem?

JESSE — Não, certamente não.

Um soldado — O homem falou que havia um elefante. Mas não era de verdade, era de papel.

Uria — Ele então vendeu um elefante falso. O que, naturalmente, é passível de pena de morte. O que você tem a dizer?

Galy Gay — Talvez um elefante não o tomasse por elefante. É bastante difícil, em tudo isso, conseguir ver com clareza, digníssima corte.

Uria — Realmente isso é bastante complicado. Mas eu acho que o senhor deve ser fuzilado, porque sua conduta foi extremamente suspeita. *Galy Gay fica calado.* Sabe, eu ouvi falar de um soldado que se chamava Jip e que depois, diversas vezes, admitiu que queria fazer os outros acreditarem que ele se chamava Galy Gay. O senhor por acaso é esse Jip?

Galy Gay — Não, certamente não.

Uria — Então seu nome não é Jip? O senhor se chama como? Não tem resposta? Então o senhor é alguém que não quer que seu nome seja mencionado? Talvez seja aquele que, na venda do elefante, não queria que seu nome fosse mencionado? É por isso que silencia outra vez? Isso é extremamente suspeito. É quase uma prova. Dizem que o criminoso vendedor do elefante também usava barba. E o senhor usa barba. Venham, agora vamos todos deliberar.

Vai para o fundo com os soldados. Dois deles ficam junto a Galy Gay.

Uria *saindo* — Ele agora não quer mais ser o Galy Gay.

Galy Gay *depois de um instante* — Conseguem ouvir o que eles estão dizendo?

Um soldado — Não.

Galy Gay — Estão dizendo que sou eu este tal de Galy Gay?

Um outro soldado — Estão dizendo que agora já não têm certeza.

Galy Gay — Preste bem atenção: um é nenhum.

Segundo soldado — Já se sabe contra quem é a guerra?

Primeiro soldado — Se estiverem precisando de algodão, será contra o Tibete; se estiverem precisando de lã, será contra o Pamir.

Jesse *volta* — Esse aí sentado e algemado não é o Galy Gay?

Primeiro soldado — Responde, homem!

Galy Gay — Eu acho que você está me confundindo, Jesse. Me olhe com atenção.

Jesse — Então você não é Galy Gay? *Galy Gay balança negativamente a cabeça.* Saiam um pouco daqui, eu preciso falar com ele. Ele acabou de ser condenado à morte.

Os dois soldados vão ao fundo.

Galy Gay — Já está decidido? Oh, Jesse, me ajude, você é um grande soldado.

Jesse — Como foi que isso aconteceu?

Galy Gay — Eu não sei, Jesse. A gente estava fumando e bebendo, e eu me perdi falando demais.

Jesse — Ouvi dizer que existe um Galy Gay que precisa ser morto.

Galy Gay — Não pode ser.

Jesse — Então, Galy Gay não é você?

Galy Gay — Enxugue o meu suor, Jesse.

Jesse *enxuga o rosto de Galy Gay* — Olhe nos meus olhos: eu sou Jesse, sou seu amigo. Você não é o Galy Gay de Kilkoa?

Galy Gay — Não, você deve estar enganado.

Jesse — Nós éramos quatro quando chegamos de Kankerdan. Você estava junto conosco?

Galy Gay — Claro, eu estava com vocês em Kankerdan.

Jesse *vai ao fundo e diz para os soldados* — A lua ainda nem surgiu no céu e ele já está querendo ser o Jip.

Uria — Mas eu acho que a gente deve ameaçá-lo de morte ainda mais um pouco.

Ouvem-se ruídos de canhões que passam.

Begbick *entra* — Os canhões, Uria! Me ajude a desarmar os toldos! Vocês, continuem desmontando!

Os soldados arrastam mais partes da cantina para dentro do vagão. Só uma parede de madeira ainda continua em pé. Uria e Begbick dobram as lonas.

Begbick — Falei com muita gente, escutei com atenção
todo tipo de opinião
e ouvi muitos dizerem: isso é inteiramente certo!
Mas, ao regressarem, diziam outra coisa, diferente de antes.
E agora do contrário diziam: isso é certo.
Então eu falei para mim mesma: de todas as coisas certas
a mais certa é a dúvida.

Uria vai ao fundo. Begbick segue-o com o cesto de roupas, passando por Galy Gay.

Ela canta:

É inútil reter a onda
que se quebra a teus pés.
Enquanto estiveres à beira-mar
em ti novas ondas virão se quebrar.

Galy Gay — Viúva Begbick, por favor, pegue uma tesoura e corte a minha barba.
Begbick — Por quê?
Galy Gay — Eu sei bem por quê.

A viúva Begbick corta-lhe a barba, depois coloca-a numa pequena toalha e leva tudo para o vagão. Voltam os soldados.

Nº IV

Uria *gritando* — Agora, número quatro: o fuzilamento de Galy Gay nas barracas militares de Kilkoa.

Begbick *aproxima-se dele* — Senhor Uria, eu tenho uma coisa aqui para o senhor. *Ela lhe diz alguma coisa no ouvido e lhe entrega a toalhinha com a barba.*

Uria *aproxima-se da latrina onde está Galy Gay* — Acusado, ainda tem alguma coisa a declarar?

Galy Gay — Digníssimo tribunal: ouvi dizer que o criminoso que vendeu o elefante era um homem que usava barba. E eu não uso.

Uria *abre a toalha em silêncio e mostra-lhe a barba. Os demais riem* — E o que é isso? Agora, meu caro, você está condenado. Se raspou a barba é porque está com a consciência pesada. Vem, homem sem nome, e escuta: a corte marcial de Kilkoa condenou você a morrer fuzilado com cinco tiros.

Os soldados retiram Galy Gay da latrina.

Galy Gay *gritando* — Não pode ser!

Uria — Mas é. Escuta com atenção por que você vai ser fuzilado: primeiro, por ter roubado e vendido um elefante do exército, o que é um furto; segundo, por ter vendido um elefante que não era um elefante, o que é uma fraude; terceiro, por não poder dizer o nome nem mostrar nenhum passaporte, e talvez até mesmo ser um espião, o que é uma traição à pátria.

Galy Gay — Ah, Uria, por que você fez isso comigo?

Uria — Agora venha e comporte-se como um bom soldado, como aprendeu no exército. Marche! Agora andando, em direção ao fuzilamento, marche.

Galy Gay — Espere, não sejam tão precipitados. Eu não sou o que vocês estão procurando. Nem sequer o conheço. Meu nome é Jip, eu juro. O que é um elefante comparado a uma vida humana? Eu não vi nenhum elefante; o que eu estava segurando era uma corda. Por favor, não saiam. Eu sou um outro. Eu não sou Galy Gay. Não sou mesmo.

Jesse — Claro que é, Galy Gay não é outra pessoa, é você. Debaixo das três seringueiras de Kilkoa, Galy Gay verá o seu próprio sangue jorrar. Vai, Galy Gay.

Galy Gay — Oh, meu Deus! Parem, é preciso lavrar um protocolo. Os motivos precisam ser anotados. E também que não fui eu, e não me chamo Galy Gay. Tudo precisa ser minuciosamente ponderado. Não se pode mandar um homem para o matadouro assim de uma hora para outra.

Jesse — Marche!

Galy Gay — O que quer dizer isso: marche! Eu não sou aquele que vocês estão procurando. O que eu queria era comprar um peixe. Mas onde é que tem peixe aqui? Que canhões são esses que estão andando por aí? Que música de guerra é essa, tocando aí? Não, daqui eu não saio. Vou me segurar no capim. Eu exijo que tudo isso acabe! Mas, por que não tem ninguém aqui, quando estão prontos para matar um homem?

Begbick — Se tiverem embarcado os elefantes e vocês ainda não estiverem prontos, vocês vão se danar! *Sai.*

Galy Gay é levado para o fundo e em seguida outra vez trazido para a frente. Ele grita como protagonista de uma tragédia.

Jesse — Abram caminho para o delinquente, condenado à morte pela corte marcial.

Soldados — Olhem, alguém vai ser fuzilado. É uma pena, ainda não é velho. — E nem sequer está sabendo como é que se meteu nessa.

Uria — Pare! Você quer ir aos pés pela última vez?

Galy Gay — Quero.

Uria — Vigiem ele.

Galy Gay — Eu ouvi dizer que quando os elefantes chegarem eles vão ter que ir embora. Então eu preciso ganhar tempo para dar aos elefantes tempo de chegarem.

Um soldado — Depressa.

Galy Gay — Não dá. Aquela ali é a lua?

Soldados — É. — Já é tarde.

Galy Gay — E aquela ali não é a cantina da viúva Begbick, onde a gente sempre vinha beber?

Uria — Não, meu garoto. Isso aqui é o lugar da execução. E esse muro aqui é o muro chamado "Johnny-você-tá-cagado". Vamos! Agora vocês fiquem em fila! Carreguem os fuzis! Devem ser cinco!

Soldados — Está se vendo muito mal com essa luz.

Uria — É, está muito ruim.

Galy Gay — Escutem, assim não é possível. Eles precisam enxergar bem para poderem atirar.

Uria *para Jesse* — Pegue lá dentro a lanterna de papel e coloque-a ao lado dele. *Venda os olhos de Galy Gay. Em voz alta.* Carregar fuzis! *Baixo.* Mas o que é que você está fazendo, Polly? Você colocou uma bala de verdade. Tire essa bala!

Polly — Ah, perdão, por pouco eu não daria um tiro de verdade. Teria sido uma catástrofe total.

Ouvem-se ruídos dos elefantes passando no fundo. Os soldados permanecem parados um instante.

Begbick *chamando do fundo* — Os elefantes!

Uria — Paciência. Ele tem que ser fuzilado. Agora eu vou contar até três! Um!

Galy Gay — Agora chega, Uria. Os elefantes já estão aí. Eu ainda preciso ficar aqui, Uria? Mas por que é que vocês estão todos assim, tão quietos?

Uria — Dois!

Galy Gay *ri* — Você é gozado, Uria. Eu não estou podendo ver você porque os meus olhos estão vendados. Mas o tom da sua voz, é como se estivesse falando sério.

Uria — E...

Galy Gay — Pare, não diga três, senão você se arrepende. Se vocês atirarem agora, certamente vão me acertar. Espere! Não, ainda não. Me escutem! Eu confesso! Eu confesso que não sei o que aconteceu comigo. Acreditem em mim, não é para rir. Eu sou uma pessoa que não sabe quem é. Mas Galy Gay, eu não sou. Isso eu sei. Aquele que deve ser fuzilado não sou eu. Mas, afinal, eu sou quem? Eu me esqueci. Ontem à noite, quando estava chovendo, eu ainda me lembrava. Choveu ontem, não choveu? Por favor, se vocês ainda estão aí, tentem descobrir de onde é que está vindo a minha voz. Aí sou eu. Então vocês devem se dirigir para esse lugar, devem chamar esse homem de Galy Gay ou de qualquer outro nome, mas tenham piedade. Me deem um pedaço de carne! Onde esse pedaço de carne desaparecer e onde ele voltar a aparecer, aí está o Galy Gay. Pelo menos isso: se vocês encontrarem alguém que esqueceu quem é, esse sou eu. E esse, por favor, mesmo que seja só essa vez, soltem ele.

Uria disse alguma coisa no ouvido de Polly. Polly corre para trás de Galy Gay e levanta contra ele um grande porrete.

Uria — Uma vez, nenhuma vez! Três!

Galy Gay grita.

Uria — Fogo!

Galy Gay desmaia.

Polly — Parem! Ele caiu sozinho!
Uria *grita* — Atirem! Para que pelo menos ele ouça que está morto.

Os soldados atiram para o ar.

URIA — Deixem ele deitado aí e preparem-se para a partida.

Galy Gay fica no chão, os outros saem.

Nº IVa

Diante do vagão que está sendo encaixotado, Begbick e os três soldados estão sentados a uma mesa com cinco cadeiras. Um pouco de lado está deitado Galy Gay, coberto por uma lona.

JESSE — Lá vem vindo o sargento. Viúva Begbick, será que a senhora consegue impedir que ele venha meter o nariz nos nossos negócios?

Vê-se Fairchild chegando à paisana.

BEGBICK — É fácil, porque esse que está vindo aí é um homem civil. *A Fairchild, que está na porta.* Vem, sente aqui conosco, Charles.
FAIRCHILD — Ah, você está aí, sua Gomorra! *Diante de Galy Gay.* Quem é esse beberrão deitado aí? *Silêncio. Ele bate na mesa.* Sentido!
URIA — Cala a boca, civil!

Risos.

FAIRCHILD — É. Vão preparando seu motim, filhos de canhão! Olhem o meu terno e riam. Dilacerem meu nome, conhecido de Calcutá até Cooch Behar! Me deem de beber, depois eu liquido vocês!
URIA — Meu caro Fairchild, dê um exemplo de como você sabe atirar.
FAIRCHILD — Não.

Begbick — Nenhuma mulher, entre dez, é capaz de resistir a um grande atirador.

Polly — Atire, Fairchild!

Begbick — Sim, faça isso para mim!

Fairchild — Sua Babilônia! Eu vou colocar um ovo aqui. A quantos passos vocês querem?

Polly — Quatro.

Fairchild *retrocede dez passos. Begbick conta alto* — Aqui está um simples revólver militar. *Atira*.

Jesse *vai até o ovo* — O ovo está inteiro.

Polly — Inteirinho.

Uria — Parece até que aumentou de tamanho.

Fairchild — É estranho. Eu tinha certeza que podia acertá-lo.

Risos altos.

Fairchild — Me deem alguma coisa para beber! *Ele bebe*. Eu vou esmagar vocês todos como insetos, ou não me chamo Sanguinário Cinco!

Uria — Como é que você ganhou esse nome, Sanguinário Cinco?

Jesse *novamente em seu lugar* — Conte!

Fairchild — Posso contar, senhora Begbick?

Begbick — Quem, entre sete mulheres, seria capaz de negar amor a um homem sanguinário e selvagem?

Fairchild — Bom: aqui está o rio Tschadse. Aqui estão cinco hindus. Mãos amarradas para trás. Então eu chego, com um simples revólver militar, brinco com o revólver na cara deles, e digo: esse revólver já falhou muitas vezes. É preciso experimentá-lo. Bom. Aí eu atiro — você aí, caia, bum — e assim por diante, mais quatro vezes. Foi só isso, meus senhores. *Senta-se*.

Jesse — Então foi desse jeito que o senhor granjeou o seu grande nome, que faz desta viúva aqui a sua escrava? De um ponto de vista humano, a gente podia também classificar a sua atitude de vergonhosa. E dizer que o senhor é, simplesmente, um porco!

Begbick — Será que você é um monstro?

Fairchild — Eu lamentaria muito que você pensasse assim. A sua opinião para mim é muito importante.

Begbick — É decisiva, também?

Fairchild *olha no fundo dos olhos dela* — Completamente.

Begbick — Então, meu querido, à minha opinião é que agora eu estou precisando é de encaixotar as coisas da minha cantina. E não tenho mais tempo para assuntos particulares, pois já estou ouvindo os lanceiros passando, levando os cavalos para os vagões.

Ouvem-se os lanceiros passando.

Polly — O senhor, por acaso, insistiria nos seus desejos egoístas, apesar de os lanceiros já estarem embarcando os seus cavalos, e apesar de a cantina precisar ser toda encaixotada por razões militares?

Fairchild *berra* — Sim, eu insisto! Me dê alguma coisa para beber.

Polly — Então, meu jovem, vamos submetê-lo a um processo sumário.

Jesse — Senhor, não muito distante de nós está um homem, debaixo de uma lona grossa, vestido com o uniforme de campanha do exército inglês. Ele está se recuperando de uma dura jornada. Umas vinte e quatro horas atrás — isto de um ponto de vista militar — ele ainda rastejava com as quatro patas. A voz de sua mulher assustou-o. Sem alguém que o orientasse, ele não foi capaz de comprar um peixe. Por um charuto, estava disposto a esquecer até o nome do pai. Algumas pessoas tomavam conta dele, pois, por acaso, sabiam onde o colocar. Agora, embora depois de um processo doloroso, ele se tornou um homem capaz de ocupar o seu lugar na próxima batalha. Você, ao contrário, desceu outra vez à condição de civil. No momento em que o exército está partindo para pôr um pouco de ordem nas fronteiras do norte, para o que é preciso ter cerveja, você, seu monte de merda, está conscientemente impedindo a proprietária de uma cantina de embarcar o seu vagão de cerveja no trem.

Polly — Como é que você vai fazer para ouvir os nossos nomes na última chamada e depois anotar todos os quatro na sua caderneta, onde devem sem falta figurar?

Uria — Como é que você vai fazer, sobretudo neste estado, para comandar a companhia, se ela está ansiosa para enfrentar seus numerosos inimigos! Levante-se!

Fairchild ergue-se indeciso.

Polly — Você acha que se levantar é isso? *Ele lhe dá um pontapé no traseiro. Fairchild cai.*

Uria — É isso que uma vez se chamou Tufão Humano? Joguem esse imprestável no mato, para que ele não desmoralize a companhia.

Os três começam a arrastá-lo para o fundo.

Um soldado *chega correndo e fica parado no fundo* — O sargento Fairchild está aqui? O general está ordenando que ele se apresse e reúna sua companhia na estação.

Fairchild — Não digam que sou eu.

Jesse — Aqui não tem nenhum sargento com esse nome.

Nº V

Begbick e os três soldados contemplam Galy Gay, que continua debaixo da lona.

Uria — Viúva Begbick, estamos chegando ao fim da nossa montagem. Nós achamos que o nosso homem, agora, já está reconstruído.

Polly — O que ele precisaria, agora, seria de uma voz humana.

Jesse — Por acaso a senhora teria uma voz humana para um caso desses, viúva Begbick?

Begbick — Tenho. E tenho também alguma coisa para comer. Peguem esse caixote aqui, escrevam em cima com carvão "Galy Gay" e façam uma cruz atrás. *Eles fazem.* Agora formem um cortejo fúnebre e enterrem-no. Tudo isso não deve durar mais que nove minutos, pois já são duas horas e um minuto.

Uria *gritando* — Número cinco: funeral e oração fúnebre para Galy Gay, o último homem de caráter do ano de 1925.

Os soldados chegam, arrumando suas mochilas.

Uria — Peguem este caixão e formem um belo cortejo fúnebre.

Os soldados formam fila atrás do caixão.

Jesse — E eu vou até ele e digo: você, pronuncie uma oração fúnebre para Galy Gay. *Para Begbick*: Ele não vai comer nada.

Begbick — Um sujeito como esse, come de qualquer jeito, mesmo não sendo ninguém.

Ela aproxima-se de Galy Gay com um cesto na mão, puxa a lona e lhe dá comida.

Galy Gay — Mais!

Ela lhe dá mais; então faz um sinal para Uria e o cortejo fúnebre avança.

Galy Gay — Quem é que eles estão trazendo aí?
Begbick — Um homem que acabam de fuzilar.
Galy Gay — Como era o nome dele?
Begbick — Espere um momento. Se não me engano, se chamava Galy Gay.
Galy Gay — E, agora, o que é que vão fazer com ele?
Begbick — Com quem?

Galy Gay — Com esse Galy Gay.

Begbick — Vai ser enterrado.

Galy Gay — Era um homem bom ou mau?

Begbick — Ah, era um homem perigoso.

Galy Gay — Claro, já que foi executado. Eu estava presente.

O féretro continua passando. Jesse está de pé e fala para Galy Gay.

Jesse — Esse não é o Jip? Jip, você precisa se levantar logo para pronunciar a oração fúnebre no enterro deste Galy Gay, pois você certamente conheceu ele melhor que nós.

Galy Gay — Ei, vocês estão realmente me vendo, aqui onde eu estou? *Jesse aponta para ele.* É, está certo. O que é que estou fazendo agora? *Ele dobra o braço.*

Jesse — Você está dobrando o braço.

Galy Gay — Agora eu dobrei o braço duas vezes. E agora?

Jesse — Agora você está andando como um soldado.

Galy Gay — Vocês também andam assim?

Jesse — Exatamente.

Galy Gay — Como é que vocês me chamam, quando querem alguma coisa?

Jesse — Jip.

Galy Gay — Diga assim: Jip, dá uma volta!

Jesse — Jip, dá uma volta! Agora vá até as seringueiras e termine de preparar o discurso fúnebre para Galy Gay.

Galy Gay *aproxima-se vagarosamente do caixão* — Esse é o caixão? Ele está deitado aí dentro?

Dá uma volta em torno do cortejo, que mantém o caixão levantado. Anda cada vez mais depressa e quer sair correndo. É detido pela Begbick.

Begbick — Você precisa de alguma coisa? Contra todo tipo de doença, até mesmo contra cólera, o exército só tem óleo de rícino.

Doença que não pode ser curada com óleo de rícino, soldado não pode ter. Quer óleo de rícino?

GALY GAY *balança a cabeça*:
Minha mãe marcou no calendário
O dia em que eu nasci. E quem gritava era eu.
Este monte de cabelo, unha e carne,
Isso sou eu, sou eu, sou eu.

JESSE — Sim, Jeraiah Jip. Jeraiah Jip de Tipperary.

GALY GAY — Alguém que carregava pepinos por gorjeta foi enganado por um elefante. E precisou dormir um sono rápido numa cadeira de madeira, porque na sua casa estava fervendo água para o peixe. E a metralhadora também não estava limpa, porque ele recebeu de presente um charuto e cinco tiros de espingarda, sendo que um deles falhou. Como era o nome dele?

URIA — Jip. Jeraiah Jip.

Apitos de trem.

SOLDADOS — Os trens estão apitando. — Agora, salve-se quem puder.

Jogam o caixão no chão e saem correndo.

JESSE — O trem vai partir dentro de seis minutos. Agora ele tem que vir conosco, assim como está.

URIA — Escutem com atenção, Polly, e você, Jesse. Camaradas! Sobramos só nós três. E agora, que o fio que nos sustenta sobre o abismo está a ponto de romper-se, ouçam com muita atenção o que eu digo aqui, diante da última muralha de Kilkoa, já quase duas horas da madrugada. O homem que nós precisamos merece ter um pouco mais de tempo. Porque ele está se transformando para toda a eternidade. E por isso, eu, Uria Shelley, desembainho o meu revólver e ameaço vocês de morte imediata, se moverem um dedo.

POLLY — Mas, se ele olhar para dentro do caixão, acaba tudo.

Galy Gay senta-se junto do caixão.

Galy Gay — Eu não poderia, sem morrer em seguida,
contemplar num caixão o rosto vazio
de um homem cuja imagem um dia vi refletida
na água da fonte. E que, agora eu sei, está morto.
Por isso, não posso abrir esse caixão.
Porque este medo se apoderou dos meus dois Eus, pois
talvez eu seja os dois, um novo ser recém-formado
sobre a mutável superfície da terra:
um ser morcegoso de umbigo cortado, pendurado
entre seringueiras e barracas, noturna
coisa que gostaria de ser alegre.
Um é nenhum. Alguém o tem de chamar.
Por isso
eu gostaria de ter olhado neste caixão, pois
o coração permanece unido aos pais.

Suponhamos uma floresta. Ela ainda existiria
se ninguém a atravessasse? E mesmo esse
que atravessasse onde havia uma floresta
como se reconheceriam?
E suas pegadas que ele vê no pântano
logo cheias de água, essas poças lhe dizem alguma coisa?
Que é que vocês acham?

Como Galy Gay pode reconhecer que ele próprio
é Galy Gay?
Se lhe amputassem o braço
e ele o encontrasse no buraco de um muro
o olho de Galy Gay reconheceria o braço de Galy Gay?
E o pé de Galy Gay gritaria: é ele?
Por isso não quero olhar para dentro deste caixão.

E, além disso, eu acho, não é tão grande
a diferença entre o sim e o não.
E se Galy Gay não fosse Galy Gay
ele teria mamado o leite de uma mãe
que seria a mãe de um outro, se
não fosse a sua. Mas teria mamado igual.
E se fosse concebido em março e não em setembro
sem contar que poderia ter sido concebido não em março, mas
só em setembro deste ano ou já em setembro do ano passado,
o que dá uma diferença de um pequeno ano
que faz um homem ser um outro homem.
E eu, meu eu e o outro eu,
nós somos úteis e por isso somos utilizáveis.
E se não olhei com muita atenção este elefante
fecho os olhos também para o que me toca,
e me desprendo do que em mim não agrada aos outros, e assim
sou agradável.

Ouvem-se trens passando.

Galy Gay — Que trens são esses? Para onde estão indo?
Begbick — O exército avança para os canhões que cospem fogo nas batalhas do norte. Hoje à noite cem mil homens marcharão numa só direção. Do sul para o norte. Se um homem se encontra no meio de tal correnteza, ele procura encontrar outros dois que marchem a seu lado, um à direita e outro à esquerda. Ele procura um fuzil e uma mochila. E uma plaqueta para colocar ao redor do pescoço. Uma plaqueta com número. Para que se saiba, se for encontrada, a quem pertence. Para que assim ele ganhe um lugar na vala comum. Você tem uma plaqueta?
Galy Gay — Tenho.
Begbick — O que está escrito nela?
Galy Gay — Jeraiah Jip.

Begbick — Muito bem, Jeraiah Jip, vá se lavar, pois você está parecendo mais um monte de lixo. Apronte-se! O exército está partindo para as fronteiras do norte. Os canhões que cospem fogo estão esperando vocês. O exército está ansioso para pôr ordem nas populosas cidades do norte.
Galy Gay *lava-se* — O inimigo, quem é?
Begbick — Ainda não nos informaram a que país nós vamos levar a guerra. Mas cada vez mais parece que é para o Tibete.
Galy Gay — Sabe uma coisa, viúva Begbick? Um é nenhum. Alguém o tem de chamar.

Os soldados chegam com mochilas.

Soldados — Embarcar! — Todos nos vagões! — O grupo de vocês está completo?
Uria — Num instante. Sua oração fúnebre, camarada Jip, sua oração fúnebre!
Galy Gay *aproxima-se do ataúde* — Levantem a dois pés de altura o caixão da viúva Begbick com este misterioso cadáver e desçam-no a seis pés de profundidade nesta terra de Kilkoa. E ouçam a oração fúnebre, pronunciada por Jeraiah Jip de Tipperary, que é bastante difícil, porque não estou preparado. Mas, apesar disso, vamos lá: aqui descansa Galy Gay, um homem que foi fuzilado. Saiu de casa um dia de manhã para comprar um pequeno peixe, à tarde já possuía um grande elefante, e na mesma noite foi fuzilado. Não pensem, meus caros, que ele foi um homem qualquer enquanto viveu. Tinha até uma choupana de palha nas redondezas da cidade e também outras coisas, mas sobre isso é preferível calar. Não foi um grande crime que cometeu esse que era um homem bom. E podem dizer o que quiserem, mas na verdade tudo não passou de um pequeno engano, e eu estava bêbado demais, meus senhores. Mas um homem é um homem. E por isso ele precisou ser fuzilado. E agora já está soprando um vento mais frio, como

em todas as manhãs. E eu penso que nós devemos ir embora daqui, pois ficar aqui não está nada agradável.

Ele se distancia do ataúde.

GALY GAY — Mas porque é que vocês estão todos equipados?
POLLY — Ainda hoje de manhã nós vamos ter que tomar o trem que vai para as fronteiras do norte.
GALY GAY — Sim, e então por que eu não estou equipado?
JESSE — É, por que ele ainda não está equipado?

Soldados trazem suas coisas.

JESSE — Aqui estão as suas coisas, capitão.

Os soldados arrastam uma trouxa, enrolada em palha, para os vagões.

URIA — Ganhou tempo, o cachorro! Mas ainda vamos dar um jeito nele. *Indica a trouxa.* E o Tufão Humano não passava disso aí!

Saem todos.

10*

NO VAGÃO EM MOVIMENTO

É noite, quase madrugada. Os soldados dormem em redes. Jesse, Uria e Polly estão sentados, acordados. Galy Gay dorme.

---

* As duas cenas seguintes, que encerram a primeira versão deste texto (1925), foram mais tarde eliminadas porque a última (9) já demonstrava com suficiente clareza a maneira como se realizou a metamorfose do estivador Galy Gay. A primeira encenação da comédia (escrita em 1924/1925, publicada em 1926 no *Propyläenverlag*, Berlin) teve lugar em 1926, em Darmstadt; a primeira encenação berlinense (na *Volksbühne*) ocorreu em 1928. A segunda versão, abreviada, foi encenada em 1931 no *Staatstheater* de Berlim. [*Nota do editor alemão.*]

Jesse — O mundo é horrível. Não se pode confiar nas pessoas.

Polly — De tudo o que está vivo, não tem nada mais vulgar nem mais fraco que o homem.

Jesse — Pateamos em pó e água de todas as estradas desse imenso país. Do maciço do Indocuche às grandes planícies do Punjab do Sul. Mas de Varanasi a Calcutá, debaixo de sol ou lua, a única coisa que encontramos foi traição. Esse homem que recolhemos, e que se apoderou dos nossos cobertores, tanto que agora a gente nem consegue dormir, é como uma jarra furada. Sim e não, para ele, é a mesma coisa. Hoje fala uma coisa, amanhã outra. É, Uria, a nossa sabedoria está no fim. Vamos falar com a Begbick, que ficou vigiando o sargento para ele não cair da plataforma. Vamos pedir para que ela se deite ao lado desse aí, para que ele se sinta bem e não pergunte nada. Mesmo sendo velha, ela ainda deve ser quente. E um homem, quando está deitado ao lado de uma mulher, sabe sempre logo o que deve fazer. Levanta, Polly.

Dirigem-se a Leokadja Begbick.

Jesse — Venha, viúva Begbick. A gente não sabe como sair dessa. Estamos com medo de adormecer e temos aqui conosco esse homem, que está adoentado. Deite-se ao lado dele e faça de conta que ele dormiu com você. Assim ele vai se sentir mais à vontade.

Begbick *entra, meio dormindo* — Vai custar sete bônus de guerra.

Uria — Você vai receber tudo o que a gente ganhar durante sete semanas.

Begbick deita-se ao lado de Galy Gay. Jesse cobre os dois com jornais.

Galy Gay *acordando* — Que é isso que está sacudindo assim?

Uria *aos outros* — É um elefante que está roendo a sua cabana, seu reclamão.

Galy Gay — Que é isso que está chiando assim?

Uria *aos outros* — É o peixe que está cozinhando na água, seu bonzinho.

Galy Gay *levanta-se com dificuldade e olha pela janela* — Uma mulher. Sacos de dormir. Postes telegráficos. É um trem.

Jesse — Façam de conta que estão dormindo.

Os três obedecem.

Galy Gay *caminha sobre um saco de dormir* — Ei, você!

Soldado — O que é que você quer?

Galy Gay — Você está indo para onde?

Soldado *abre um olho* — Para a frente. *Volta a dormir.*

Galy Gay — São soldados. *Acorda outro soldado, depois de ter novamente olhado pela janela.* Senhor soldado, que horas são? *Não obtém resposta.* É quase de manhã. Que dia da semana é hoje?

Soldado — Entre quinta e sexta-feira.

Galy Gay — Eu preciso descer. Ei, você, o trem precisa parar.

Soldado — O trem não para.

Galy Gay — Se o trem não para e se todo mundo está dormindo, eu também vou me deitar e dormir, até que ele pare. *Vê Begbick.* Tem uma mulher deitada ao meu lado. Quem é essa mulher, que dormiu essa noite comigo?

Jesse — Oi, camarada, bom dia!

Galy Gay — Ah, como eu fico contente em ver você, senhor Jesse.

Jesse — Você é um sujeito muito maluco! Deitado com uma mulher ao lado, aqui onde todo mundo pode ver!

Galy Gay — Não é estranho isso? E é até um pouco indecente, não acha? Mas você sabe, um homem é um homem. Nem sempre consegue se dominar. Eu, por exemplo, acordei agora e encontrei uma mulher deitada ao meu lado.

Jesse — É, está deitada aí.

Galy Gay — E você acredita que muitas vezes eu nem sei quem é a mulher que encontro de manhã deitada ao meu lado? Francamente, de homem para homem: essa aqui eu não conheço. Jesse, de homem para homem: você sabe me dizer quem é ela?

Jesse — Ah, seu fanfarrão! Pois bem, dessa vez não tem a menor dúvida. É a viúva Leokadja Begbick. Enfia a cabeça num balde d'água, que num instante você vai reconhecer a sua amiga. Então, provavelmente, você também não sabe o seu próprio nome?

Galy Gay — Sei.

Jesse — Como é que você se chama, então? *Galy Gay cala.* Sabe ou não sabe?

Galy Gay — Sei.

Jesse — É bom, isso. Um homem deve saber quem ele é, quando parte para a guerra.

Galy Gay — Tem guerra, agora?

Jesse — Tem, no Tibete.

Galy Gay — Ah, no Tibete. Mas, se de momento um homem não soubesse quem ele é, seria engraçado, não é, justamente se fosse para a guerra. Meu senhor, já que fala no Tibete: é uma região que eu sempre quis visitar. Uma vez eu conheci um homem que tinha uma mulher que vinha da província de Siquim, bem perto da fronteira do Tibete. Ela dizia que lá só mora gente boa.

Begbick — Jippie, onde é que você está?

Galy Gay — Ela está falando de quem?

Jesse — Acho que é com você, imagino.

Galy Gay — Aqui.

Begbick — Vem, me dá um beijo, Jippie!

Galy Gay — Com todo prazer. Mas eu tenho a impressão que você está me confundindo com outro.

Begbick — Jippie!

Jesse — Esse cavalheiro falou que está com a cabeça um pouco confusa. Diz que não conhece você!

Begbick — Ah, você me deixa envergonhada, na frente desse cavalheiro!

Galy Gay — É só eu enfiar a cabeça num balde d'água, aí eu reconheço você em seguida. *Ele enfia a cabeça.*

Begbick — Está me conhecendo agora?

Galy Gay *mentindo* — Estou.

Polly — Então você sabe também quem você é?

Galy Gay *com astúcia* — E por acaso eu não sabia?

Polly — Não, você parecia um louco furioso, e estava querendo ser outra pessoa, não você mesmo.

Galy Gay — Eu queria ser quem?

Jesse — Pelo que eu estou vendo, a coisa não está melhorando. Acho que você continua um verdadeiro perigo público, pois, na noite passada, quando alguém o chamava pelo nome verdadeiro, você ficava perigoso como um assassino.

Galy Gay — A única coisa que eu sei é que eu me chamo Galy Gay.

Jesse — Vocês ouviram? Está começando com aquilo outra vez. Bom, é melhor a gente chamá-lo de Galy Gay, como ele quer. Senão vai ficar furioso outra vez!

Uria — Que nada! Olha, senhor Jip da Irlanda: se quiser, pode bancar o louco furioso até o termos amarrado no poste ao lado da cantina, e vier a chuva da noite. Nós, seus camaradas desde a batalha do rio Tschadse, estamos prontos a vender até a nossa camisa para tentar lhe dar um pouco de alívio.

Galy Gay — A camisa, não precisa, não.

Uria — Chame-o como ele deseja.

Jesse — Calma, Uria! Você quer um copo d'água, Galy Gay?

Galy Gay — É, o meu nome é esse.

Jesse — Galy Gay, lógico. Do contrário, qual seria seu nome? Acalme-se, deite-se! Amanhã você vai para a enfermaria, numa bela cama, com óleo de rícino, e vai se sentir melhor, Galy Gay. Andem em solas de borracha vocês aí; o nosso camarada Jip, quero dizer Galy Gay, está doente.

Galy Gay — Senhores, afirmo-lhes que não vejo claro. Mas quando a gente precisa carregar uma mala, por mais pesada que seja, é bom descobrir o jeito mais fácil.

Polly *como se estivesse dizendo um segredo a Jesse* — Não o deixem meter a mão no saquinho que tem no peito, senão ele vai ler o seu verdadeiro nome no seu passaporte e ter outro acesso de fúria.

Jesse — Como é bom ter um passaporte. Como é fácil esquecer alguma coisa. Por isso, nós, soldados, que não podemos guardar tudo na cabeça, temos no peito um saquinho, pendurado por um barbante no pescoço, onde cada um tem um passaporte com seu nome. E que não é bom um homem pensar demais no seu próprio nome.

Galy Gay *vai ao fundo, olha sombrio o passaporte e vai para o seu canto* — Agora eu não quero mais pensar. Chega. Eu vou ficar sentado, contando os postes telegráficos.

Voz de Fairchild — Ah, miséria, isso é jeito de acordar! Que aconteceu com o meu nome, que era célebre de Calcutá a Cooch Behar? Até o uniforme que eu usava ficou lá embaixo! Me jogaram nesse trem como se eu fosse uma vaca jogada na carroça do açougueiro! Taparam minha boca com um chapéu de civil. E o trem inteiro já sabe que eu não sou mais o Sanguinário Cinco! Tenho de deixar esse trem em tal estado, que o possam jogar no ferro-velho como um cano de lata entortado. Isso é muito fácil.

Jesse — O Sanguinário Cinco! Acorda, viúva Begbick!

O Sanguinário Cinco aparece em roupa civil, toda suja.

Galy Gay — O senhor por acaso está tendo algum tipo de problema com o seu nome?

Fairchild — Você é o mais obscuro de todos e é o que eu vou esmagar primeiro. Essa noite mesmo, vou preparar vocês para serem metidos em latas de conservas. *Vê a Begbick, sentada; ela lhe sorri.* Demônio! Você está ainda aí, sentada, sua Gomorra! O que foi que fez comigo que já não sou mais o Sanguinário Cinco? Vá embora! *Begbick dá uma risada.* Que roupa estou usando? Isso combina comigo? E que cabeça é essa? Isso é agradável? Quer que eu me deite com você de novo, sua Sodoma?

BEGBICK — Se quiser, deite!

FAIRCHILD — Não quero, vai embora daqui! Os olhos desse país estão fixados em mim. Eu fui um grande canhão. Meu nome é Sanguinário Cinco. As páginas da história foram três vezes cobertas por este nome.

BEGBICK — Então não deite, se não quer!

FAIRCHILD — Você não sabe que a minha virilidade me enfraquece quando você fica aí sentada desse jeito.

BEGBICK — Então, corta fora a tua virilidade, meu rapaz!

FAIRCHILD — Não repita isso duas vezes! *Sai.*

GALY GAY *grita, atrás dele* — Espera! Não faça nada por causa do nome. Um nome é uma coisa pouco segura. Não se constrói nada com ele!

VOZ DE FAIRCHILD — É muito simples. Essa é a solução. Aí tem uma corda. Aí tem um revólver militar. Aí, eu sou implacável. Os amotinados serão fuzilados. É muito simples! "Johnny, arruma a tua mala." Nunca mais nesse mundo vou ter que gastar um centavo com mulher. Isso. É muito fácil. Não deve haver nem tempo de meu cachimbo se apagar mais uma vez. Eu assumo a responsabilidade. Preciso fazer isso, para continuar a ser o Sanguinário Cinco. Fogo! *Soa um tiro.*

GALY GAY, *que já estava há algum tempo parado na porta, ri* — Fogo!

SOLDADOS *nos vagões da frente e de trás* — Vocês ouviram o grito? — Quem foi que gritou? — Deve ter acontecido alguma coisa a alguém! Pararam de cantar até nos vagões da frente! — Escutem!

GALY GAY — Eu sei quem foi que gritou. E sei também por quê! Este senhor fez uma coisa muito sanguinária consigo mesmo por causa do seu nome. Acaba de arrancar o próprio sexo com um tiro! Para mim foi uma felicidade muito grande ter assistido a isso: agora eu compreendo até onde vai essa teimosia, e como ela é brutal quando um homem não está contente consigo mesmo e faz tanto escarcéu por causa de seu nome! *Corre para Begbick*. Não pense que eu não conheço você. Conheço muito bem. Aliás, isso não tem a menor importância. Mas, me diz depressa: a que distância fica aquela cidade onde a gente se encontrou?

Begbick — A muitos dias de marcha. E a cada minuto que passa a distância aumenta.

Galy Gay — Quantos dias de marcha?

Begbick — No minuto em que você me perguntou, com certeza já eram cem dias de marcha.

Galy Gay — E quantos estão indo para o Tibete?

Begbick — Cem mil! Um é nenhum.

Galy Gay — Verdade? Cem mil! E o que é que eles comem?

Begbick — Peixe seco e arroz.

Galy Gay — Todo mundo a mesma coisa?

Begbick — Todo mundo a mesma coisa!

Galy Gay — Verdade? Todo mundo a mesma coisa.

Begbick — E todos têm redes para dormir, cada um a sua. E usam uniforme especial no verão.

Galy Gay — E no inverno?

Begbick — No inverno, a cor é cáqui.

Galy Gay — Mulheres?

Jesse — A mesma.

Galy Gay — Mulheres, a mesma.

Begbick — E agora você sabe afinal quem você é?

Galy Gay — Meu nome é Jeraiah Jip.

Corre para os três e mostra-lhes o passaporte.

Jesse *sorri e os outros também* — Exato. Pode espalhar por toda parte o seu nome, camarada Jip!

Galy Gay — E a comida? *Polly lhe traz um prato de arroz.* É, é muito importante que eu coma. *Come.* Quantos dias de marcha o trem percorre por minuto?

Begbick — Dez.

Polly — Olha como ele está reanimado! Como arregala os olhos, conta os postes telegráficos e fica feliz por estar correndo tão depressa!

Jesse — Não aguento mais vê-lo. É nojento ver um mamute desses: é só a gente pôr debaixo do seu nariz um cano de fuzil, e ele logo prefere se transformar em piolho em vez de se comportar como uma pessoa honesta.

Uria — Não, isso é prova de vitalidade! Se o Jip não vier agora com aquela história de "um homem é um homem, e isso é que importa", aí então, eu acho, a gente vai acabar vencendo a parada.

Um soldado — Que barulho é esse no ar?

Uria *com um sorriso mau* — É o rugir dos canhões. Estamos nos aproximando das colinas do Tibete.

Galy Gay — Tem mais arroz?

11

NO CORAÇÃO DO TIBETE, A FORTALEZA SIR EL DCHOWR

Esperando, sentado numa colina, em meio ao rugir dos canhões, Jeraiah Jip.

Vozes *de baixo* — Não se pode avançar mais! Essa é a fortaleza Sir El Dchowr, que interrompe a estrada do Tibete.

Voz de Galy Gay *atrás da colina* — Corram, corram! Senão a gente vai chegar muito tarde. *Aparece, trazendo um canhão sem cano.* Todo mundo fora dos vagões! Correr para a batalha! Isso me deixa feliz! Um canhão é um compromisso!

Jip — Vocês não viram por acaso um grupo de metralhadoras que só tem três homens?

Galy Gay *irresistível, como um elefante de guerra* — Isso não existe, senhor soldado. O nosso grupo, por exemplo, tem quatro homens. Um homem que fica à direita, outro à esquerda e outro atrás. Assim fica dentro do regulamento. E é graças a isso que a gente atravessa qualquer desfiladeiro.

Begbick *aparece, traz um cano de canhão nos ombros* — Não corre tão depressa, Jippie! É porque você tem coração de leão.

Os três soldados aparecem, carregando com esforço sua metralhadora.

Jip — Ei, Uria! Jesse! Polly! Voltei!

Os três soldados fazem de conta que não o veem.

Jesse — A gente precisa montar a metralhadora o mais rápido possível.

Uria — O barulho dos canhões já está tão violento que a gente não escuta mais nem o que a gente diz.

Polly — Temos que fixar os olhos, com toda a atenção, na fortaleza Sir El Dchowr.

Galy Gay — Eu quero ser o primeiro a atirar. Tem uma coisa interrompendo a estrada, precisa abrir caminho. Não se pode deixar toda essa gente que vem atrás de nós esperando! A montanha não vai desmoronar sozinha. Jesse, Uria, Polly, a batalha está começando, e eu já sinto em mim o desejo de enfiar os meus dentes na garganta do inimigo.

Juntamente com a Begbick, ele começa a montar o canhão.

Jip — Ei, Jesse! Uria! Polly! Tudo bem? Há muito que eu não vejo vocês. Eu fiquei retido um tempo, vocês compreendem. Espero que, pelo menos, não tenham tido problemas por minha causa. Não foi possível voltar mais depressa. Mas eu estou mesmo muito contente por estar outra vez junto com vocês! Mas, por que é que vocês não dizem nada?

Polly — Em que podemos ser úteis, cavalheiro? *Polly coloca, em cima do canhão, um prato de arroz para Galy Gay.* Você não quer comer a sua porção de arroz? Daqui a pouco começa a batalha.

Galy Gay — Me dá! *Ele come.* Bem: em primeiro lugar, eu como a minha porção de arroz. Depois, recebo a minha porção de whisky. E, enquanto eu como e bebo, fico observando essa fortaleza. Para descobrir o seu ponto vulnerável. Daí para a frente, tudo fica fácil.

Jip — Você está com a voz bem diferente, Polly. Mas continua o brincalhão de sempre! Quanto a mim, eu estive empregado numa empresa que ia de vento em popa. Mas fui obrigado a deixá-la. Por causa de vocês, naturalmente. Vocês não estão chateados comigo, não é?

Uria — Mas agora temos de lhe dizer que o senhor deve ter batido na porta errada.

Polly — Nós nem o conhecemos.

Jesse — Pode ser que a gente já tenha se visto alguma vez. O exército tem uma quantidade incrível de material humano.

Galy Gay — Eu queria outra porção de arroz. Você ainda não me deu a sua, Uria.

Jip — Vocês realmente estão bastante diferentes, sabem?

Uria — É perfeitamente possível. É a vida militar.

Jip — Mas, apesar disso, eu sou o Jip, companheiro de vocês.

Os três riem. Galy Gay também começa a rir, eles param.

Galy Gay — Outra porção! Eu hoje estou sentindo um grande apetite antes da batalha; e essa fortaleza está me atraindo cada vez mais.

Polly lhe dá um terceiro prato.

Jip — Quem é esse sujeito que está comendo a porção de arroz de vocês?

Uria — Isso só interessa a nós, a mais ninguém.

Jesse — Seria impossível você ser o nosso Jip. O nosso Jip não teria nunca nos traído nem nos abandonado. O nosso Jip não chegaria atrasado. Por isso, você não pode ser o nosso Jip.

Jip — Mas sou, tenho certeza.

Uria — Prove! Prove!

Jip — Mas então, de verdade, nenhum de vocês quer me reconhecer? Me escutem, prestem atenção ao que eu vou dizer. Vocês são muito insensíveis. E o fim de vocês, a gente já sabe desde hoje, já pode contar nos dedos. Me deem o meu passaporte de volta!

Galy Gay *volta-se para Jip, com seu último prato de arroz* — Você deve estar enganado. *Aos outros:* Ele está doente da cabeça. *A Jip:* Faz muito tempo que você não come nada? Quer um copo d'água? *Aos outros:* É melhor não enervá-lo. *A Jip:* Você não sabe onde é o seu lugar? Não faz mal. Sente-se aqui. Fique tranquilo, até terminar a batalha. Pedimos que não entre assim no troar dos canhões, que exige grande força espiritual. *Aos três:* Ele não reconhece mais nada. *A Jip:* Claro, você precisa de um passaporte. Senão, sem passaporte, quem é que vai deixar você ficar andando por aí? Polly, vai buscar ali na caixa de munições, onde está o pequeno megafone, aquele velho passaporte desse Galy Gay, com que você uma vez zombou de mim. *Polly vai correndo.* Um homem que passou uma temporada no meio dessa ralé, onde o tigre quer ver os dentes do jaguar, sabe como é bom ter consigo qualquer coisa preto no branco. Porque, olhe: hoje em dia, a toda hora, querem nos roubar o nome. Eu sei o quanto vale um nome. Ah, rapazes, por que é que antes, em vez de Galy Gay, vocês não me chamavam de "ninguém"? Essas brincadeiras são perigosas. E podem acabar mal. Mas chega: já não se fala mais nisso! *Dá a Jip o passaporte.* Tome o seu passaporte, pegue. O senhor ainda quer alguma outra coisa?

Jip — Você ainda é o melhor de todos. Pelo menos tem um coração. Vocês, que vão para o inferno!

Galy Gay — Eu vou fazer barulho com o canhão, para você não escutar muito. Viúva Begbick, me mostra como é que funciona isso.

Os dois apontam o canhão contra a fortaleza e começam a carregá-lo.

Jip — Que o vento frio do Tibete congele os seus miolos! E nunca mais ouvirão bater os sinos do porto de Kilkoa! Seus demônios! Vocês estão condenados a ficar marchando até o fim do mundo: e aí, vão ter que voltar outra vez, muitas vezes, pelo mesmo caminho. O próprio diabo, que foi quem educou vocês, não vai mais querer saber de vocês, quando ficarem velhos. E vocês vão ser obrigados a marchar cada vez mais, sempre para a frente. De dia e de noite, através do deserto de Gobi, e pelos verdes campos de centeio do País de Gales. Tudo vai cair em cima de vocês, porque traíram um camarada que precisava de ajuda. *Sai.*

Os três ficam calados.

Galy Gay — Bom, agora eu vou acabar com a fortaleza. Com cinco tiros de canhão!

Primeiro tiro.

Begbick *fumando um charuto* — Em você eu reconheço a raça dos grandes soldados que antigamente tornavam o exército terrível. Cinco deles já bastam para pôr uma mulher em perigo de vida.

Segundo tiro.

Begbick — Eu tenho provas de que aqueles que se lembram dos meus beijos na batalha do rio Tschadse não eram os piores soldados da companhia. Por uma noite com Leokadja Begbick, os homens renunciavam ao whisky e economizavam dois soldos juntos. E eram como Gengis Khan, famoso de Calcutá a Cooch Behar.

Terceiro tiro.

BEGBICK — Bastava um só abraço da amada irlandesa, para ficarem outra vez com o sangue em ordem. Leiam no Times, e vocês vão ver com que firmeza eles lutaram nos combates de Bourabay, Kamakura e Daguth.

Quarto tiro.

GALY GAY — Pronto. O que não é montanha está desmoronando!

A fortaleza Sir El Dchowr começa a fumegar.

POLLY — Olha!

Entra Fairchild.

GALY GAY — É incrível! Me deixem. Agora eu farejei sangue.

FAIRCHILD — O que é que você está fazendo? Olha um instante para lá! Bom, agora eu vou enfiar você até o pescoço num formigueiro, senão você é capaz de derrubar o Indocuche. A minha mão está inteiramente firme. *Está com o revólver apontado para Galy Gay.* Não treme nem um pouco. Bom, é muito simples. Você agora está vendo o mundo pela última vez.

GALY GAY *carrega, impetuoso* — Só mais um tiro. Só o último. O quinto!

Quinto tiro. Do vale, gritos de alegria: "Caiu a fortaleza Sir El Dchowr, que interrompia a estrada para o Tibete. O exército marcha sobre o Tibete!"

FAIRCHILD — Ah, agora eu sinto outra vez o passo cadenciado do exército em marcha. E vou ao encontro dele. *Avança sobre Galy Gay.* Quem é você?

Voz de soldado *de baixo* — Quem foi o homem que derrubou a fortaleza Sir El Dchowr?
Galy Gay — Um instante. Polly, me passa aquele pequeno megafone que está na caixa de munições, para eu dizer a eles quem foi. *Polly traz o megafone e entrega-o a Galy Gay.*
Galy Gay *grita pelo megafone* — Fui eu, um de vocês, Jeraiah Jip!
Jesse — Viva Jeraiah Jip, o homem-tanque!
Polly — Olha!

A fortaleza começa a queimar. De longe, gritos de mil vozes.

Uma voz de longe — A fortaleza Sir El Dchowr está em chamas. Sir El Dchowr, onde estavam abrigados 7.000 refugiados da província Siquim. Camponeses, operários e comerciantes, gente trabalhadora e honesta.
Galy Gay — Oh! — Ah, a mim, que importa?
Os gritos aqui e os gritos de lá!
E eu já sinto em mim
o desejo de enfiar os meus dentes
na garganta do inimigo
o impulso de destruir
o que sustenta as famílias
de cumprir minha missão
de conquistador.
Me deem os seus passaportes!

Eles lhe entregam seus passaportes.

Polly — Polly Baker.
Jesse — Jesse Mahoney.
Uria — Uria Shelley.
Galy Gay — Jeraiah Jip. Vamos, depressa. Agora, vamos atravessar a fronteira gelada do Tibete.

Saem os quatro.

O filhote de elefante
Um entreato para o foyer
(Originalmente parte de "Um homem é um homem")

Das Elefantenkalb
Ein Zwischenspiel für das Foyer

Tradução: Fernando Peixoto

Teatro.
Debaixo de algumas seringueiras, um tablado. Diante dele, cadeiras.

Polly *na frente da cortina* — Para que a arte dramática possa ter pleno efeito sobre vocês, solicitamos que fumem o quanto quiserem. Os intérpretes são os melhores do mundo, as bebidas não são falsificadas, as cadeiras são confortáveis. Apostas sobre o desfecho da ação podem ser feitas no balcão do bar. A cortina de fim de ato fechará conforme as apostas do público. Pede-se também não dar tiros no pianista, ele faz o melhor que pode. Quem não compreender logo a ação não precisa quebrar a cabeça: ela é incompreensível. Se desejam ver somente algo que tenha algum sentido, vocês devem se dirigir ao mictório. O dinheiro do ingresso não será devolvido sob hipótese alguma. Aqui está o nosso camarada Jip, que tem a honra de interpretar o filhote de elefante. Se vocês acham que o seu papel é muito difícil, eu lhes digo apenas isso: um artista de teatro deve ser capaz de tudo.

Soldado *embaixo* — Bravo!

Polly — E, aqui, Jesse Mahoney no papel da mãe de Jackie Pall, o filhote de elefante. E Uria Shelley, o maior conhecedor de hipismo internacional, que faz o papel da lua. Além disso, vocês terão ainda o prazer de ver eu mesmo, no importantíssimo papel de uma bananeira.

Soldados — Comecem logo e lembrem: dez centavos é um preço absurdo para uma palhaçada como essa!

Polly — Permita que eu lhe diga que ataques vulgares, como este, não nos perturbam de forma nenhuma. A peça trata essencialmente um crime, que foi cometido pelo filhote de elefante. Digo isso agora, para que não seja necessário interromper a todo instante.

Uria *por trás da cortina* — Um crime que teria sido cometido!

Polly — Tem toda razão. Falei isso porque o único papel que eu li foi o meu. O filhote de elefante é inocente.

Soldados *marcando compasso* — Começa! Começa! Começa!

Polly — Pois não. *Vai para trás da cortina.* Tenho medo que a gente tenha cobrado muito caro a entrada. Que é que vocês acham?

Uria — É inútil, agora, pensar nisso. Agora o que é preciso é entrar em cena o mais rápido possível.

Polly — Falei só porque a peça é muito fraca. Você certamente já não lembra mais, Jesse, como era no teatro de verdade, e eu acho que o que você esqueceu foram os pontos principais, Jesse. Para, espera ainda, só um instante. Eu preciso ir ao banheiro. *A cortina abre.* Eu sou a bananeira.

Soldados — Até que enfim!

Polly — O juiz da selva. Estou aqui numa seca estepe de Punjab do Sul, desde que os elefantes foram inventados. Muitas vezes, geralmente de noite, a lua aparece para mim. E ela acusa, por exemplo, um filhote de elefante.

Uria — Tão depressa, não! Isso já é a metade! Por dez centavos!

Entra em cena.

Polly — Alô, lua. De onde você vem, a essa hora, tão tarde da noite?

Uria — Me contaram uma bela história a respeito de um filhote de elefante...

Polly — Você o acusa?

Uria — Claro que sim.

Polly — Então o filhote de elefante cometeu um crime?

Uria — É justamente isso, como você disse, o que é uma prova da sua perspicácia da qual nada escapa.

Polly — Ah, isso ainda não é nada. O filhote de elefante não matou a mãe dele?

Uria — Exatamente.

Polly — É, isso é terrível.
Uria — É horrível.
Polly — Se eu não tivesse perdido os meus óculos de tartaruga!
Uria — Oh, eu tenho justamente um par deles aqui comigo. Se ficarem bem em você.
Polly — Ficariam bem melhor se tivessem lentes. Mas eles não têm lentes.
Uria — Sempre é melhor que nada.
Polly — Que ninguém aí ria!
Uria — É estranho mesmo. E é por isso que eu acuso a lua; quer dizer, o filhote de elefante.

O filhote de elefante entra lentamente.

Polly — Ah, aí está este simpático filhote de elefante. De onde você vem, hein?
Galy Gay — Sou o filhote de elefante, junto do meu berço estiveram sete rajás. Por que é que você está rindo, lua?
Uria — Continua falando, filhote de elefante!
Galy Gay — Meu nome é Jackie Pall. Eu estou dando um passeio.
Polly — Pelo que ouvi dizer, você assassinou a sua mãe?
Galy Gay — Não, eu só quebrei a jarra de leite.
Uria — Na cabeça dela, na cabeça dela!
Galy Gay — Não, lua. Foi numa pedra, numa pedra!
Polly — Pois eu digo que você matou sua mãe, tão certo como eu sou uma bananeira.
Uria — E, tão certo como eu sou a lua, vou provar. E a minha primeira prova é essa mulher aqui.

Jesse entra como mãe do filhote de elefante.

Polly — Quem é essa?
Uria — É a mãe.

Polly — Ah, isso não é realmente estranho?
Uria — Não, de jeito nenhum.
Polly — Eu acho um pouco estranho que ela esteja aqui!
Uria — Eu não.
Polly — Então ela pode ficar. Mas, naturalmente, vai ser preciso provar.
Uria — Sim, você é o juiz.
Polly — Sim. Então, filhote de elefante, prove que você não assassinou a sua mãe.
Soldado *embaixo* — Ora, mas se ela está aí!
Uria *para baixo* — É isso mesmo!
Soldado — Está tudo errado desde o princípio. Pois se a mãe está aí! Essa peça agora já não me interessa mais, de jeito nenhum.
Jesse — Eu sou a mãe do filhote de elefante. E aposto que o meu pequeno Jackie pode provar, sem o menor problema, que não é nenhum assassino. Não é verdade, Jackie?
Uria — E eu aposto que isso ele não pode provar nunca.
Polly *sussurra* — Cortina!

O público se dirige silenciosamente ao bar e pede bebidas com voz alta e forte.

Polly *por trás da cortina* — Saiu tudo muito bem, não assobiaram nenhuma vez.
Galy Gay — Por que também ninguém aplaudiu?
Jesse — Pode ser que estejam tomados por grande emoção.
Polly — Pois é tão interessante!
Uria — Se a gente pudesse mostrar a eles as coxas de algumas coristas, aí iam quebrar as cadeiras com patadas. Vamos lá, temos que experimentar com as apostas.
Polly *aparecendo* — Meus senhores...
Soldados — Calma! O intervalo é muito curto! Deixem a gente beber alguma coisa antes! A gente precisa, para aguentar vocês!

Polly — Nós gostaríamos apenas de sugerir que talvez possa interessar a vocês fazer uma aposta, quer dizer, em uma das duas, mãe contra lua.

Soldados — Que descaramento! Ainda querem arrancar mais dinheiro de nós! Vamos esperar até que eles se esquentem mais! O início nunca vale nada!

Polly — Bem! Os que apostam na mãe, aqui! *Ninguém avança*. Na lua, aqui. *Ninguém avança*.

Polly retira-se bastante preocupado.

Uria *atrás da cortina* — Apostaram?

Polly — Não, eles acham que o melhor vem agora. Isso me deixa realmente preocupado.

Jesse — Eles bebem tão horrivelmente, como se lhes fosse impossível de outro modo continuar escutando.

Uria — A gente precisa entrar com música, aí eles ficam mais animados.

Polly *entra* — A partir de agora, gramofone! *Abre-se a cortina*. Aproximem-se lua, mãe e filhote de elefante, porque agora vocês assistirão ao total esclarecimento deste extraordinário crime, e também vocês aí de baixo. E você, Jackie Pall, como você pretende abrandar o fato de ter apunhalado sua respeitável mãe?

Galy Gay — Como posso ter feito isso, se não passo de uma frágil moça?

Polly — O quê? Então eu afirmo que você, Jackie Pall, não é nenhuma moça, como está dizendo. Ouçam agora a primeira grande prova. Eu me lembro de uma curiosa história da minha infância em Whitechapel...

Soldado — Punjab do Sul!

Risos fortes.

Polly — Punjab do Sul, onde um homem, que queria escapar da guerra, se vestiu com uma saia de mulher. Então apareceu o sargento trazendo uma bala de canhão. E jogou a bala no colo dele. Como ele não abriu logo as pernas, como uma mulher faz para apanhar a bala com a saia, o sargento ficou sabendo que ele era um homem, assim como aqui. *Eles fazem a cena*. Assim, todos vocês viram que o filhote de elefante é um homem. Cortina!

Cortina. Aplausos fracos.

Polly — Um êxito extraordinário, estão escutando? Abram a cortina! Agradeçam!

Cortina. Nem mais um aplauso.

Uria — Estão inteiramente contra nós. Tudo está perdido.

Jesse — A única coisa a fazer agora é acabar por aqui mesmo. E devolver o dinheiro dos ingressos. Agora, é ser linchado ou não ser linchado, aqui a questão é essa. A situação tomou um rumo bastante assustador. Olhem lá fora!

Uria — Mas devolver o dinheiro dos ingressos? Nunca! Desse jeito nenhum teatro do mundo consegue sobreviver!

Soldado — Amanhã vamos continuar a marcha até o Tibete, Georgie, esta talvez seja a última vez que se pode beber coquetéis por quatro centavos debaixo das seringueiras. O tempo não está bonito o bastante para uma guerra. Seria bom ficar aqui, se não fossem esses atores aí em cima.

Outro soldado — Eu sugiro, para a gente se divertir, que a gente podia cantar uma canção qualquer. Por exemplo, "Johnny, engraxa as botas".

Soldados — Bravo! *Cantam*. "Johnny, engraxa..."

Uria — Agora eles mesmos estão cantando. Temos que continuar.

Polly — Se eu estivesse sentado lá embaixo, logo "Johnny", que é uma canção e tanto! Se pelo menos a gente tivesse feito alguma coisa assim! Vamos lá! *Cortina. Depois que... Ele luta contra o canto*. Depois que o filhote de elefante...

Soldado — Sempre esse filhote de elefante!

Polly — Eu digo, depois que o...

Soldado — Filhote de soldado!

Polly — ...o animal, graças a minha primeira grande prova, foi aqui desmascarado, vem agora a segunda prova, ainda maior.

Soldado — Você não pode deixar essa de lado, Polly?

Uria — Não faça isso, Polly!

Polly — Eu afirmo que você é um assassino, filhote de elefante! Prove que você não é capaz de assassinar, por exemplo, a lua.

Soldado — Isso não está certo! Quem tem que provar é a bananeira!

Polly — É isso mesmo! Vejam! Este é um ponto particularmente atraente do drama! Eu afirmei, pois, que você deve provar que não será nunca capaz de assassinar, por exemplo, a lua. Suba, então, aqui por este cipó e leve uma faca.

Galy Gay obedece. A lua, de cima, sustenta uma escada de corda.

Soldado *fazendo calar os que querem continuar cantando* — Silêncio! — Não é fácil subir por ali, ele não consegue enxergar direito, com aquela cabeça de elefante!

Jesse — Espero que ele não falhe agora! Põe força na tua voz, Uria.

Uria grita.

Uria — Ai, ai, ai!

Polly — O que é que você tem, lua? Por que é que você está gritando?

Uria — Porque isso dói muito. Com certeza é um assassino que está subindo na minha direção!

Galy Gay — Amarre a escada de corda num galho de árvore, Uria, porque eu sou muito pesado.

Uria — Oh, está arrancando a minha mão! Minha mão! Está arrancando, a minha mão!
Polly — Olhem! Olhem!

Galy Gay está com a mão artificial de Uria em suas mãos e mostra-a.

Jesse — Isso é grave, Jackie, eu nunca poderia ter imaginado isso de você. Você não é meu filho.
Uria *ergue o coto de mão* — Eu afirmo que ele é um assassino.
Polly — Olhem como sangra o coto de mão que ele usa como prova, e você, você não provou que não pode cometer um assassinato, filhote de elefante, porque deixou a lua num tal estado que certamente ela estará sem sangue antes do amanhecer. Cortina! *Cortina. Sai imediatamente.* Se agora quiserem fazer as apostas, procurem o balcão do bar.
Soldados *indo apostar* — Um centavo na lua, meio centavo no filhote de elefante.
Uria — Olhem, como eles mordem a isca! Agora está nas suas mãos, Jesse, com o monólogo da dor de mãe.

Abre-se a cortina.

Jesse — Sabem, vocês, o que é uma mãe?
Seu coração é suave como manteiga.
Vocês também foram traídos, por um terno coração de mãe.
E quem lhes encheu o estômago foi uma mão de mãe.
E quem primeiro lhes contemplou foi um olho de mãe.
E quem afastou as pedras dos vossos caminhos foi um pé de mãe.

Risos.

Um banco de relva, um coração de mãe ocultou.

Risos.

Uma nobre alma, em direção ao céu arrastou.

Risos.

Ouçam uma mãe, escutem o lamento de uma mãe.

Risos.

Este filhote, eu conduzi no meu coração de mãe.

Grandes, longas gargalhadas.

Soldados — Outra vez! Só isso já vale os dez centavos! Bravo! Viva! Três vivas para a mãe! Viva! Viva! Viva!

Fecha a cortina.

Uria — Continuem! É o sucesso! Para o palco!

Abre-se a cortina.

Polly — Eu provei que você é um homem capaz de cometer um crime. Agora eu pergunto, filhote de elefante: você confirma que esta é a sua mãe?

Soldados — Isso que está sendo representado é condenável e injusto, está passando da medida. — Mas é muito filosófico! Eles já devem ter preparado algum final feliz, disso vocês podem estar certos! — Silêncio!

Polly — Naturalmente eu não iria afirmar que algum filho seria capaz de tocar num só cabelo de sua própria mãe num país administrado pela Velha Inglaterra. *Bravo! Rule Britannia! Todos cantam "Rule Britannia".* Eu lhes agradeço, meus senhores. Enquanto esta comovente canção ressoar nas gargantas rústicas dos homens, tudo na Velha Inglaterra estará em ordem! Mas, agora, vamos continuar! Já que é certo que você, filhote de elefante, assassinou esta querida mulher e grande atriz, *Bravo!* então não é possível que você, Jackie Pall, seja filho ou filha desta distinta senhora. *Bravo!* E o que uma bananeira afirma, ela também prova. *Aplausos.* Lua de Cooch Behar, pegue um pedaço de giz de bilhar e desenhe um sólido círculo no meio da cena. Depois pegue uma corda comum e espere até que esta mãe, atingida no mais fundo de seu coração, tenha se colocado dentro, no meio do círculo, aliás muito mal traçado. Amarre esta corda, com todo o cuidado, ao redor de seu branco pescoço.

Soldados — Ao redor do seu lindo e branco pescoço de mãe, ao redor de seu lindo e branco pescoço de mãe.

Polly — Perfeitamente. E você, que diz ser Jackie Pall, pegue o outro lado desta corda da justiça e coloque-se na frente da lua, fora do círculo. Pois bem, agora eu pergunto a você, mulher: você deu à luz um assassino? Você fica calada? Está bem. Eu queria apenas lhes demonstrar, meus senhores, que a própria mãe, essa que vocês veem aqui, dá as costas ao filho caído. Mas eu vou em seguida provar ainda mais, porque o terrível sol da justiça agora brilhará nas mais secretas profundezas.

Aplausos.

Soldados — Não exagere, Polly! Pst!

Polly — Pela última vez, Jackie Pall: você ainda diz que é filho desta infeliz?

Galy Gay — Sim.

Polly — Está certo, está certo. Então você é o filho. Antes você queria ser a filha, mas em suas afirmações você não costuma se preocupar com muita exatidão. Vamos passar agora para a última e mais importante prova, a que supera todas as anteriores e que, pelo poder de sua originalidade, deixará todos os senhores satisfeitos. Se você, Jackie Pall, é filho desta mãe, então você terá também a força necessária para trazê-la para si, arrancando-a para fora do círculo. Isto está claro.

Aplausos.

Soldados — Claro como o vidro! Claro como um vidro leitoso! — Espere! O que está dizendo é falso! Jackie, fale só a verdade!
Polly — Quando eu contar três, puxe!
Todos — Um-dois-três.
Polly — Já.

Galy Gay puxa Jesse para fora do círculo.

Jesse — Espera! Parem! Diabo! O que é que vocês pensam! Meu pescoço!
Soldados — Que história é essa de pescoço? Puxa, Jackie! Parem! Ele já está azul como uma baleia!
Jesse — Socorro!
Galy Gay — No meu lado! No meu lado!
Polly — Então? O que vocês dizem agora? Alguma vez vocês já presenciaram uma brutalidade como essa? Sim, agora a mentira contra a natureza está recebendo sua recompensa.

Grandes aplausos.

Polly — Porque você cometeu um grande engano. Puxando, como você puxou, com tamanha brutalidade, não provou o que pretendia. A única coisa que conseguiu provar é que você não pode ser filho ou filha desta infeliz e martirizada mãe. Você iluminou a verdade, Jackie Pall!
Soldados — Oba! — Bravo! — Monstruoso! Que bela família, essa! Vai embora, Jackie, você está perdido! — Patifaria! — Diz só a verdade, Jackie!
Polly — Bem, meus senhores, eu creio que isto é o suficiente. A grande prova original, creio eu, foi claramente demonstrada. Escutem bem, meus senhores, e peço que me escutem também com atenção aqueles que no início achavam que deviam fazer barulho, assim como aqueles que apostaram seus honestos centavos que este

miserável filhote de elefante, agora crivado de provas, não era um assassino: esse filhote de elefante é um assassino! Esse filhote de elefante, que não é a filha desta honorável mãe, como afirmou, mas sim o filho, como acabei de provar, e nem mesmo o filho, como vocês acabaram de comprovar, porque ele nem veio do ventre desta matrona, e, isto sim, um assassino, apesar de ela estar presente aqui entre nós como se nada tivesse se passado, o que é inteiramente natural e nunca aconteceu antes, como também posso provar, pois agora eu provo tudo e afirmo ainda mais e não me deixo convencer do contrário, mas sim insisto na aparência e também a comprovo, pois eu lhes pergunto: o que são as coisas sem prova?

Os aplausos são maiores.

Polly — Sem prova, o homem nem é um homem. Mas sim um orangotango, como já foi provado por Darwin. E então onde fica o progresso? E se você ainda se atreve a pestanejar, você, um miserável, um pequeno nada filhote de elefante, que vomita mentiras, falso até a medula, então eu provarei definitivamente, e vou fazer isso de qualquer maneira, sim, isso mesmo é o principal, meus senhores, eu vou provar que este filhote de elefante não é nem mesmo um filhote de elefante, mas sim, no máximo, Jeraiah Jip de Tipperary.

Aplausos tumultuosos.

Soldado — Viva!
Galy Gay — Isso não vale!
Polly — Por que não? Por que não vale?
Galy Gay — Porque isso é contra a peça. Retire o que você disse.
Polly — Você é um assassino.
Galy Gay — Isso não é verdade!
Polly — Mas eu provo isso. Eu provo, eu provo, eu provo.

Galy Gay arquejante joga-se contra a bananeira, que cai diante do forte impacto.

POLLY *caindo* — Estão vendo, estão vendo?
URIA — Pronto, agora você é um assassino.
POLLY *gemendo* — E fui eu que provei.

Cortina.

URIA — Depressa, a canção!

Os quatro atores se colocam rapidamente diante da cortina e cantam:

    Ah, como a vida era alegre na velha Uganda
    Por sete centavos, uma cadeira na varanda
    Ah, com aquele velho tigre jogando pôquer
    A gente às vezes nem sempre jogava bem
    Mas apostava a pele do velho Krüger
    Que seu surrado chapéu apostava também
    Oh, como a lua brilhava em paz em Uganda!
    A gente sentado vendo amanhecer
    Sentindo no rosto a fresca brisa crescer
    A gente via o trem passar
    Nem sempre se tinha bastante grana
    Para nova rodada jogar
    Com um tigre vestido à paisana
    (Por sete centavos, uma cadeira na varanda)

SOLDADOS — Acabou? Isso não é justo nem certo. — (É bom esse final? Não pode terminar assim, não.) — Deixem a cortina aberta! Continuem representando!
POLLY — O que significa isso? Nós não temos mais texto. Sejam gentis! A peça acabou.
SOLDADO — Esse é o maior descaramento que eu vi até hoje! Isso é uma imundície, ofende o senso comum do homem!

Um grupo sobe no palco e fala com seriedade:

SOLDADOS — Nós queremos o nosso dinheiro de volta. Encontrem para o filhote de elefante um final mais decente, ou vocês têm dois segundos para colocar todo o nosso dinheiro aqui em cima das mesas, ouviu, lua de Cooch Behar!

Protestos furiosos.

POLLY — Nós gostaríamos de assinalar que o que se representou aqui foi a pura verdade.

SOLDADO — Eu acho é que vocês, logo em seguida, vão ter que enxergar a pura verdade cara a cara.

POLLY — Isto está acontecendo porque vocês não entendem nada de arte. E não sabem como se comportar diante de artistas.

SOLDADO — Essa conversa fiada não adianta nada!

GALY GAY *depois de uma perigosa pausa* — Os senhores me compreendam bem, eu não gostaria que pensassem que eu não estou de acordo com o que viram aqui.

POLLY — Bravo, capitão!

GALY GAY — E indo um pouco mais longe: eu gostaria de convidar, para uma pequena luta de boxe de oito rounds, com luvas de quatro onças, agora, imediatamente, aquele, dentre os senhores, que reclama o dinheiro do ingresso com mais urgência.

SOLDADOS — Vai em frente, Towneley! — Esfola a tromba desse filhote de elefante!

GALY GAY — Bem, nós vamos ver, eu creio, se o que a gente mostrou aqui foi a verdade ou se não passou de bom teatro ou mau teatro, meus caros amigos.

Saem todos para a luta de boxe.

Este livro foi composto na tipografia Granjon LT Std, em corpo 11/14,5, e impresso em papel off-white no Sistema Digital Instant Duplex da Divisão Gráfica da Distribuidora Record.